Andrea Gerecke

Finales Foul

Bibliografische Information der Deutschen Nationalbibliothek
Die Deutsche Nationalbibliothek verzeichnet diese Publikation in der Deutschen Nationalbibliografie; detaillierte bibliografische Daten sind im Internet abrufbar über http://dnb.ddb.de

www.niemeyer-buch.de

Der Umschlag verwendet Motive von shutterstock.com
Red Shoes Prokopeva Irina 2015, Background Eky Studio 2015
Druck und Bindung: CPI books
Printed in Germany
ISBN 978-3-8271-9434-3

„Gefährlich ist's den Leu zu wecken,
verderblich ist des Tigers Zahn,
jedoch der schrecklichste der Schrecken,
das ist der Mensch in seinem Wahn."

Friedrich Schiller (aus: Das Lied von der Glocke)

Feiner Nieselregen strich über die Landschaft und kroch in jeden Winkel. Mit sich trug er einen Geruch von Gülle. Die Witterung hatte es zugelassen, dass die Bauern noch etwas davon auf ihren Äckern ausbringen konnten, ehe der Frost es verbot. In den Fenstern der umliegenden Häuser leuchteten Schwibbögen, Kränze schmückten die Türen, Bäume und Büsche trugen Lichterkleider. Rot, Gold und Silber waren die vorherrschenden Farben, nur ein einziger Bewohner hatte sich für ein im Trend liegendes kräftiges Blau entschieden. An einem Schornstein baumelte eine aus der Mode gekommene, kletternde Weihnachtsmannfigur. Sie wirkte hilflos, schien sich an die Dachziegel zu klammern und gab doch immer wieder den Windböen nach, die sie hin und her pendeln ließen.

Ein Schäferhund streunte die Dorfstraße entlang, dem Stimmengewirr entgegen. Er ignorierte die Passanten, die auf dasselbe Ziel zustrebten. Jennifer lief zögerlich, streckte ihre Hand aus und fuhr dem Hund, der sich zu ihr gesellte, über das Fell. Er ließ es mit sich geschehen, ohne zu knurren. Die Kapuze ihres Anoraks gestattete nur die Sicht auf einen kleinen Ausschnitt ihres schmalen Gesichtes. Eine winzige Strähne ihres rotblonden Haares lugte hervor und klebte an der Stirn, zwischen den Sommersprossen.

„Alles klar, Brutus", tätschelte sie den Hund, während sie stehen geblieben war. Er setzte sich, blickte zu ihr auf und schaute ihr aufmerksam in die Augen.

„Du bleibst jetzt brav hier sitzen", forderte Jennifer, wich dem Blick aus und betrachtete wieder die Ansammlung der im Kreis angeordneten Holzbuden und Verkaufsstände. Sie konnte sich Zeit lassen. Der Weihnachtsmarkt hatte gerade erst geöffnet.

In den Güllegeruch mischte sich der Duft von Bratwurst, Popcorn und Pizza. Je näher Jennifer dem Ort des Geschehens kam, umso mehr roch es nach dem Essen. Ihr Magen knurrte, aber sie würde sowieso nichts davon zu sich nehmen wollen. Ein Gefühl von Übelkeit stieg in ihr auf. Seit einem Jahr ernährte sie sich - sehr zum Leidwesen ihrer Mutter, die gern kräftig westfälisch kochte - vegetarisch und überlegte gerade, ob sie konsequenterweise auf vegane Ernährung wechseln sollte. Schließlich wollte sie nicht eines Tages so in die Breite gehen wie diese Fleischfresser …

Der Hund war in gebührendem Abstand sitzen geblieben. Er schien zu wissen, dass ihm irgendjemand eine Kleinigkeit vorbeibringen würde. Das hier war alles sein Revier. Heute gab es keine störenden Autos. Die Alte Schulstraße war zwischen Kirchweg und Hahler Dorfstraße für den Durchgangsverkehr gesperrt.

„Hallo, Jenny. Schietwetter heute, nicht wahr?!", begrüßte am Eingang zu den im Kreis aufgebauten Buden eine hochgewachsene Frau das Mädchen. Die Mutter einer Klassenkameradin. Jennifer nickte freundlich, aber zurückhaltend. Sie wollte nicht reden und nicht gestört werden.

Die ersten Grüppchen standen schon an den hohen Tischen, vor sich Portionen mit Pommes, Fleischstücken, Bier dazu. Erste Lachen von den geöffneten Flaschen mit dem überschäumenden Getränk bildeten sich, Essensreste fielen von den Papptellern und blieben liegen. Jeder neu Dazugekommene wurde mit großem Hallo begrüßt, bis er in die Menge integriert war.

Jennifer hatte sich seitlich an eine Bude gestellt, wo Handarbeiten für einen guten Zweck verkauft wurden. Die farbenfrohen Topflappen und cremeweißen Häkeldeckchen hatten einen eher übersichtlichen Zulauf. Das Mädchen lehnte mit dem Rücken an einem Stützbalken. Einen Fuß stemmte sie angewinkelt ebenfalls gegen den Balken. Jetzt zog Jennifer ihr Smartphone aus der Tasche und fing an, eine Nachricht einzugeben. Wenn sie beschäftigt tat, so hoffte sie, würde sie weiter ungestört bleiben. Sie hielt den Kopf gebeugt und schaute nur vereinzelt durch die gesenkten Augenlider in die Runde, ohne ihre Position zu verändern. Plötzlich schlug ihr Herz höher, und ihr Fuß rutschte am Balken herunter auf den Boden.

„Mensch, Manni, auch mal wieder hier?“, erkundigte sich ein kräftiger Mittdreißiger. „Willst du dich von unseren Arbeiten hier überzeugen? Waren wieder alle beim Aufbau unseres Hahler Weihnachtsdorfes beteiligt - der Turn- und Sportverein mit den Aktiven und den Ehemaligen, die Freiwillige Feuerwehr, eben alle, die sich mit dem Ort verbunden fühlen. Wir sind inzwischen schon eine echte Tradition hier! Die Presse hat ja vorneweg schon umfangreich drüber berichtet.“

Dann wechselte er nahtlos das Thema: „Was macht denn bei dir die Kunst?“

„Alles bestens, Kalle. Ich wollte doch wenigstens kurz hier auf meinem Lieblingsweihnachtsmarkt vorbeischauen. In der Stadt waren wir schon, ist ja ein Muss. Aber das ist überhaupt kein Vergleich. Bei euch ist es so gemütlich“, lobte Manfred Meier und zog seine Frau enger an sich heran. „Nicht wahr, mein Liebes?“

„Aber ja, Bärchen“, entgegnete Judith und schmiegte sich an ihren Mann, ihren Besitzanspruch für jedermann verdeutlichend. Sie strich ihm über das dunkle, leicht gewellte, volle Haar. Beide trugen die gleichen Jacken.

„Und du, Kalle, heute solo?“, wandte sie sich an den Mann.

„Ja, meine bessere Hälfte muss arbeiten. Wie das so ist im Krankenhaus. Sehr familienunfreundlich mit den ewigen Schichten im Klinikum. Demnächst wollen sie ja Uniklinik werden, habe ich läuten hören. Na, wer weiß, was dann abgeht …“

„Wie ich dich kenne, wirst du dich aber auch so amüsieren“, warf Manfred ein und wies auf die Bierflasche und das Schnapsglas.

„Genau. Prost ihr beiden und viel Vergnügen.“

„Werden wir haben“, sagte Manfred, legte den Arm um Judith, und beide liefen gemächlich zu einer nächsten Bude, bei der Muffins angeboten wurden. Er zückte sein Portemonnaie, wies charmant lächelnd auf zwei Gebäckstücke, nachdem er seine Frau fragend angeschaut hatte, und bezahlte. Nebenan verkauften drei halbwüchsige Jungs aus der Jugendmannschaft selbstbewusst Pizza.

„Na, ihr zwei, ein paar Bissen fürs Hüftgold“, kommentierte Sofia die kleinen Kuchen, schob sich zwischen Judith und Manfred hindurch und hielt einen Becher mit duftendem Glühwein mit beiden Händen umklammert.

„Ach, hast du es doch geschafft, Sofia“, erkundigte sich Judith, sorgte dafür, dass wieder ein Abstand zwischen ihnen dreien entstand und ging überhaupt nicht auf die Bemerkung ein. Dabei musterte sie die Freundin, die ein edles Outfit inklusive hochhackiger Pumps trug, so als wolle sie in die Oper nach Hannover oder zumindest ins Stadttheater nach Minden.

„War nicht leicht, aber ich wollte es mir nicht nehmen lassen. Schließlich ist das hier immer eine einmalige Angelegenheit und so toll, dass man jede Menge Bekannte aus der Sportszene trifft", strahlte Sofia.

„Genau! Darum geht es ja eigentlich auch", ergänzte Manfred und fühlte sich etwas unsicher. Er rieb sich mit Daumen und Zeigefinger nervös den Nasenrücken.

„Ich überlege noch, ob ich mir etwas Stippgrütze hole", sagte Sofia.

„Gute Idee. Die ist hier immer lecker", kommentierte Judith freundlich und umklammerte ihren Mann fester. „Was meinst du, Manfred? Wollen wir da auch zuschlagen?"

Jennifer war einen Schritt zurückgetreten und befand sich nun nicht mehr im ausgeleuchteten Areal. Sie hatte die Gruppe die gesamte Zeit über beobachtet und hielt immer noch ihr Smartphone in der Hand, jederzeit bereit, so zu tun, als wäre sie ganz intensiv damit beschäftigt.

Die Feuchtigkeit des Nieselregens, der inzwischen ihre Garderobe durchdrängte, spürte sie nicht. Der Anorak war imprägniert und ließ wenig hindurch, aber die Jeans wurden langsam klamm. Auch die Turnschuhe waren unpassend für das Wetter. Aus den Augenwinkeln heraus beobachtete sie Manfred Meier, ihren Handballtrainer. Er würde sie bestimmt nicht wahrnehmen, unter all den Leuten. Außerdem hatte sie extra einen unauffälligen Anorak ihrer Mutter gewählt, in tiefem Blau-Schwarz. Die vorlugende Strähne, die sie vielleicht verraten hätte, war längst unter der Kapuze versteckt. Ihr dunkelgrauer Schal, auch daheim ausgeborgt, verdeckte inzwischen Mund und Nase. Es waren nur die Augen, die blitzten und auf Wanderschaft waren. Immer in Gefolgschaft ihres Angebeteten.

Alexander rollte mit dem Schreibtischstuhl enger an den Tisch heran, dann stemmte er beide Hände gegen die Platte und schob sich wieder zurück. Verdammt, dachte er, warum verschwimmen denn die Buchstaben so und werden aus der Ferne plötzlich lesbarer? Bin ich überarbeitet? Sollte ich mal eine Pause machen? Er sah zum Fenster, aber die Dunkelheit der Nacht erlaubte keinen Ausblick. An der Scheibe hatte sich ein feuchter Nieselregenfilm festgesetzt.

Ach was, fuhr er sich innerlich an, vielleicht brauchst du nur eine Lesebrille. Wirst eben alt. Er grinste breit und positionierte sich wieder vor dem Computer. Zuerst rief er die Mails auf seiner Hauptadresse ab: kommissar-rosenbaum@freenet.de. Um die anderen Postfächer wollte er sich anschließend kümmern.

Auf dem Bildschirm stand die E-Mail einer befreundeten Familie, die es nach Südfrankreich verschlagen hatte. Im Anhang war wieder eines dieser unschlagbar schönen und fast duftenden Lavendelbilder. Das Schreiben hatte ihn daran gemahnt, sich endlich auch um seine Briefschulden zu kümmern.

„... Wir wünschen Euch ein Schönes und Gesundes Weinachtfest. Wir werden in Gentagen bei Euch sein", hatte Valerie geschrieben.

Alexander musste lachen. Ob sich heutzutage einer noch die Mühe machte und seine Mails las, ehe er sie versendete? Schien wohl hier auch mal wieder nicht der Fall zu sein. Weihnachten ohne h war vielleicht noch verzeihlich. Wobei er das seinen Kindern auch nicht durchgehen lassen würde. Mit der Groß- und Kleinschreibung hatte so mancher seine Schwierigkeiten. Aber „Gentagen" war schon klasse. Er musste wirklich einen Augenblick grübeln, ehe er auf „Gedanken" kam, die die Absenderin gemeint hatte. Im Grunde könnte man solchen Schriftwechsel auch als Preisausschreiben aufzäumen, fiel ihm ein. Finden Sie die Fehler, lieber Leser ...

Er schrieb ein paar freundliche Antwortzeilen, las sie noch einmal aufmerksam, korrigierte zwei Buchstabendreher und drückte auf Senden. Im selben Moment vermeldete sein Postkasten den Eingang einer weiteren Mail. Diesmal war sie von Janine. Alex schluckte und bekam Beklemmungen. Sie hatte sich nicht einmal die Mühe gemacht, von zu Hause zu schreiben. Absender war die Fachhochschule Bielefeld, wohin sie gewechselt hatte. Dort nun als Assistentin im Dozentenbereich.

„Dabei habe ich sie so geschätzt, in der Arbeit und überhaupt", flüsterte Alex. Dass ihm jetzt die Sicht auf den Bildschirm erschwert wurde, lag an einem Tränenschleier, der sich bildete. Er schüttelte den Kopf. Werd jetzt bloß nicht sentimental, verfluchte er sich. Diese Rührseligkeit lag bestimmt auch an der weihnachtlichen Atmosphäre allenthalben.

Wer war nur schuld an der ganzen Misere? Tina und Lena? Alexander seufzte. Ach, da stellte sich doch überhaupt keine Schuldfrage in so einem Fall. Es hatte eben nicht gepasst mit ihm und Janine, und er gehörte zu seinen Töchtern. Wenn sich eine neue Frau nach dem Tod von Olga da nicht einfügen konnte, dann ging es einfach nicht. Zum Glück hatte dieser tragische Fall auch einen positiven Effekt. Jetzt waren seine Kinder endlich an seiner Seite, er konnte auf sie aufpassen, sie behüten und sie wachsen - erwachsen werden - sehen.

Alexander erhob sich und lief leise durchs Haus. Behutsam drückte er die Klinke der Tür zum Kinderzimmer herunter. Es herrschte absolute Stille. Ganz vorsichtig, um nur kein Geräusch zu verursachen, lief er zum Bett von Tina, kniete nieder und beugte sein Gesicht zu ihrem hinunter. Er sog ihren Duft ein. Jetzt vernahm er doch, wenn auch nur ganz leise, die regelmäßigen Atemzüge der Kleinen. Alex stand auf und überzeugte sich ebenfalls bei Lena, dass sie schlief. Er zog ihre Bettdecke ein wenig höher, bis auch die Schultern bedeckt waren.

Als er wieder an seinem Schreibtisch saß, sprang Kater Albert sofort auf seinen Schoß, rollte sich zusammen und fing an zu schnurren. Alexander streichelte über das weiche Fell und dachte darüber nach, dass die Mädchen doch in absehbarer Zeit jedes ein eigenes Zimmer benötigen würden. Noch hatte sich niemand beschwert, kleine Streitereien verebbten meist rasch im Sande. Aber irgendwann würde Lena ihre Schulfreunde nicht mehr nur zum Hausaufgabenmachen mitbringen ...

Alexander schüttelte sich. Diesen Gedanken wollte er lieber noch ein ganzes Weilchen vor sich herschieben.

Zum wiederholten Male brach die Internetverbindung zusammen, und Alexander fluchte. Er fuhr den Computer herunter und startete ihn nach wenigen Augenblicken neu. In Berlin hatte er damit nie Probleme gehabt. Eingeloggt und fertig. So lange er wollte, konnte er dann arbeiten. Hier war das sicher der ländlichen Zurückhaltung in Sachen Technik geschuldet. So dauerte eben alles etwas länger, auch die Reise ins weltweite Netz ... Dabei hatte er gerade erst wieder im Tageblatt vom technischen Ausbau in dieser Sparte gelesen, aber Papier war ja bekanntlich geduldig.

Beim nächsten Versuch klappte es mit der Verbindung, an seinem Stick leuchtete anhaltend das blaue Lämpchen. Dann suchte er bei Amazon nach Geschenken für die Mädchen. Beide hatten schon ihre Wunschzettel geschrieben, und in diesem Jahr würde er es nicht schaffen, in der Stadt durch die Geschäfte zu bummeln.

Sofort erinnerte er sich wieder an Janine und wie er mit ihr durchs Kaufhaus Hagemeyer geschlendert war. Vorbei, vergessen. Das war einmal und würde nie wieder geschehen. Alexander schluckte. Inzwischen hatte er das Computerspiel für die Große entdeckt und bestellt, auch die anderen Weihnachtswünsche waren schnell gefunden. Lieferung in ein bis zwei Tagen. Die würde er sicherlich nicht entgegennehmen können, aber auch da bewährte sich gute Nachbarschaft.

Er hatte Hertha Jendritzky schon eingeweiht, dass solche Pakete kommen würden und um Stillschweigen sowie Verwahrung gebeten. Schließlich sollten die Mädchen vorher noch nichts mitbekommen. Sonst war die Überraschung im Eimer. So eine Aktion wie bei einem der vorigen Feste durfte nicht wieder geschehen. Da hatten die Kinder doch, neugierig, wie sie waren, die Wohnung durchsucht und endlich das Ersehnte gefunden. Und bei ihm hatte sofort der kriminalistische Spürsinn funktioniert und er hatte sie zur Rede gestellt. Das Ergebnis waren tränenüberströmte Mädchen und ein verdorbenes Fest. Aber das war ja noch in Berlin gewesen, mit Olga, fiel ihm gerade ein ... Alexander bekam eine Gänsehaut.

Themenwechsel, beschloss er für sich, beendete die Bestellung und vertiefte sich jetzt in den Bericht, den er noch bis zum nächsten Tag fertig haben musste. Kriminaloberrat Reinhold Riechmann hatte ihn im Dienst angemahnt und war dafür extra in sein Büro gekommen. Er sah ihn in der Tür stehen, mit ernstem Gesicht.

„Ich verlasse mich auf Sie", hatte er noch beim Weggehen gesagt. Klar, dachte Alex, da will ich ihn auch nicht enttäuschen. Er wird ja in seiner Position wiederum von der nächsten Instanz gedrängt …

Judith hörte es an der Haustür klingeln. Den Brief, den sie gerade aus dem Kasten genommen hatte, hielt sie noch in der Hand und schaute auf den Umschlag. Er war an ihren Mann adressiert. Kein Absender auf der Rückseite. Eine Unsitte, dachte Judith, als es erneut schellte. Ach, den wollte sie später mal vorsichtig öffnen … Vielleicht eine von den zahlreichen Verehrerinnen ihres holden Gatten?! Sie bekam einen zornigen Gesichtsausdruck und legte den Brief auf die Garderobe.

Wer mochte das sein? Manfred war ja zum Auswärtsspiel mit seiner Frauenmannschaft unterwegs, außerdem hatte der seinen Schlüssel und kam nie auf die Idee zu klingeln. Verabredet war sie auch nicht. Eigentlich wollte sie schon längst in die bequeme Haushose geschlüpft sein, darüber ein weites, legeres Sweatshirt, aber dazu war sie noch nicht gekommen. Ein Glück, dachte Judith und fuhr sich kurz mit beiden Händen durch die Haare. Das musste für ein Ordnen der Frisur ausreichen, beschloss sie.

Erst einen Blick aus dem seitlichen Schlafzimmerfenster? Den Gedanken verwarf sie wieder. Es war noch nicht so spät, außerdem hatte der Bewegungsmelder die Beleuchtung aktiviert. Also war ein Besucher gut vom Nachbarhaus aus zu sehen.

Judith drehte den Schlüssel im Schloss und drückte die Türklinke herunter. Sie fuhr zusammen. Es war Jennifer.

„Hallo“, sagte das Mädchen sanft.

„Hallo“, entgegnete Judith. „Was verschlägt dich um diese Tageszeit hierher? Manfred ist nicht da. Der ist doch mit der Mannschaft zum Turnier unterwegs. Ich dachte, du wärest mit dabei."

„Das hatte ich auch vorgehabt. Aber ich habe mir das Sprunggelenk verletzt und bin ausgetauscht worden."

„Oh, das ist ja schade", lenkte Judith bemüht freundlich ein. Was wollte diese Göre bei ihr? Sie war doch eines von diesen Ludern, die immer ihrem Manfred nachstellten. Wenn sie sich recht entsann, dann war ihr Kosename Mausi, und einige dieser unverblümten SMS kamen exakt von ihr. Dieses Flittchen würde sie sich jetzt mal ordentlich zur Brust nehmen, beschloss Judith, verzog aber keine Miene.

„Komm rein."

Judith schaute noch einmal nach rechts und links, aber niemand schien den Besuch bemerkt zu haben. Bei den Nachbarn waren die Jalousien heruntergelassen. Sie schloss die Haustür wieder.

Jennifer stand auf den Fliesen im Flur, die Beine eng aneinander, kerzengerade, die Hände fuhren nervös an ihrem Körper auf und ab. Sie schien zu zögern.

„Was ist, hast du ein Problem? Willst du dich mit mir ins Wohnzimmer setzen und darüber reden? Ich mach uns einen Kaffee, oder trinkst du den nicht?"

„Aber klar. Danke."

Die Worte kamen nur langsam aus dem Mund von Jennifer, deren Herz heftig pochte. Doch, dachte sie, ich sage es ihr jetzt. Das muss endlich raus.

Die beiden Frauen liefen durch das Haus, und Judith bot Jennifer einen Platz auf dem Sofa im Wohnzimmer an.

„Setz dich ruhig hin. Ich bin gleich wieder zurück", sagte sie und verließ den Raum. Judith machte sich in der Küche zu schaffen und stellte die Kaffeemaschine an. Ihr Blick streifte die Keksdose. Aber ja, gerade. In dem Alter achteten die Mädels besonders auf ihre Figur. Sollte die Kleine ruhig in Versuchung geraten und vielleicht eine Fressattacke bekommen. Sie könnte sich ja später den Finger in den Hals stecken …

Kurze Zeit darauf stand Judith mit einem Tablett im Wohnzimmer und stellte es auf den Tisch. Dann sortierte sie Tassen und Teller und die kleine Gebäckschale, in der sie die Schokoladenkekse dekorativ geschichtet hatte.

„Ich hoffe, du magst Schokokekse?"

Jennifer nickte nur. Bis zu dem Moment hatte sie noch am Fenster gestanden und in den Garten geschaut, der durch einige Solarleuchten erhellt war. Erst jetzt ließ sie sich auf dem Sofa nieder. Sie presste ihre Finger so aufeinander, dass die Knöchel weiß hervortraten. Noch war ihr Gesicht blass, was die Röte ihres gelockten Haares und die Sommersprossen noch mehr betonte.

„Weshalb bist du denn zu mir gekommen", wollte Judith mit einem Blick auf die Uhr wissen. Gleich begann die Tagesschau. Normalerweise ließ sie die nie aus. Was konnte denn so wichtig sein, dass ihr dieses Mädchen jetzt die Zeit stahl?

„Ich …"

„Ja?"

„Ich liebe Ihren Mann und er liebt mich auch und wir werden beide gemeinsam unser Leben verbringen, bis ans Ende unserer Tage. Sie müssen ihn nur freigeben."

So, jetzt war es heraus. Jennifer hatte einen hochroten Kopf bekommen, lehnte sich aber endlich entspannt nach hinten. Judith verschluckte sich an dem Kaffee, von dem sie gerade einen Schluck genommen hatte. So ein impertinentes Ding. Und so direkt. Das konnte doch nicht ihr Ernst sein. Die Frau des Trainers hustete.

„Soll ich Ihnen mal auf den Rücken hauen?", bot Jennifer höflich an.

Untersteh dich, lag Judith auf der Zunge. Aber sie röchelte einlenkend: „Es geht gleich wieder. Danke für dein Angebot."

„Ja, also Frau Meier, ich dachte, wir besprechen mal in aller Ruhe die Details, jetzt wo Manni nicht da ist. Leider konnte ich zum Auswärtsspiel diesmal nicht mit. Ich bin beim Training gestürzt, zunächst sah es aus wie ein Bänderriss. Ums rechte Sprunggelenk herum ist alles ziemlich angeschwollen. Momentan passe ich gar nicht in meine Turnschuhe. Ist aber alles halb so schlimm, hat der Arzt gesagt. Spätestens in zwei Wochen kann ich weitertrainieren ..."

Judith schluckte wieder, aber inzwischen hatte sich der Reiz zum Husten gelegt.

„Willst du mich auf den Arm nehmen? Du könntest doch locker seine, nein, unsere Tochter sein!"

„Ach, wissen Sie, Frau Meier, in so einer Beziehung, wie Sie die führen, da ist doch nach Jahren die Luft raus. Und bei Ihnen, in Ihrem Alter, ist auch der Lack ab. Das müssen Sie doch selber im Spiegel sehen."

Judith war einfach nur sprachlos. So viel Frechheit war ungeheuerlich. Wie sollte sie diese Halbwüchsige nur in ihre Schranken verweisen? Die Kleine hatte ein derartiges Selbstbewusstsein, das war schon beeindruckend.

„Du glaubst doch nicht allen Ernstes, dass mein Manfred mich wegen so einer wie dir verlassen würde?"

„Doch. Selbstverständlich. Und was heißt überhaupt: so eine wie ich?! Außerdem hat er mir das längst versprochen", log nun Jennifer, ohne mit der Wimper zu zucken und fuhr gleich fort: „Wahrscheinlich hat er sich nur noch nicht getraut, mit Ihnen über die Einzelheiten zu reden."

Judith schluckte und ihr fiel nichts Passendes ein.

„Bestimmt will er jetzt nur das Auswärtsspiel abwarten. Davon hängt ja so viel für uns ab. Wir müssen gewinnen. Da konnte er sich vorab keinen zusätzlichen Stress leisten ... Das hat er mir eindeutig versichert."

Zumindest von dieser Aussage stimmte ein Großteil.

„Na, wenn du meinst", erwiderte Judith und spürte, wie eine zunehmende Erregung in ihr aufstieg. Wenn sie dieses arrogante Wesen nicht in Kürze in ihre Grenzen verweisen würde, könnte es bei ihr vielleicht wieder zu einer Herzattacke kommen. Ihr Hausarzt hatte neulich deutlich vor zu viel Aufregung gewarnt und ihr zu einer gelasseneren Lebensweise geraten. Gelassenheit! In dieser Situation. Judith atmete tief durch. Auch das sollte helfen, hatte der Mediziner gemeint. Sie möge unbedingt auf ihre Atmung achten und eventuell mal einen entsprechenden Kurs belegen ...

„Weißt du was, Fräuleinchen, ich lasse mir das jetzt hier nicht länger von dir bieten. Sobald Manfred wieder zu Hause ist, werde ich mit ihm über dich reden. Er wird dann schon alles richtigstellen. Wahrscheinlich hast du nur eine blühende Fantasie ..."

„Was sollte er denn richtigstellen? Es ist die absolute Wahrheit, dass wir ein Paar sind. Dagegen können Sie einfach nichts tun. Was sollte denn da auch helfen? Gegen die große Liebe ist man machtlos."

Judith erhob sich.

„Ich glaube, wir sollten unser Gespräch an dieser Stelle beenden. Das hat ja keinen Sinn."

Auch Jennifer stand auf und zog sich das zart geblümte, türkisfarbene Oberteil gerade. Dabei blickte sie erst lächelnd an sich herunter, dann mit einem abschätzigen Blick zu Judith.

„Ich geh dann mal. Wir hören ja voneinander."

„Das glaube ich wohl kaum."

„Wieso nicht?", entrüstete sich Jennifer.

„Du bist doch nicht tatsächlich der Überzeugung, dass mein Mann sich für so ein unreifes Ding wie dich entscheiden würde?"

Judith lachte, aber es klang hysterisch und sie griff Jennifer am Arm, um sie hinauszukomplimentieren. Das Mädchen wand sich mit einem angeekelten Zug um den Mund aus dem Handgriff und stieß zwischen den Zähnen hervor: „Besser unreif als überreif."

Dabei drehte sie sich geschickt, so als wolle sie einem Ball ausweichen und versetzte Judith einen Stoß. Die Fingernägel ihrer linken Hand hinterließen auf Judiths Unterarm ein paar Kratzspuren, die sich sogleich röteten und an einer Stelle einen Blutstropfen herausquellen ließen. Die Ältere taumelte, riss dabei die Augen auf und stürzte rückwärts mit dem Hinterkopf auf die Ecke eines Sideboards. Dabei schrie sie auf und verstummte, sobald sie am Boden lag.

Jennifer fühlte sich wie gelähmt. Sie stand, und die Zeiger der Uhr tickten lautstark in den Raum, die Zeit zerschneidend. Dann besah sie sich erschrocken ihre Kontrahentin. Scheiße, jetzt habe ich sie umgebracht, war ihr erster Gedanke. Schließlich bückte sie sich und legte ihr Ohr an Mund und Nase von Judith, aber sie schien tatsächlich nicht zu atmen. Auch der nervöse

Versuch, den Puls mit Zeige- und Mittelfinger an der Halsschlagader zu finden, brachte nichts.

Jennifer fielen spontan die Erste-Hilfe-Maßnahmen ein, der Kurs beim Deutschen Roten Kreuz lag noch nicht allzu lange zurück. Sie hätte alles akkurat durchführen können ... Aber das schien keinen Sinn mehr zu machen. Bloß weg hier, dachte Jennifer, richtete sich rasch auf, lief zur Haustür und warf sie hinter sich ins Schloss. Der Brief auf der Garderobe war hinter den kleinen Schuhschrank in den unteren Bereich gerutscht.

Jennifer rannte zum Parkplatz, sprang auf ihre Vespa und raste davon.

Als Judith einige Zeit später die Augen öffnete, wusste sie im ersten Moment nicht, wo sie sich befand. Dann bemerkte sie ein seltsames Ziehen im Kopf, das sich zunehmend in ihr Bewusstsein drängte. Ganz langsam erhob sie sich und tastete über ihren Hinterkopf. Da war eine feuchte Stelle und eine dicke Beule ebenfalls. Als sie ihre Finger betrachtete, entdeckte sie Blut daran. Auch die Kratzspur am Unterarm nahm sie wahr.

Jetzt wurde ihr übel. Sie lehnte sich an den Rahmen der Wohnzimmertür und schloss erneut die Augen. Das, was sie eben erlebt hatte, war bestimmt nur ein blödsinniger Traum. Gleich würde sie aus dem erwachen und herzhaft lachen. Langsam führte sie die rechte Hand an den linken Unterarm. Dann setzte sie Daumen und Zeigefinger im Fleisch an und kniff zu, bis der Schmerz unerträglich wurde. Als sie die Finger lockerte, blieb der Schmerz, aber diesmal kam er vom Kopf. Nein, das brachte sie nicht zurück aus einer anderen Welt. Das eben war absolut realistisch. Ihr kamen schlagartig die Tränen.

Judith lief in die Küche und suchte sich eine Tablette aus einem Schubfach, die sie sofort schluckte. Dann zog sie sich ohne groß zu überlegen einen Chianti Riserva aus dem Regal darüber, holte sich den Flaschenöffner und hebelte mit gekonntem Griff den Korken heraus. Beim Blick auf die Gläser entschied sie sich für ein einfaches Mehrzweckglas. Die schönen Römer ihrer Mutter waren für bessere Anlässe vorbehalten. Das wäre jetzt eine Entweihung, beschloss sie. Sie goss das Glas voll, setzte an und trank in großen Schlucken. Sie wollte sich nur noch benebeln. Schließlich stellte sie es wieder auf die Spüle, füllte noch einmal nach und lief mit dem Glas ins Wohnzimmer.

Fernsehen. Das war jetzt eine Maßnahme. Irgendeine dämliche Dokusoap, die brachte sie vielleicht auf andere Gedanken. Judith nahm sich die Fernbedienung vom Couchtisch und ließ sich aufs Sofa fallen. Nein, auf dem hatte eben dieses schamlose Gör gesessen. Erneut sprang sie auf und wählte den Sessel daneben. Sie wurde den Anblick überhaupt nicht los, sondern hatte immer noch das Gefühl ihrer Anwesenheit.

Dann zappte sich die Frau durch die Kanäle. Einen Moment blieb sie bei „The Biggest Loser" hängen. Wer war hier der Loser, sie oder die Kleine? Sie drückte weiter auf die Programmfolge. Schließlich landete sie in einer der Staffeln von „Teenie-Mütter - Wenn Kinder Kinder kriegen". Sollte das ein Fingerzeig sein, dass Jennifer Manfred den Kopf verdrehte und dann gezielt mit einer Schwangerschaft erpresste? Ihr wurde speiübel, und sie wusste nicht genau, ob das an der Verletzung oder am Rotwein lag. Sie wechselte auf einen nächsten Kanal. Aber „Mario Barth deckt auf" war auch keine echte Alternative.

Judith beschloss, sich ab dem nächsten Morgen eine Auszeit zu nehmen, holte Stift und Papier, setzte sich wieder an den Wohnzimmertisch und schrieb für Manfred einen Zettel, in dem sie aber nicht zu sehr auf Details einging, nur einen Teil von ihrem Frust abließ. Sie musste erst einmal in Ruhe zu sich kommen und eine Entscheidung fällen.

In dem Moment klingelte es erneut an der Tür. Sie blickte sich um, ob vielleicht noch eine Tasche oder etwas anderes von ihrer vorherigen Besucherin liegen geblieben war. Dann stand sie auf und lief durchs Haus zur Eingangstür. Ihr Herz schlug heftig, und ihre Erregung steigerte sich bei jedem Schritt. Das würde jetzt noch ein Nachspiel haben.

„Hast du was vergessen?“, erkundigte sich Judith beim Öffnen der Tür, presste die Lippen grimmig zusammen, entkrampfte sich aber sogleich, als sie ihr Gegenüber erkannte.

„Ach, Mensch, das ist ja eine Überraschung. Du kommst gerade richtig. Da habe ich endlich jemanden zum Reden! Ich fürchte, ich platze sonst oder betrinke mich sinnlos.“

Dann zog sie die Frau am Ärmel ins Haus und schloss hinter ihr die Tür.

„Kommt, meine Kleinen", beschloss Hella Rosenbaum, nahm ihre Küchenschürze ab und hängte sie an einen Haken. „Wir machen es uns jetzt gemütlich und ich erzähle euch eine Geschichte."

Auf Tinas Gesicht legte sich umgehend ein Strahlen, während Lena einen genervten Eindruck machte und nervös mit einem Fuß wippte.

„Oh ja, Oma, das ist prima", kuschelte sich Tina an die Seite ihrer Großmutter, die inzwischen schon auf dem beigen Ledersofa Platz genommen hatte.

„Und du, Lena? Magst du nicht?", erkundigte sich Hella fordernd-einschmeichelnd.

Widerwillig und mit zögernden Schritten ging das Mädchen in Richtung Couch, die Hände in den Hosentaschen ihrer Jeans.

„Doch, schon", kam es gelangweilt, was aber weder Tina noch Hella registrierten oder registrieren wollten.

„Dann rutsch ran an uns, meine Liebe", breitete die Oma den noch freien Arm aus und Lena überwand sich.

„Während der Opa im Keller bastelt, haben wir alle Zeit der Welt für eine gute Geschichte, die ich euch erzählen will."

„Eine, die wir schon kennen?", erkundigte sich Tina.

„Das wäre ja langweilig", entgegnete Hella. „Ich habe mir eine ganz neue Geschichte einfallen lassen. Die spielt bei euch im Dorf, bei eurem neuen Zuhause."

„Wie bist du denn darauf gekommen", wollte nun Lena wissen, deren Neugierde geweckt war.

„Tja", hob Hella ihre Stimme, „ich höre immer gut zu, wenn andere etwas erzählen. Das merke ich mir. Und manchmal entsteht daraus etwas ganz Besonderes. So, wie in diesem Fall. Da hat euer Papa mal berichtet, dass früher bei euch die Kühe die Dorfstraße entlang getrieben wurden, damit sie auf die Weide gelangten. Jeden Tag. Früh raus und abends wieder rein in den Stall."

„Echt?", warf Lena ein.

„Echt", antwortete Hella. „Aber nun will ich einfach mal loslegen mit meiner Geschichte, die Revierwechsel heißt. Schließt einfach die Augen und hört gut zu, denn ich entführe euch jetzt in eine ganz besondere Welt."

Während Hella in der Mitte des Sofas saß, hatten sich die beiden Mädchen rechts und links von ihr ausgestreckt. Die Köpfe lehnten an den kräftigen Oberschenkeln. Tina und Lena erwarteten das Kommende nun doch mit Spannung.

Und Hella hub an …

„Nöh", stößt Alma entrüstet hervor.

Ihren Namen erfahre ich allerdings erst später.

„Noch mal nöh, nich mit mir, jetz reichts", poltert sie mir entgegen, reißt die Wagentür auf und schiebt sich behände auf die Fahrerseite. Mein Kleinwagen geht in die Knie. Almas Gewicht ist nicht ohne. Ich kann gerade noch auf den Beifahrersitz flüchten und reiße in der Hektik den Rückspiegel von der Frontscheibe herunter. Jetzt halte ich ihn in den zitternden Händen. Ob sich der wieder problemlos anbringen lässt, fährt es mir durch den Kopf.

Alma rülpst, spuckt ein Stück Forsythienzweig aus dem Fenster und schaut mir ins Gesicht: „Lass uns rasch abhaun. Ich glaub, die Gelegenheit is günstig."

Ihre Nase glänzt feucht und rosig. Ich nehme noch ihre wundervollen großen Augen wahr und kämpfe mit einem Ohnmachtsanfall. Hatte ich noch nie, dieses Gefühl. Ausgesprochen merkwürdig. Weiche Knie, insgesamt alles in Watte gepackt, und die Sinne wollen völlig entschwinden. Ich kneife mich in den linken Arm. Verdammt, das tat doch weh, beinahe hätte ich den Rückspiegel auch noch fallen lassen. Irgendwie finde ich mich wieder in der Gegenwart zurecht.

„Hast doch nix dagegen", fragt Alma rhetorisch, dreht den Schlüssel im Schloss und legt den ersten Gang ein, „der Sohn vom Bauern is sowieso in Gedanken bei seiner Freundin." Sprachlos starre ich auf das Geschehen. Der Wagen setzt sich in Bewegung. Wir fahren langsam an der Gruppe der anderen Kühe vorbei. Über uns weiße Wölkchen mit blauem Hintergrund. Zuletzt radelt der Bauerssohn hinter allen her und treibt sie Richtung Stall. Er nickt grüßend zu uns, und schon sind wir um die Ecke gebogen.

„Ich heiß übrigens Alma", grinst mich die Schwarzweißgefleckte an.

„Angenehm, Hella", hauche ich. Ihre Fahrweise ist beneidenswert sicher. Mit lässigem Schwung landet der Wagen auf dem Parkplatz vor dem Haus. Ebenso lässig erhebt sich Alma aus dem Fahrzeug.

„Gehn wir rein?", fragt die Kuh, schlendert wohlwollend-nickend an den Narzissen vorüber und lässt einen Fladen auf die Steine fallen. „'tschuldigung, ich nehm mich gleich zusammen."

Das will ich hoffen, denke ich, wage es aber aus Höflichkeit nicht zu sagen.

„Nett hast du's hier", schmatzt Alma wiederkäuend vor sich hin, als wir die Deele betreten. Die Idee, ihr am Eingang

Gästepantoffeln anzubieten, drängt sich nur für Bruchteile einer Sekunde in mir auf.

Der Katze, die mauzend hinter der Wohnungstür auf mich wartete, sträubt sich das Haar. Sie macht einen Buckel, faucht und zieht sich vorsichtig zurück.

„Ein Tässchen Kaffee wär nich verkehrt", belebt die Kuh erneut die Unterhaltung.

„Aber ja", entgegne ich fast flüsternd, „wie unaufmerksam von mir."

Während ich die Kaffeemaschine befülle, beäugt Alma die Zimmer. Ich höre ihre Hufe aufschlagen, Schweiß steht mir nicht nur auf der Stirn. Im Wohnzimmer dann lässt sich die Schwarzweiße behutsam auf dem neuen Sofa nieder und schlägt die Hinterbeine lässig übereinander. Grazil greift sie zur Kaffeetasse und führt sie zum Maul: „Ach, und die Aussicht … einfach umwerfend."

Da kann ich Alma nur zustimmen, denn der unversperrte Blick am knorrigen Birnbaum vorbei aufs Wiehengebirge ist wahrhaftig wunderschön.

Ich sitze angespannt auf dem alten Tante-Frieda-Sessel, der mich schon in meiner Kindheit trug, wenn man mir Märchen vorlas. Bei der Katze hat inzwischen die Neugier überwogen. Mit schnuppernder Nase nahm sie den ersten Kontakt zu Alma auf. Der schien nichts Böses zu bedeuten. Also rollt sie sich jetzt Fell an Fell mit dem großen Tier zusammen und schnurrt lauthals. Alma greift zwischendurch zu den Haferkeksen, die ich ebenfalls auf den Tisch gestellt habe.

„Lecker, äußerst lecker", kommentiert sie mit vollem Maul. „Und dein Kaffee!!! Ach, endlich mal was anderes …"

„Freut mich, dass es dir schmeckt", entgegne ich tonlos und schließe meine Frage an, die mich schon die ganze Zeit quält: „Aber was um alles in der Welt willst du bei mir?"

„Tja, das is eigentlich eine lange Geschichte", hebt Alma an. „Bis vor kurzem wär ich ja nie auf so einen absurden Einfall gekommen, zu dir ins Auto zu steigen. Aber jetzt schien es mir der einzige Ausweg. Bislang trieb uns der Bauer tagtäglich auf die Weide. Im strengen Winter nich, damit wir uns die Beine nich verfrieren. Na, logisch. Aber ansonsten bei Wind und Wetter. Is auch viel schöner draußen in der freien Natur. Kannste glauben. Wasser und fette Gräser – mehr braucht ja meinesgleichen nicht. Aber nun geht die Rede von weiterer Intensivierung der Landwirtschaft. Von einer Cousine aus Rothenschnuffeln habe ich schon gehört, dass die gar nicht mehr aus dem Stall kommen. Vollautomatisiert die ganze Arie. Da hängste dann mit dem Euter an Schläuchen und wirst quasi abgepumpt. Vorne fressen, hinten scheißen und pissen und zwischendurch noch Milch geben. Oder nimm meine Nichte aus Heinzbohlen, eine Holstein-Friesische Schwarzbunte. Die ist so hochgezüchtet, dass sie mit ihrem immensen Euter zwar keinen Zweifel an ihrer Milchleistung aufkommen lässt, aber kaum noch in ihr eigenes Stallabteil passt. Vom vernünftigen Schlendern ganz zu schweigen. Und ich will auch nicht so aus dem Leim gehen, ich will meine schlanke Linie behalten!!! Aber uns fragt ja keiner, was wir woll'n.

Wie mit dem Namen. Alma sagt nur noch die Bäuerin zu mir, wenn sie ihren Melancholischen hat. Ansonsten habe ich eine Nummer! 18.763 ist doch aber kein Name, oder? Und dann steht die Zahl auch noch in so einem pottenhässlichen Ohrring eingraviert, siehste", hält mir Alma ihr linkes Ohr über den Kaffeetisch, der bedenklich wackelt. „Würdest du den tragen woll'n?"

Ich schüttle nur den Kopf.

„Dann haben sich wohl auch die Nachbarn beschwert, die am Weg wohnen, den wir jeden Tag zu den Wiesen nehmen. Kann nämlich mal passier'n, dass einem ein Fladen so raus-

rutscht und auf die Straße knallt. Ach, wo is denn übrigens dein Klo, mir wäre gerade mal danach", unterbricht Alma ihren Redefluss. Ich begleite sie dorthin und warte unterdessen im Flur. Aus dem Spiegel blicke ich mich außerordentlich blass an. Nein, das ist bestimmt alles nur ein witziger Traum, denke ich. Aber da ertönt schon die Spülung, und Alma zwängt sich durch die Badezimmertür.

„Bisschen eng bei euch, aber ich könnt mich damit arrangieren", wirft sie in den Raum. „Wo war ich stehen geblieben", fragt sie, um gleich fortzufahren. „Ja, also, die Fladen auf der Straße passen den Nachbarn nicht. Sieht so dreckig aus, sagen sie. Stört ihr ästhetisches Empfinden. Wenn wir nur noch an Schläuchen im Stall stehen und kein Tageslicht mehr erblicken, dann ist das wohl ästhetischer!"

Alma brummelt vor sich hin und schiebt sich einen Huf voll Kekse ins Maul. Mampfend erzählt sie weiter: „Vorhin hast du mich ja auch beim Forsythienknabbern ertappt. Das ist ebenfalls so ein Störfaktor. Aber ehrlich mal, kämst du an diesen leckeren Blüten vorüber, wenn dich Tag für Tag dein Weg daran vorbei führte? Genau wie später die Pflaumen und die Äpfel auf dem Bäumchen an der Ecke. Superb, kann ich dir sagen. Allerfeinste Sahne! Wir sehen sie wachsen und reifen, und dann sollen wir nicht kosten dürfen? Da geht schon mal das eine oder andere Blättchen mit drauf …

Das hat jetzt alles ein Ende, hat jedenfalls gestern der Bauer zu seiner Frau gesagt. Dann müssen wir die Tiere auch nicht mehr zusammensuchen, wenn sie ausgebüxt sind, hat er noch gemeint. Dabei war das die schönste Nacht in meinem Leben überhaupt, als sie mich nicht einfangen konnten, der Bauer irgendwann entnervt aufgab und mit dem Rest der Herde heimwärts zog. Da hatte ich die ganze Weide und den Sternenhimmel für mich allein. Konnt ich den anderen am nächsten Morgen so allerhand berichten."

Alma holt tief Luft.

„Ich will nicht eingesperrt werden. Ich brauche Asyl! Kann ich bei dir bleiben?", fragt die Kuh mit Tränen in den betörenden Augen. Fast schlagartig ergießt sich ein Wasserfall auf mein neues Sofa und die Katze, die erschrocken aufspringt. Es bricht mir schier das Herz, und ich denke an die alten Grundrisse unseres Hauses, in denen ja auch Ställe verzeichnet waren. Warum also nicht?

„Gut", sage ich, während ein Frühlingsschauer vor dem Fenster dahinzieht. „Wenn du möchtest, kannst du unser Schlafzimmer bekommen. Dort war früher schon mal ein Stall. Wir müssten es für dich nur ein wenig umräumen."

Alma lächelt plötzlich breit.

Als ich am nächsten Morgen erwache, lache ich herzhaft, weil ich mich an einen abstrusen Traum erinnere. Aber was um alles in der Welt machen wir denn auf dem Sofa im Wohnzimmer, bleibt mir das Lachen im Halse stecken. Wieso liegen wir nicht im Schlafzimmer??? Als die schwarze Katze mit den feinen weißen Fäden im Fell mauzend ihr Frühstück einfordert und dabei über unsere Bettdecken stolziert, haftet ihr ein merkwürdiger Geruch nach Kuhstall an …

Hella hatte den letzten Satz der Geschichte beendet und rekelte sich vorsichtig. Irgendwie war ihr das linke Bein eingeschlafen, es kribbelte unangenehm, aber sie hatte zwischendurch die Spannung nicht unterbrechen wollen.

„Die Geschichte war aber schön", kommentierte Tina, setzte sich aufrecht hin und rekelte sich ebenfalls. „Und da wohnt bei Papa jetzt eine Kuh im Haus?"

„Du bist blöd. Das ist doch nur ein Märchen“, warf Lena ein und stand abrupt auf.

„Hat es dir denn nicht gefallen?“, wollte Hella wissen. „Man weiß bei Geschichten nie, wie viel Wahres daran ist ... Bei euch zum Beispiel gibt es Grundrisse vom Haus, aus denen zu erkennen ist, dass früher im Schlafzimmer eures Vaters tatsächlich ein Stall war ...“

Lena druckste ein wenig herum.

„Ja, schon, Oma. Aber ich bin einfach zu alt für solche Dinge!“

Hella biss sich auf die Lippen und verkniff sich ein Lachen.

„Zu alt für Geschichten ist man nie!“, konterte sie.

„Eben“, warf Tina ein. „Und wenn du mal groß bist, wirst du an all die schönen Geschichten von Oma zurückdenken. Weil die dann nämlich tot ist und keine mehr erzählen kann. Aber dafür kannst du die dann deinen Kindern oder Enkeln erzählen.“

Jetzt prustete Hella doch los, als sie Wort für Wort ihre Aussagen erkannte.

„Ach, meine Kleine. Du bist herrlich.“

Sie legte beide Arme um ihre Enkelin und drückte ihr einen Kuss auf die Stirn.

„Oma, das tut jetzt aber weh“, wehrte sich Tina und zog einen Flunsch.

„Entschuldige bitte, aber ich habe dich eben unendlich lieb.“

Dabei blickte Hella auch auf Lena, die wieder die Hände in ihren Hosentaschen vergraben hatte und offensichtlich darauf wartete, entlassen zu werden.

„Und dich auch, meine Große! Komm doch mal her zu deiner Oma! Sei nicht immer so abweisend ...“

Lena hob die Augenbrauen hoch, fügte sich aber dann doch. Bei ihrer Großmutter gab es kein Entkommen, wenn solche Liebesbekundungen angesagt waren. Sie konnte ja von Glück reden, dass das hier nicht in der Öffentlichkeit passierte, vielleicht noch vor ihren Klassenkameraden.

Wieder saßen die drei auf dem Sofa, eng aneinander geschmiegt. Hella hatte eine Träne im Augenwinkel.

An der Wohnungstür wurde geschlossen, und wenige Augenblicke später schaute Gunter verschmitzt um die Ecke. Er trug eine graue Latzhose, auf der deutliche Arbeitsspuren zu sehen waren. Aus einer Tasche ragte ein Hammerstiel heraus. Gerade wischte er die Hände an den Hosenbeinen ab, was Hella zu einem missbilligenden Stirnrunzeln veranlasste. Da schleppt er mir wieder sein Werkzeug in die Wohnung, dachte sie, sprach es aber nicht aus, um die schöne Stimmung nicht zu verderben.

„Na, meine Mädchen, alles paletti bei euch?"

„Klar, Opa", sprang Tina ihm entgegen. „Oma hat uns gerade eine ganz tolle Geschichte erzählt."

„So, so. Und dabei wohl die Zeit vergessen. Mir hat im Keller der Magen geknurrt, und da habe ich schleunigst meine Arbeiten beendet. Wie sieht es denn mit einem schönen Abendbrot aus?"

„Oh ja, Opa, und ich helfe dir", stellte sich nun Lena an seine Seite, woraufhin Gunter strahlte.

„Soll ich nicht …", warf Hella ein.

„Ach was, Liebes. Pack mal die Füße hoch. Wir drei schaffen das schon. Nicht wahr?"

Und Gunter blickte erst zu Tina und dann zu Lena, woraufhin die beiden bestätigend nickten.

„Ich bin auch irgendwie müde", sagte Hella und hatte im selben Moment die Füße hochgelegt, in eine Decke gewickelt und die Augen geschlossen.

„Jetzt hat sich Oma selbst eine Gutenachtgeschichte erzählt“, kicherte Tina, kniete sich in der Küche auf einen Stuhl und hielt sich an der Lehne fest.

„Stimmt“, ergänzte Lena. „Normalerweise hat sie uns immer damit in den Schlaf gebracht. Na ja, die Zeiten ändern sich.“

Gunter verkniff sich eine Bemerkung, wollte sich aber diese Äußerung unbedingt merken, um sie später Hella zur Erheiterung zu erzählen. Es war schon goldig, was die Kleinen so von sich gaben. Eigentlich sollte man das alles sofort aufschreiben, sonst vergaß man es viel zu schnell …

Stille machte sich in der großen Halle breit. Bis eben noch waren die Pfiffe und Bemerkungen des Trainers erklungen und die Kommentare der Handballerinnen. Manfred Meier hatte die Zeit wieder überaus abwechslungsreich gestaltet, um alle intensiv zu fordern und zu fördern. In der Aufwärmphase ließ er sie laufen, dann hatte er großen Wert auf die Dehnungsphase gelegt. Manche übergingen die gern, dabei war sie mehr als wichtig. Dazu ein paar Koordinationsübungen und ein paar weitere zur Kräftigung. Anschließend mit dem Ball passen, Wechsel.

Jedes Spiel lebt vom Tempo, hatte Manfred dabei immer im Hinterkopf. Sie mussten in den Fluss reinkommen, in den spielerischen Rhythmus. Nach ein paar Minuten „Ball in den Kasten" war der Trainer zum Pfostenhandball übergangen. Jeder Treffer auf den Pfosten ergab einen Punkt. Allerdings hatte er schon Fälle gehabt, wo Spielerinnen sich so in diese Art verrannt hatten, dass sie später, als es ernst wurde, auch nur wieder und wieder den Pfosten trafen.

Manfred hatte bei allem jeden Einzelnen im Blick und sobald er eine Bemerkung machte, versuchte er konstruktiv-kritisch zu sein. Was ihm meist gelang, aber eben leider doch nicht immer. Ein guter Trainer musste ein Stück weit ein echter Psychologe und die geborene Führungspersönlichkeit sein. Auch die einzelnen Grüppchen innerhalb der Mannschaften musste er perfekt durchschauen und seinerseits geschickt die Fäden ziehen. Hatte eine der Damen mal keinen so guten Tag, dann war auch seine Geduld mit ihr gefragt. Immerhin wusste er um das Können jeder einzelnen Spielerin. Früher wurde solchem Kram ja nicht eine derartige Bedeutung beigemessen, dachte Manfred. Aber heute hieß es immer: Soziale Komponente beachten, der Mannschaft beistehen, sich durch Regelmäßigkeit, Verbindlichkeit und Zuverlässigkeit auszeichnen. Wobei er das eigentlich von seinen Spielern ebenfalls erwartete!

Einem seiner Trainerkollegen hatte es neulich erst den Job gekostet, nachdem er auf dem Spielfeld persönlich und regelrecht pampig geworden war. Manfred hatte sich zwar im Nachhinein alles am Telefon geduldig angehört, aber helfen konnte er schließlich auch nicht mehr. Wenn die Chemie nicht stimmte, dann war es aus. Ganz einfach. Und solche Sprüche wie „Wer hat hier das Sagen? Ich oder ihr?", die gingen nun überhaupt nicht. So in der Art hatte der Kollege seine Spielerinnen zurechtgewiesen, als die sich ungerecht behandelt fühlten. Er hatte sich dann gerächt, indem er seinerseits zu spät zum Training kam. Aber damit hatten die Damen natürlich erst recht etwas gegen ihn in der Hand. Manfred gab sich als geduldiger Zuhörer, aber zum Schlichter war er nicht geboren.

Ein Geruch von verschwitzten Shirts hing in der Luft. Manfred Meier saß auf einer Bank an der Seite, stützte die Ellbogen auf die Knie und legte sein Gesicht auf die Hände. Du bist jetzt ganz entspannt und ruhig, redete er sich ein, wobei er tief durchatmete. Er überlegte, ob die Wahl für die einzelnen Positionen richtig gewesen war. Noch konnte er gegebenenfalls wechseln. Aber im Grunde seines Herzens hatte er die Entscheidung für die vierzehn Spielerinnen inklusive der zwei Torhüterinnen längst getroffen. Linksaußen, Halblinks, Mitte, Kreisläufer, Halbrechts, Rechtsaußen - er ging die Einzelnen noch einmal durch und sah sie vor sich. Von den Sportlerinnen kamen zwischendurch Einwände, was die Besetzungen anging, aber er war derjenige, der die Verantwortung trug. Und wenn sie am Ende siegten, dann war auch alles Gejammere von vorher längst vergessen und Schnee von gestern. Er spürte instinktiv, wann es an der Zeit war, jemanden auszuwechseln. Zweimal dreißig Minuten konnten zu einer verdammt langen Zeit werden, egal in welcher Liga man spielte.

Manfred fiel gerade ein, dass sie für die nächste Tour doch lieber den Bus chartern sollten. Bei so einem wichtigen Spiel würde es besser sein, sich nicht in einzelnen Fahrgemeinschaften zu verzetteln. Die üblichen zehn Euro pro Spielerin dürften als Umlage reichen, überlegte er noch, holte ein Notizbuch aus seiner Tasche und schrieb ein paar Stichpunkte auf, darunter das Wort Sponsoring. Wenn es mit seinem Team jetzt wie geplant weiter voranging, dann würde sich bestimmt auch jemand einbringen wollen. Sportliche Erfolge zogen. Außerdem sahen die Unternehmen gern ihr Logo auf den Werbeflächen im Zusammenhang mit den angekündigten Spielen.

Und wenn es nicht klappte, dann mussten sie eben in Eigeninitiative zusehen, wie sie weiter finanziell klarkamen. Aber daran wollte er lieber nicht denken. Negative Gedanken führten auch zu negativen Ergebnissen. Das war keine Unkerei, das hatte sich schon zu oft bestätigt in seinem Leben. So träumte er weiter von einheitlichen Trikots, kurzen Hosen und Jogginganzügen sowie Turnschuhen, wenngleich die Spieler da schon unterschiedliche Varianten bevorzugten und ihre Vorlieben hatten. Schließlich war es absolut wichtig, dass sie damit gut laufen konnten. Die Einheitlichkeit durfte nicht um jeden Preis sein.

In seiner Hosentasche vibrierte das Handy. Er versuchte, die Botschaft zu ignorieren, aber dann überwog die Neugierde. Manfred zog das Gerät heraus und betätigte die Tastatur, nachdem er den Eingang einer SMS verzeichnet hatte.

„War wieder echt geil, danke Manni. LG. Mausi"

Manfred seufzte auf. Ach, seine Mädels. Immer diese Sprüche. Anstatt sich auf den Sport zu konzentrieren und ordentlich zu trainieren. Außerdem konnten ihn solche Zeilen in Teufels Küche bringen. Er drückte die Nachricht lediglich weg, obwohl er sie eigentlich gleich gelöscht haben wollte.

Im Hintergrund schlug eine Tür zu. Die letzte Sportlerin hatte sich jetzt sicherlich auf den Heimweg gemacht, und auch er musste sich sputen. Ob er hier noch eine Dusche nahm? Manfred blickte auf seine Armbanduhr. So viel Zeit sollte eigentlich sein. Er stand auf und schlenderte in Richtung der Umkleidekabinen.

Jennifer hatte ihren Trainer die ganze Zeit über beobachtet. Sie war die Absenderin der Nachricht namens Mausi. So hatte ihre Mutter sie schon immer genannt, und so war der Spitzname bei allen Freunden gang und gäbe. Nach der Trainingseinheit hatte sie extra noch getrödelt. Alle ihre Sportkameradinnen waren nach und nach verschwunden.

„Tschüss, Mausi", klang ihr noch von Greta im Ohr, ihrer besten Freundin. Der sie aber auch nicht alle ihre Geheimnisse anvertraute. „Sollen wir dich mitnehmen? Mein Vater kommt gleich!"

Jennifer hatte den Kopf geschüttelt.

„Nein, danke. Ich bin mit meiner Mutter verabredet."

„Dann ein andermal. Bis morgen in der Schule."

„Ja, bis dahin", hörte sich Jennifer noch sagen und hing nun ihren Tagträumen nach, in denen Manfred Meier die Hauptrolle spielte.

Es war bestimmt nicht mehr lange hin, dass ihnen eine gemeinsame Zukunft beschert war. Sie musste nur weiter daran arbeiten. Und was wollte er schließlich mit dieser alten, zerknitterten Schachtel an seiner Seite. Er gab ihr doch immer so viele Zeichen. Wie er sie anschaute, mit diesem verführerischen Augenzwinkern. Das war doch eindeutig. Oder mit einem zärtlichen Griff am Oberarm. Jennifer seufzte. Die anderen würden Augen machen, wenn sie endlich offiziell an seiner Seite war und nicht mehr diese Judith oder wie die Schabracke hieß.

Jetzt sah sie, wie sich Manfred bedenklich ihrem Versteck näherte. Sie hatte sich in einen der Umkleideräume zurückgezogen, die noch offen waren. Der Geräteraum und der Raum für den Schiedsrichter waren verschlossen. Sie musste sich entscheiden. Entweder sofort verschwinden oder sich irgendwo noch verbergen. Aber der Trainer hatte die Schlüsselgewalt über das Objekt an diesem Abend, und wenn sie nicht rechtzeitig das Haus verließ, konnte sie eventuell die Nacht hier verbringen. Keine angenehme Vorstellung.

Jennifer zog sich hinter der Tür zurück und hörte seinen Atem, als er draußen Richtung Duschen vorbeilief. Nicht einmal ein Meter Abstand trennte sie kurzzeitig, sie hätte ihm über den Arm streichen können. Am liebsten hätte sie sich vor ihn gestellt oder ihn nackt unter der Brause erwartet. Doch das alles hatte Zeit. Sie konnte warten. Sie war noch jung.

Ihre Blicke wanderten über ihr Umfeld. Wo vorher alle Sachen in heillosem Durcheinander gelegen und gehangen hatten, sah es jetzt fast ordentlich aus. Nur ein vergessenes Shirt baumelte an einem Haken der silbrigen Metallstange über den glänzenden Wandfliesen. Ein Stück weiter stand ein einzelner Schuh. Wer den wohl vermisste? Beim nächsten Training fanden sich meist die Besitzer wieder ein.

Jennifer blickte in den Gang. Die Luft war rein. Kurz zögerte sie noch. Vielleicht doch in die Duschen zu ihm und sich offenbaren? Das Mädchen schüttelte den Kopf. Sie wollte die Situation einfach noch ein Weilchen hinauszögern und dieses Katz-und-Maus-Spiel genießen. Sie bekam eine Gänsehaut. Und wie hieß es beim Versprechen vor dem Pfarrer: Bis dass der Tod euch scheidet! Ja, das wollte sie wohl zusagen. Ohne Wenn und Aber!

„Hase hier, hallo!"

„Rate mal, wer hier spricht?"

„Alex? Nein, das glaube ich nicht! Ich dachte, dich gibt es gar nicht mehr!"

„Ach, Cousinchen, ich hatte so viel um die Ohren ..."

„Und da gelingt es dir nicht mal, wenigstens eine SMS oder eine Mail zu schreiben! Du hast dich bestimmt ein Jahr nicht mehr gemeldet und auf meine Post auch nicht reagiert", entrüstete sich Vanessa. „Ich bin echt sauer!"

„Oh, das tut mir leid. Dafür war ich in Gedanken öfter bei euch", entschuldigte sich Alexander. „Aber ich habe so viel um die Ohren und weiß nicht, wo mir der Kopf steht. Die Arbeit, Tina und Lena, meine Eltern ..."

„Gut, angenommen", ließ sich Vanessa erweichen. „Und da du jetzt anrufst, hast du doch bestimmt was auf dem Herzen, wie ich dich kenne. Rück raus, Lieblingscousin!"

„Ich, das heißt, die Mädchen und ich, wir würden gern nach Berlin kommen. Können wir vielleicht bei euch übernachten?"

Vanessa überlegte nicht lange.

„Aber ja doch. Gar keine Frage. Dann haben wir vielleicht endlich mal Zeit, uns auszutauschen. Ich glaube, deine Mädels erkenne ich gar nicht wieder, so lange ist es her, dass wir uns gesehen haben."

„Ja, das war, glaube ich, zur Beisetzung von Olga."

„Ein fürchterlicher Anlass. Bist du denn einigermaßen drüber hinweg und vor allem, wie verkraften es die Kinder?"

„Ach, das ist ein ausgiebiges Thema. Darüber lass uns doch in Ruhe plauschen."

„Wann wollt ihr denn kommen?"

„Jetzt am Wochenende", schlug Alexander vor.

„Na, du bist lustig. Erst Ewigkeiten Funkstille und dann Hals über Kopf. Warte mal, ich muss meinen Kalender holen und nachsehen ..."

Es dauerte einen Moment, und Alex schaute aus dem Fenster. Er hatte richtig schmerzende Sehnsucht nach Berlin, was er sich lange nicht eingestehen wollte. Aber jetzt tat das dermaßen weh, dass er einfach mal wieder hinfahren musste, um sich davon zu erlösen. Er ging in sein Mail-Programm. Heike hatte gerade ein paar Untersuchungsergebnisse geschickt. Das passte prima. Gleich nach dem Gespräch würde er sich darum kümmern.

„Hörst du?", setzte Vanessa wieder an.

„Ja, bin gespannt wie ein Flitzbogen!"

„Also, mein lieber Alex. Wir erwarten euch. Eigentlich wollte ich meinen großen Hausputz machen, aber der rennt mir ja nicht weg, ha, ha! Wird einfach verschoben, und wir unternehmen was gemeinsam mit den Kindern. Sie können sich ja was wünschen, wenn sie mal wieder in ihrer alten Heimat sind. Und du, hast du noch was zu erledigen?"

„Ich will mich ganz gern mit meinem früheren Kollegen treffen. Aber das Gespräch mit ihm habe ich von dem Telefonat mit dir abhängig gemacht. Jetzt, wo das bei euch klappt, setze ich mich mit ihm in Verbindung."

„Habt ihr essenstechnisch irgendwelche Wünsche?"

„Mach dir bloß keine Arbeit, Häschen. Lass uns zum Italiener oder Inder oder Chinesen gehen. Da sind meine Mädchen relativ unkompliziert."

„Hast du ein Glück. Meine Rasselbande ist eher mäklig. Aber wir finden was, das für alle passt. Also bis dahin. Funk noch einmal durch, wenn ihr im Anmarsch seid. Wann etwa könntet ihr denn eintreffen?"

„Wenn ich Freitag mal ganz pünktlich Feierabend mache beziehungsweise ein paar Überstunden abbummle, wofür mich mein Chef nur mit erstauntzweifelnden Augen anblicken wird, dann könnte es vielleicht so achtzehn Uhr werden. Muss nur kurz nach Hause und Tina und Lena einsacken. Die werden sich freuen!"

„Ach, und wir uns erst. Bis dahin, Alex!"

„Tschüss, Vanessa."

Alexander überlegte kurz, dann aktivierte er diesmal von seinem Handy aus die Nummer seines Berliner Kollegen, der schon beim ersten Signalton das Gespräch annahm.

„Na, du traust dich was", erklang es am anderen Ende.

„Sorry. Ich habe mich gerade blumig bei meiner Cousine entschuldigt. Und auch du wirst mir bestimmt Vorwürfe machen, warum ich mich so lange nicht gemeldet habe. War keine böse Absicht. Nur der Alltag, allein mit zwei Kindern. Das ist eben heftig. Da geht so viel Privates unter."

„Na gut", sagte Frank Richter, beeindruckt von diesem Redeschwall. „Ich hätte mich ja ebenfalls melden können. Gemessen an dir ist mein Freizeitvolumen wahrscheinlich etwas größer. Meine Frau kümmert sich schließlich um die Kinder und den Haushalt. Neben ihrer Arbeit. Manchmal habe ich fast ein schlechtes Gewissen."

„Aber eben nur fast", warf Alex ein, woraufhin Frank lachte.

„Wir müssen dafür die Welt retten und vom Bösen befreien", argumentierte Frank. „Doch womit habe ich deinen Anruf verdient? Wann können wir uns sehen?"

„Kommenden Sonnabend."

„Ups! Das kommt aber ein bisschen plötzlich."

„Na ja, ich habe mich eben bei meiner Cousine einquartiert, mit den Kindern. Wir reisen Freitag an und müssen Sonntag erneut Richtung Minden fahren. Montag ist wieder Schule angesagt."

„Tja, dann schaue ich mal, was sich machen lässt. Zu Hause wird meine bessere Hälfte bestimmt Verständnis dafür haben, dass wir zwei mal um die Häuser ziehen und ein Glas auf alte Zeiten trinken."

In dem Moment ertönte die Telefonanlage auf Alexanders Schreibtisch. Er erkannte im Display seinen Vorgesetzten als Anrufer.

„Sorry, Frank. Die Pflicht ruft. Ich melde mich, wenn ich in der Stadt bin, und dann dachte ich, dass wir uns vielleicht so gegen zwanzig Uhr treffen. Ab da kann ich die Mädels auch ganz unproblematisch meiner Cousine Vanessa überlassen."

„Gute Idee. Bis dahin."

„Und tschüss!"

Am nächsten Morgen wurde Alexander davon munter, dass er ein vermeintliches Motorengeräusch wahrnahm, das immer lauter wurde. Es entpuppte sich als das intensive Schnurren von Kater Albert, der es sich auf seinem Kopfkissen bequem gemacht hatte, dort eingerollt lag. Alexander blinzelte zu seinem Mitbewohner, legte ihm die Hand auf den Rücken und kraulte ihn. Das wohlige Brummen intensivierte sich.

Bei einem Blick auf den Wecker stellte Alexander fest, dass er noch Zeit bis zum Aufstehen und den Frühstücksvorbereitungen für sich und die Mädchen hatte, aber er war putzmunter. Also setzte er sich aufrecht hin. Mit beiden Händen fuhr er sich über den Bauch. Oh, dachte Alex, das fasst sich aber gar nicht gut an. Er schob das Schlafanzug-Shirt hoch und nahm die Bauchfalte zwischen Daumen und Zeigefinger. Junge, Junge, du setzt Speck an! Jetzt hast du nicht nur graue Haare, sondern wirst auch noch fett. Alexander stöhnte unwillig. Kein Wunder. Seit er sich um die Mädchen kümmern musste, blieb immer weniger Zeit für ihn übrig, und er vernachlässigte sich, vor allem seinen Sport. Wann war er eigentlich das letzte Mal mit dem Rad durch die Bastauwiesen zum Moor gefahren? Es fiel ihm partout nicht ein.

Dann sah er auf seinen Hometrainer, der im Schlafzimmer mit Blick in Richtung Kanal stand. Ach ja, das ist auf jeden Fall besser als nichts. Alexander erhob sich, streckte beide Arme aus und gähnte kräftig. Kater Albert lüpfte nur einen Spaltbreit die Augenlider. Das sah noch nicht nach Futterversorgung aus, also konnte er weiter auf dem Kissen liegen bleiben.

Alexander öffnete das Fenster weit, und der Kuckuck war inmitten des Vogelgezwitschers deutlich zu vernehmen. Den Horizont säumten in gerader Linie die Büsche und Bäume, die den Mittellandkanal flankierten. Ein Stück zuvor und nur zu erahnen das kleine Flüsschen Bastau. Da und dort vereinzelte Pappeln, Weiden, Weißdornbüsche, Hagebutten- und Brombeerhecken. Alex stieg auf sein Rad, stellte die Belastung auf die höchste Stufe ein und trat kraftvoll in die Pedalen.

Der Bauer hatte unlängst die Wiese vor dem Haus, die sonst über Jahre mit Brennnesseln aufwartete, bearbeitet. Dabei war er sogar mit seiner schweren Technik im weichen Untergrund mal wieder stecken geblieben. Die Mädchen hatten davon erzählt und das unheimlich lustig gefunden. Aber jetzt zierten ordentliche Reihen einer frischen Saat das dunkelbraune Feld. Mais hatte der Bauer angebaut. Das wiederum hatte die Nachbarin Hertha Jendritzky erzählt, denn in der Phase hätte er nie und nimmer erkannt, was denn die zarten grünen Spitzen einmal werden wollten. Hätten ja auch Sonnenblumen oder weiß der Himmel was sein können, er war schließlich kein Landwirt und nicht mit der Natur groß geworden.

Als sein Blick die Hecke an seiner Grundstücksbegrenzung streifte, fiel ihm ein, dass er sie mal wieder schneiden müsste. Sie war deutlich in Breite und Höhe gegangen, an einer Stelle ragte vorwitzig ein Holunderzweig hervor, der sich dort durchsetzen wollte. Wann soll ich das denn noch machen?, grübelte Alexander. Klar, jetzt früh, gegen sechs Uhr, da hätte ich etwas Zeit. Aber erstens war dann alles nass und ließ sich demzufolge schlecht bearbeiten. Außerdem hätten ihm zweitens die Nachbarn sicher einen Vogel gezeigt, wenn er in solcher Herrgottsfrühe mit Gartenarbeiten angefangen hätte.

Wobei ihm gerade einfiel, dass er Hertha Jendritzky mal nach den zeitlichen Gepflogenheiten befragt hatte, ob es vorgeschriebene Pausen geben würde. Da hatte sie nur gelacht. Wo er denn herkäme, dass er solche Fragen stellen würde …? Er wäre doch hier Eigentümer, und da könne er tun und lassen was er wolle, auch wann er es wolle. Das wäre einfach sein Bier!

Und so hatte er sich seine persönlichen Zeiten festgelegt. Sonntag ging eben gar nicht, da waren alle mehr oder weniger auf dem Weg in die Kirche und ruhten den Rest des Tages aus beziehungsweise unternahmen etwas in Familie. Feiertage waren ebenso tabu. Blieben nur die freien Termine irgendwann zwischendurch. Wenn es dann nicht gerade regnete!

Ob er sich wohl doch einen Gärtner nehmen sollte? Alex schob den Gedanken beiseite. Blödsinn. Du wirst dir doch nicht diese Art von Fitnessstudio wegnehmen lassen. Kommt gar nicht infrage. Dann könnte er sich auch gleich noch eine Haushälterin dazu engagieren. Und sein ganzes Geld für Personal ausgeben. Quatsch. Außerdem hatte sich seine Mutter schon angeboten, bei ihm zu putzen. Aber das hatte er natürlich sofort vehement abgelehnt. Was für eine Schnapsidee! Seine Mutter bei ihm daheim als Reinigungskraft. Das ging ja gar nicht.

Er beschränkte sich auf ein notwendiges Minimalprogramm und hielt die Mädchen dazu an, dass sie ihn unterstützten. Das konnte nichts schaden. Da lernten sie beizeiten, wie so ein Haushalt zu organisieren war. Die Große hatte sich inzwischen sogar schon zu einer recht passablen Köchin entwickelt. Ihre Nudeln mit Tomatensoße waren jedenfalls unschlagbar. Alexander lief das Wasser im Mund zusammen.

Die Kilometeranzeige bewegte sich schnell voran. Alex war schon zehn Kilometer gefahren, als er das Fasanenpaar entdeckte, das ein Stück weit weg zwischen den Pflänzchen spazieren ging. Ein paar Reihen weiter war ein Storch unterwegs, der das Feld in seiner gesamten Breite staksend überquerte und nach Nahrung absuchte. Und dann entdeckte Alexander den Hasen, der zunächst in einer Furche gekauert hatte, sich aber nun erhob und die Ohren in alle Richtungen spitzte. Die Luft schien rein zu sein, und so platzierte er sich der Länge nach auf den zarten Maistrieben. In der Position war er kaum noch zu erkennen.

Alexander lächelte versonnen. Das erinnerte ihn an die Begegnung vor ein paar Tagen, als er mit Lena und Tina durch den Garten gelaufen war, um ihnen ein paar Pflanzen zu erklären oder sich von ihnen erklären zu lassen, denn sie wussten inzwischen schon so allerhand, auch durch die Schule. Mitten in der Bewegung hatte er beide Kinder festgehalten und sie zur Ruhe gemahnt.

„Da, der Hase", hatte er nur geflüstert, und beide hatten sich mucksmäuschenstill an ihn gepresst.

Es war ein großes, kräftiges Tier gewesen. Es hoppelte geradewegs auf die drei zu, und Tina stand der Mund offen. Nicht einmal zwei Meter vor den Menschen hielt der Hase an, hockte sich aufrecht hin und schien die Augen zusammenzukneifen, so als würde er überlegen: Was war dieses Gebilde da vor ihm, es bewegte sich nicht, aber es machte einen merkwürdigen Eindruck? Die Windrichtung lag so, dass er die Menschen nicht wahrnehmen konnte. Der Hase beobachtete aufmerksam und argwöhnisch sein Umfeld, dann ließ er sich für einen Moment wieder auf dem Rasen nieder, um sich etwas zu putzen. Dabei fuhr er sich mit den Vorderpfoten über die Ohren.

Noch rührten sich Alexander und die Mädchen nicht. So, als wäre alles völlig normal, stemmte der Hase die Vorderpfoten wieder auf den Boden und drückte sein Hinterteil nach oben. Dann setzte er sich gemächlich in Richtung Beet in Bewegung, um dort an den frischen Trieben zu knabbern. Das Ganze schien

Stunden zu dauern, aber es waren höchstens ein paar Minuten, bis der Hase schließlich an dem kleinen Tannenwald vorbei hinter der Hecke verschwand.

„Oh, Papa, das war aber toll", hatte Tina aus tiefster Überzeugung geseufzt.

„Wirklich geil", setzte Lena an. „Schade, dass ich das jetzt nicht mit meiner Handykamera aufnehmen konnte. Das wäre der Hammer gewesen. Da hätten die anderen in meiner Klasse gestaunt! Ob sich das noch einmal wiederholen lässt? Was meinst du, Papa?"

„Ich glaube nicht", hatte Alexander geantwortet und beide Mädchen an sich gedrückt.

Als er jetzt so auf dem Rad saß und in Gedanken durch die Landschaft fuhr, durchströmte ihn ein Gefühl der tiefen Dankbarkeit, dass er das alles erleben durfte. Ein Glück, dass er Berlin den Rücken gekehrt und sich für diese wunderbare Gegend entschieden hatte. So wirklich bereut hatte er es noch keinen Tag, auch wenn manchmal die Sehnsucht nach der alten Heimat auftauchte. Sobald er sich dann wieder in der Großstadt aufhielt, bekam dieses Heimweh einen starken Dämpfer – in all dem Krach und der dicken Luft …

Ach, das Leben ist schön, dachte Alexander und schaute auf den Kilometerstand. Der war inzwischen bei dreißig gelandet, und Alex fühlte sich etwas verschwitzt. Jetzt unter die Brause, und dann kann alles richtig starten. Er stieg von seinem Hometrainer und lief ins Bad. Kater Albert folgte ihm, auffordernd miauend, dass das doch der falsche Weg sei.

„Geduld, mein Lieber! Du kommst auch gleich dran", sagte Alexander leise zu ihm und stieg in die Wanne. Albert schien das zu akzeptieren, denn er streckte sich auf den flauschigen Teppich, der davor lag und verfolgte konzentriert das weitere Geschehen. Jetzt konnte es nicht mehr lange mit dem Fressen dauern ...

Es hatte mit einem halben freien Tag am darauf folgenden Freitag geklappt. Alexander fuhr vergnügt nach Hause und sammelte auf dem Heimweg die Mädchen in der Grundschule und in der Verbundschule ein. So, wie es verabredet war.

Inzwischen hatten sie auf der A2 schon die Hälfte der Strecke zurückgelegt, als Tina übel wurde.

„Papa, du musst sofort an die Seite fahren. Mir ist schlecht."

Alexander kam nicht einmal dazu, von der Mittelspur auf die rechte zu wechseln, die dicht von LKWs befahren war, als Tina schon ihren Mageninhalt in hohem Bogen ins Auto entleerte und dabei ihre Schwester traf.

„Igitt! Das ist widerlich! Du altes Schwein!", fluchte Lena und wand sich neben ihrer kleinen Schwester.

Endlich fand Alexander eine Möglichkeit, auf die rechte Spur zu fahren.

„Ihr müsst euch noch einen Moment gedulden. In drei Kilometern kommt ein Parkplatz mit Toilette", beschwichtigte er die Kinder.

„Warum hast du denn nicht die Kotztüte genommen?", wollte er von Tina wissen, die daraufhin in Tränen ausbrach.

„Du hast sie doch nicht eingepackt. Es ist alles deine Schuld, weil du immer so rast!", brachte die Kleine unter Schluchzen hervor.

„Genau, Papa, da hat Tina absolut recht. Mir ist auch schon ganz elend", nahm Lena jetzt ihre kleine Schwester in Schutz.

Es roch säuerlich im Auto, als Alexander endlich direkt neben dem Toilettenhäuschen parkte. Sollte er mit den Kindern jetzt auf die Damentoilette oder zu den Herren? Eine echte Gewissensfrage. Dann entschied er sich aber für die Damentoilette und überlegte sich die passenden Worte für eine Entschuldigung. Wobei die Kinder eigentlich für sich sprachen, so wie sie aussahen. Während er beide Mädchen mühselig säuberte und dazu immer wieder den Wasserstrahl aktivierte, behelligten aber keine weiteren Zuschauer die drei. Ein Glück, dass mir das erspart bleibt, dachte Alexander.

„Bist du mir jetzt böse, Papa", wollte Tina kleinlaut wissen, als alle wieder im Auto saßen.

„Ach was, mein Engel. Wieso sollte ich dir denn böse sein. Es stimmt. Ich erinnere mich, dass die Tüten vorhin noch auf der Garderobe lagen, als wir das Haus verließen. Ich hätte dran denken müssen. Schließlich bin ich der Erwachsene."

„Und fährst du jetzt nicht mehr so schnell?", erkundigte sich Lena, die ihre Schwester tröstend in den Arm genommen hatte.

„Ich werde mich hüten", entfuhr es Alexander, und er startete den Wagen.

Nach etwa zwei Stunden, als sein Eintreffen absehbar war, rief er seine Cousine über die Freisprechanlage an, und sie erfuhr von den Mädchen natürlich sofort von dem Malheur. Auch Vanessa zeigte nur Mitgefühl und meinte, dann wolle sie schon mal in Kürze das Badewasser einlassen.

„Wann seid ihr da?", wollte sie noch wissen.

„Achtzehn Uhr, wie angekündigt", antwortete Alexander.

„Na, das klappt wenigstens", entgegnete Vanessa.

„Höre ich da Unmut in deiner Stimme, liebes Cousinchen?“

„Keineswegs. Nur tanzen mir meine Mäuse auch gerade auf dem Kopf herum, weil sie sich so auf den Besuch von euch freuen und verdammt ungeduldig sind.“

Jetzt musste Alexander lachen.

„Bis gleich“, verabschiedete er sich.

„Bei Tante Vanessa tanzen Mäuse auf dem Kopf herum? Wie machen die denn das?“, fragte Tina neugierig.

Lena seufzte auf, zog den Arm unter ihrer Schwester hervor und meinte trocken: „Du bist dämlich. Das sagt man doch nur so, wenn jemand nervt und einfach nicht gehorcht.“

„Aha“, gab sich Tina zufrieden.

Alexander fuhr kurz darauf auf den Stadtring von Berlin.

„Und, was gibt's Neues bei euch? Wieder mal ein paar Straftäter aus dem Gefängnis geflüchtet?“, wollte Alex wissen, als er abends mit Frank im Irish Pub saß, in der einzigen noch freien Ecke. Die Bespaßung der Kinder hatte bei Vanessa hervorragend geklappt, aber jetzt war Alexander froh, dem Trubel entkommen zu sein. Für ein kleines Weilchen trug er mal keine Verantwortung.

„Das musste ja kommen“, erwiderte Frank, der die Anspielung auf die spektakuläre Flucht aus dem Gefängnis von Berlin-Moabit sofort verstanden hatte. „Ist eben mehr als hundert Jahre alt, das Objekt. Da wurden gerade Fenster erneuert, aber eben noch nicht die, wo die Betreffenden eingesperrt waren.“

„Aber die Zellgitter zersägen und dann mit Bettlaken abseilen, um anschließend eine meterhohe Mauer zu überwinden und sich durch Stacheldraht zu drängen ... Erinnert irgendwie an einen alten Krimiklassiker, ziemliche Klamotte. Das gibt es doch heutzutage bei uns gar nicht mehr, dachte ich!" Alexander schaute auf seinen Freund, neugierig auf dessen Reaktion. Er liebte es, wenn sie sich die Bälle so ironisch zuwarfen.

„Die Fahndung lief aber sofort auf Hochtouren ..."

„Und in der Presse war zu lesen, einer der Geflohenen wäre ein mutmaßlicher Mörder, die Bevölkerung müsse sich aber keine Sorgen machen. Das glaubt doch kein Mensch ..."

„Du weißt doch, wie die Reporter sind. Die verdrehen einem das Wort im Mund. Das stand in unserer Pressemitteilung sehr viel ausführlicher und ist in so einem Zitat einfach aus dem Zusammenhang gerissen."

Alexander klopfte Frank auf die Schulter.

„Ich wollte dich nur auf den Arm nehmen. Ist ja klar. Und Versäumnisse von Bediensteten kannst du im Nachhinein immer feststellen. Da kann ich auch ein Lied von singen ..."

„Das ist eben das Problem. In der Hektik des Alltags und bei dem hohen Stresspegel geht schon mal was unter. Hinterher hat man dann auf dem Überwachungsmonitor schon erkennen können, was da geschah. Als es passierte, wurde es aber als Fehlalarm abgetan. Und nun stehen wieder mal Disziplinarermittlungen gegen die Mitarbeiter der Alarmzentrale an."

„Na, in deren Haut möchte ich nicht stecken", sagte Alexander, lehnte sich auf der dunklen Holzbank zurück und atmete tief durch. Das hatte ihm gefehlt. Einfach mal mit einem wirklich guten Kumpel um die Häuser ziehen und die Seele baumeln lassen.

Nichts gegen Wolfhard, aber mit ihm war er erst ein paar Jahre verbunden. Außerdem gab es den nicht unerheblichen Altersunterschied. Insofern war es eher ein Vater-Sohn-Verhältnis. Wenn auch ein außerordentlich gutes. Mit Frank Richter hingegen hatte er schon so manches Ding durchgestanden, und einer hatte zum anderen gehalten. Gerade dachte Alex an die Aktion, wo sie bei der Familie von Teko Masenamela waren, den seine Frau Olga in der U-Bahn verteidigt hatte. Theoretisch hätten ihm ein solcher Besuch und eine Befragung gar nicht zugestanden. War ja überhaupt nicht sein Befugnisbereich. Aber Frank hatte das alles auf seine Kappe genommen und es war nichts passiert. So wusste er wenigstens, wofür seine Frau ihr Leben gelassen hatte. Alex schaute traurig auf sein dunkles Bier.

„Was ist denn los mit dir?“, wollte Frank wissen. Er hatte Ringe unter den Augen und sah ziemlich fahl aus. „Bist doch sonst bekanntermaßen die Stimmungskanone.“

„Ach, ich bin nur gerade gedanklich abgeschweift.“

„Kann ich mir schon vorstellen … Aber egal. Du wolltest wissen, was so aktuell ansteht. Prost erst mal!“

Frank erhob sein Glas, beide stießen an und ließen es sich schmecken.

„Tja, die üblichen Arien. In der Franziskaner-Klosterruine direkt an der Grunerstraße haben Passanten in den frühen Morgenstunden, noch vor dem Aufstehen, einen Toten entdeckt. Jedenfalls wurde ich deshalb zum zigsten Male aus dem Bett geholt. Und weil der Mann äußerst schwere Verletzungen aufwies, wurde eben gleich die Mordkommission eingeschaltet. Mal wieder ein Fall mitten in der City!“

„Ach ja, gegenüber vom Amtsgericht und quasi gleich beim Fernsehturm“, schloss Alex an.

„Du erinnerst dich noch?", nahm Frank seinen Freund auf den Arm.

„Blass, ganz blass, was die regionale Einbindung angeht. Aber erzähl weiter."

„Wir haben die Leiche zwar obduziert, aber die Identität ist nach wie vor unbekannt. Erst mal sind uns vor Ort die Neugierigen wieder durchs rot-weiße Flatterband gelatscht. Da kann breit und mastig draufstehen ‚Halt, Polizei! Tatort nicht betreten!', was kein Aas interessiert. Ich könnte da manchmal ausrasten."

„Kann ich verstehen, Frank. Geht mir immer genauso. Am schlimmsten finde ich ja, wenn die ihre Handys zücken und gleich nette Selfies mit der jeweiligen Katastrophe aufnehmen wollen. Wobei die Sitten auf dem Lande eigentlich etwas gepflegter sind. Aber auch nur eigentlich. Nordrhein-Westfalen setzt ja jetzt als erstes Bundesland nach Unfällen auf Autobahnen mobile Sichtschutzwände, die bei den Autobahnmeistereien stationiert sind, gegen die Schaulustigen ein. Unsere Beamten kommen gar nicht mehr mit dem Anzeigenschreiben gegen Gaffer hinterher, obwohl die wahrhaftig andere Dinge zu tun hätten. Natürlich ist man zunächst neugierig, wenn was passiert ist; eine ganz normale menschliche Regung. Aber dann gleich das Smartphone auf die Opfer richten, um aller Welt mitzuteilen, was man gerade Tolles erlebt hat, das geht gar nicht! Sind meist Männer, die das tun und dann ihre Aufnahmen von den Verletzten oder Sterbenden direkt ins Internet stellen. Eine richtige Selfie-Manie! Aber entschuldige bitte, ich bin gerade von deinem Thema abgekommen. Was ist mit dem Toten am Alexanderplatz?"

„Ja, das mit den Sichtschutzwänden habe ich auch verfolgt. Interessante Sache. Kommt aus den Niederlanden. Da sind die schon seit vielen Jahren im Einsatz. Bei euch in der Ecke ist das doch in einem Pilotversuch in Düsseldorf getestet worden, wenn ich mich recht entsinne. Erfolgreich. Sobald die gut zwei Meter hohen grünen Wände standen, löste sich der Stau auf, und der Verkehr floss wieder normal. War nichts mehr zu glotzen! Natürlich hat der Bund der Steuerzahler gleich mal Zweifel angemeldet, ob die Kosten-Nutzen-Relationen hinhauen würden. Hat man sofort mit Zahlen und Fakten abgeschmettert. So ein etwa fünf Kilometer langer Stau auf einer stark befahrenen Autobahn mit einer geschätzten Dauer von dreieinhalb Stunden bedeutet natürlich für die Wartenden einen enormen Zeitverlust und damit einen großen volkswirtschaftlichen Schaden. Man rechnet mit zweihunderttausend Euro. Dagegen beläuft sich ein Einsatz einer Sichtschutzwand nur auf etwa zweitausend Euro. Das hat doch was! Aber zurück zu meinem Thema. Was unseren Fall angeht, so suchen wir momentan über die Presse und unsere Website nach Zeugen. Ist schließlich ein ziemlich begangener Ort. Das muss doch jemand mitbekommen haben."

„Kann ich mir gut vorstellen", nickte Alex. „Aber ihr werdet bestimmt Erfolg haben. Das hat jemand gesehen, der plaudern will. Entweder um sich zu erleichtern oder um jemanden anzuzählen. Wenn ihr noch eine Belohnung aussetzt, liegen die Chancen noch höher. Bei manchen Zeugen kommt mir allerdings der Kaffee hoch."

„Was, dein Lieblingsgetränk?", scherzte Frank.

„Genau. Aber das Bier hier ist auch nicht schlecht." Alex trank sein Glas aus.

„Nehmen wir noch zwei? Ich bin ja mit den Öffentlichen unterwegs. Da muss ich nicht auf die Promille achten!"

„Aber ja doch", entgegnete Frank und winkte die Bedienung heran.

Inzwischen hatte eine Band angefangen zu spielen, und die Geräuschkulisse erschwerte die Unterhaltung, aber beide Männer genossen die Atmosphäre.

„Und sonst noch spannende Aktionen in meiner geliebten Heimatstadt?", erkundigte sich Alex.

„Wie du es nimmst. Es passiert so viel, dass ich einfach die Übersicht verliere. Manches ist spektakulär, anderes wieder stinknormal. Neulich hatten wir Großalarm, nicht nur bei uns, sondern auch bei der Feuerwehr. Das SEK musste anrücken. Ein Supermarktbetreiber hatte einem Geschäftsmann gekündigt, der dort einen Blumenladen betrieb. Der Backwarenbereich sollte mit einem Café erweitert werden, und das Grünzeug passte nicht mehr ins Konzept. Sie hatten dem Ladenbesitzer ein neues Objekt angeboten. Aber er konnte sich die Kosten für den Umzug und das ganze Drumherum nicht leisten. Also stieg er auf das gegenüber gelegene vierstöckige Haus, eingehüllt in weiße Laken, auf denen seine Forderungen standen, und drohte zu springen. Ziemlich heftig, die ganze Sache. Gab natürlich perfekte Fotos für die Presse her."

„Und wie ist das ausgegangen?"

„Die Kollegen haben ihn überwältigt und an Sanitäter übergeben."

„Na ja, das Problem ist damit aber nicht gelöst."

„Wir sind schließlich nicht als Problemlöser für sämtliche Bereiche zuständig, sondern nur für Sicherheit und Ordnung."

„Wow, wie aus dem Lehrbuch!"

Alexander grinste, und sein Freund hob erneut das Glas, um einen Schluck zu nehmen.

„Ach, und dann fand ich schon die Sache mit dem Kripobeamten aus Dresden furchtbar. Der soll sich doch mit einem Geschäftsmann aus Niedersachsen getroffen haben, um ihn dann zu zerstückeln. Und stell dir vor, der hatte schon seit früher Jugend solch schaurige Fantasie, sich schlachten zu lassen."

„Da verstehe noch einer die Welt", bemerkte Alexander und schüttelte sich. „Was ist nur los mit den Leuten?! Ich glaube, davon habe ich auch gelesen. Ist ja immer ein gefundenes Fressen für die Presse, so was richtig breitzutreten und dann gleich einen ganzen Berufszweig in ein mieses Licht zu rücken."

„Lass uns mal das Thema wechseln", schlug Frank vor.

„Gern. Ich habe mit diesen Schauergeschichten nicht angefangen."

„Also neulich habe ich von einer Agentur gelesen, die perfekte Alibis liefert. Wenn jemand eine Affäre hat und es der Angetrauten verheimlichen will oder jemand daheim seine Arbeitslosigkeit verschweigen will. Wenn einer HIV-infiziert ist oder Krebs hat, dann will er das bei Freunden oder Geschäftspartnern nicht an die große Glocke hängen. Wenn es Behandlungsschübe gibt, greift die Agentur ein und baut dann für die Kunden eine Legende auf: mit gefälschten Einladungen, Hotelreservierungen, die keine sind, mit abgesprochenen Telefonaten oder Postkarten aus dem Ausland. Bei erhöhtem Bedarf werden sogar Schauspieler mit eingebunden. Mancher Kunde bleibt über Jahre am Ball! Zum Beispiel Escort-Damen, die eine zweite, seriöse berufliche Identität benötigen! Soll eine ziemlich große Nachfrage haben ..."

„Den Geschäftsmann kann ich schon verstehen, wenn der so eine Idee umsetzt, die dann gut läuft. Aber insgesamt frage ich mich: Wie krank ist unsere Gesellschaft eigentlich inzwischen? Es wird immer extremer."

„Genau", fiel ihm jetzt Frank ins Wort. „Aber wir beide können wohl daran nicht viel ändern und sollten einfach mal unseren heutigen Abend genießen, für den wir natürlich kein Alibi benötigen!"

Jetzt lachte Alexander.

„Aber der Einfall ist schon überzeugend. Stell dir vor, all unsere Täter könnten sich über so eine Agentur mit dem entsprechenden wasserdichten Alibi für die Tatzeiten versorgen. Das würde unseren Job tatsächlich enorm erschweren."

„Bist du schon wieder bei der Arbeit gelandet?"

Frank tat entrüstet und wechselte das Thema.

„Was macht denn die Liebe bei dir?"

„Ach", antwortete Alexander, „das ist auch ein Kapitel für sich."

Judith stieg aus ihrem Wagen und schulterte die Sporttasche. Sie hatte sich heute für die Bali Therme entschieden. Wellness pur in Bad Oeynhausen, das komplette Programm. Und diesmal wollte sie ganz allein die Seele baumeln lassen. Na ja, ganz allein war man dort nie, aber inmitten Unbekannter doch irgendwie schon.

Manfred war wieder mit einer seiner Mädchenmannschaften zu einem Auswärtsspiel unterwegs, und weshalb sollte sie da zu Hause Trübsal blasen?! Sie kannte sich, dann kamen wieder diese bohrenden Gedanken, ob er sie wohl mit der einen oder anderen betrügen würde. So oft sie ihn auch ansprach, so oft leugnete er und wurde nicht einmal rot dabei. Ob das ein gutes Zeichen war? Oder ob er schon so ausgekocht war, dass er sich perfekt verstellen konnte?

Während Judith die Kassenzone erreicht hatte, drängten sich diese Grübeleien erneut in den Vordergrund. Mach mal Pause, forderte sie sich innerlich auf, kramte nach ihrem Portemonnaie und zückte einen Geldschein.

Wenig später stand sie in der Garderobe, zog sich aus und ging dann unter die Dusche. Das tat gut. Sie ließ das warme Wasser über ihren Körper strömen und seufzte tief auf. Dann griff sie sich die Flasche Shampoo und wusch sich die Haare, schließlich wechselte sie zum Duschbad und schäumte sich gründlich ein.

Stimmengewirr hing im Raum. Judith blickte kurz in die Runde, erkannte aber niemanden. Gut so. Sie wollte sich einfach erholen. Wenn ein Gespräch, dann nur etwas völlig Belangloses, über das Wetter zum Beispiel.

Im Schwitzraum grüßte sie kurz mit „Hallo", was von einigen erwidert wurde. Dann erklomm sie die oberste Holzbank, um sich zunächst richtig aufzuwärmen und ins Schwitzen zu kommen. Sie breitete ihr flauschiges Badetuch aus und legte sich auf den Rücken. Noch war genügend Platz vorhanden, um auch die Beine auszustrecken. Judith schloss die Augen.

„Du kannst dir nicht vorstellen, was mir vorige Nacht passiert ist", erklang es halblaut durch den Raum.

Judith spitzte die Ohren. Das klang vielversprechend.

„Also, wir waren spät ins Bett gegangen. Nach einer gemeinsamen Flasche Roten. Wobei sich Günni am Ende noch ein Bier holte", verlief die Geschichte weiter.

„Ist typisch dein Mann", warf eine andere Frau, offensichtlich die Gesprächspartnerin, ein, woraufhin ein unterdrücktes Lachen ertönte.

„Du sagst es. Den Wein trinkt er auch nur mir zuliebe. Beziehungsweise will er nicht, dass ich zu viel davon nehme, und da kippt er den lieber in sich hinein."

„Tatsache?"

„Tatsache! Aber egal. Davon wollte ich ja gar nicht erzählen. Wir hatten jedenfalls das Fenster offengelassen, damit frische Luft reinkommt. Seit Günni das Fliegenfanggitter angebracht hat, machen wir das immer so. Da muss ich keine Bedenken haben, dass eventuell ein Marder oder sonstwas in unser Schlafzimmer spaziert kommt."

„Und dann ...?", drängte die andere zur Fortsetzung.

„Ich merke schon, ich verheddere mich mal wieder. Also mitten in der Nacht sprang der Rauchmelder an, und wir beide, Günni und ich, saßen voller Panik senkrecht im Bett. Er ist natürlich sofort losgehetzt, hat das nervende Geräusch deaktiviert und ist durchs ganze Haus gerast. Dabei den Feuerlöscher im Anschlag. Ich immer auf dem Sprung hinter ihm her ..."

„Wo hat's denn gebrannt?", fiel eine Frage in die Schilderung.

„Gar nicht!", trumpfte es auf. „Es war der Nebel, der sich in unser Schlafzimmer geschlichen hatte. Der hat tatsächlich den Rauchmelder aktiviert. Das ist ein Ding, nicht wahr?"

„Ja, aber auf jeden Fall besser als ein Feuer."

„Wo du recht hast, hast du recht!"

Judith war kurz vor dem Einnicken. Eine amüsante Geschichte, die sie da eben gehört hatte. Sie blickte zur Sanduhr an der Wand. Ihre Zeit für den ersten Durchgang war rum. Sie rekelte sich, setzte sich aufrecht hin und blickte an ihrem Körper hinunter. Doch, der konnte sich noch durchaus sehen lassen. Sie sorgte schließlich auch für ihn. Trieb regelmäßig Sport, joggte, wenn möglich, jeden Tag. Und sie ernährte sich bewusst dermaßen gesund, dass Manfred schon maulte. Er wollte doch hin und wieder ein ordentliches Stück Fleisch auf dem Tisch, während sie einen leichten Salat bevorzugte. Für ihn peppte sie ihn dann mit ein paar angebratenen Putenstücken auf, dann war er schon versöhnt.

Judith erhob sich, griff sich ihr Badetuch und kletterte die Holzbänke hinunter. Sie öffnete die schwere Tür und schloss sie behutsam hinter sich. Ihr Badetuch hängte sie auf den Haken über ihrer Sporttasche und ging erneut unter die Dusche, anschließend dann in den Whirlpool. In dem sprudelnden Wasser blieb sie entspannt etwa zehn Minuten sitzen, um sich dann für eine Weile in den Ruheraum zu begeben.

Als sie die nächste Schwitzrunde antrat, hatte die Besatzung gewechselt. Sie gesellte sich auf einer mittleren Holzbank zu zwei älteren Damen.

„Du kannst dir nicht vorstellen, wie viel Arbeit ich gerade wieder habe. Da denkt die Familie, man ist Rentner und hat sonst keine Interessen. Alles wird einem aufgehalst."

„Wahrscheinlich hast du dich nicht rechtzeitig gewehrt und die Aufgaben gleichmäßig verteilt", kam eine Antwort von der Seite.

„Ja, hat sich alles so eingefahren. Ist wunderbar bequem, wenn Pension Mama immer weiterläuft, auch wenn die lieben Kleinen längst erwachsen sind", empörte sich die graugelockte, füllige Frau.

„Du hast sie eben zu sehr verwöhnt", konterte ihre Freundin.

„Aber neulich war meine Tochter sprachlos!", fuhr die korpulentere Dame fort.

„Wieso?"

„Ich stand im Hauswirtschaftsraum und war beim Wäschemangeln. Da könnte ich ja glatt im Stehen einschlafen. Und als meine Lütte dazukam, habe ich ihr das gesagt, wie müde ich wäre und dass ich gleich wegdösen würde. Und sie darauf, ich soll bloß aufpassen, dass ich da nicht mitsamt dem Bettbezug in die Mangel rutsche …"

„Ganz schön frech", warf die andere ein. „Und was hast du geantwortet, dass es ihr die Sprache verschlagen hat?"

„Das gäbe ja eine Sauerei. Außerdem: Wer soll das denn hinterher alles saubermachen?!"

„Ha, ha ...", die Freundin war nicht zu halten in ihrer ansteckenden Heiterkeit.

Judith musste ebenfalls lachen und beide Frauen blickten freundlich nickend zu ihr. Dann setzte sich das Gespräch fort. „Überhaupt diese Wäscheberge. Nimmt das denn nie ein Ende, denke ich manchmal", stöhnte die Ältere.

„Machst du denn immer noch für alle die Dreckwäsche? Die könnten doch inzwischen gut und gern allein ihren Haushalt bewältigen", konterte die Jüngere.

„Macht der Gewohnheit. Die drei Enkel sind zwar schon lange erwachsen, aber es hat sich auf unserem Gehöft eben über die Jahre so eingespielt. Ich bekomme immer noch die Trikots und die anderen Sportsachen. Handballtraining ist zweimal die Woche, dazu die Auswärtsspiele am Wochenende. Das läppert sich zusammen."

Judith hörte hellwach zu. Sie empfand ein wenig Neid, dass ihr solche Berge an Wäsche nicht beschert worden waren, andererseits hatte die Kinderlosigkeit gewisse Vorteile ...

„Wobei ich bei dem Großen langsam denke, es wird zu viel. Der trainiert nicht nur selbst, sondern auch noch eine Mannschaft von den Kleineren. Derzeit ist ein einziger Tag unter der Woche für die Familie vorbehalten. Kannst du dir das vorstellen?"

Fragend schaute die grauhaarige Dame zu ihrer Freundin.

„Da hängt doch bald der Haussegen schief!", kommentierte diese, und Schweiß tropfte ihr von der Stirn.

„Wenn er das nicht schon tut", nickte die Ältere und seufzte auf. „Einer meiner Enkel ist jetzt schon dreißig und immer noch Single. Das wird mal Zeit, dass der eine Frau findet. Ich glaube, der hat nur seinen Handball im Kopf."

„Tja, da müsste sich eben ein weiblicher Part finden, dem es genauso geht", bot die Jüngere an.

„Ach, das wäre zu wünschen", stieg die andere ein und fuhr fort: „Und der Jüngste lebt ebenfalls über seine Verhältnisse. Der studiert in Hannover und kommt für jedes Training, für jedes Spiel nach Hause. Da muss doch irgendwas drunter leiden. Oder er baut mal einen Unfall auf der Strecke, weil er so überanstrengt ist. Ich mache mir ja solche Sorgen ..."

Inzwischen keimte bei Judith wieder der Gedanke an Manfred und eventuelle Betrügereien auf. Ob er da auch was mit Sofia am Laufen hatte? Aber das war doch eine sehr gute, wenn nicht gar ihre beste Freundin. Die Grübeleien waren nur zeitweilig in dem belanglosen Geplauder verschwunden und nahmen erneut überhand. Judith stellte ein keilförmiges Holzkissen hinter sich und lehnte sich an eine Seitenwand, zog die Beine an und umschlang sie mit den Armen. Für die nächste Pause hatte sie sich einen Massagetermin besorgt. Da war die gesamte Muskulatur gut durchgewärmt und bereit für eine solche Wohltat. Schalte endlich ab, forderte sie sich auf.

Als Judith im Anschluss ihres Saunaaufenthaltes bei einem Cappuccino saß, klopfte ihr plötzlich jemand auf die Schulter:

„Mensch, Judith, du hier? Da hätten wir doch die Zeit zusammen verbringen können. Schön, dich zu sehen."

Sofia setzte sich zu Judith an den Tisch.

„Grüß dich", entgegnete Judith und entschuldigte sich zugleich: „Weißt du, die Idee kam mir so kurzfristig. Da wollte ich bei gar keinem anfragen, ob er mitkommt ..."

„Also ich hätte mich gefreut ..."

„Und, was macht die Arbeit?", legte Judith dem Gespräch nun eine andere Richtung vor.

Sofia lehnte sich in ihrem Sessel zurück, nachdem sie sich ein Glas Wasser bestellt hatte.

„Ich muss ja auf meine Linie achten", kommentierte Sofia die Bestellung. „Und um auf deine Frage zurückzukommen: Es geht so. Wir haben gerade Ärger mit einem Zulieferer von Baustoffen. Die Ware hat nicht die Qualität ..."

Judith hörte nicht weiter auf die Ausführungen, die sich nun in den Details eines Bauunternehmens ergingen. Aus dem Augenwinkel heraus beobachtete sie ihre Freundin. Bei der war tatsächlich kein Gramm Fett zu erkennen. Ob sie doch lieber auf diesen Cappuccino verzichtet hätte, der noch halbvoll in seinem Becher vor ihr auf dem Tisch stand?

Den Gedanken an ein eventuelles Verhältnis zwischen Sofia und Manfred verwarf sie. Würde sich ihre Freundin denn in so einem Fall so locker und unkompliziert verhalten? Wobei: Seit ihrer Scheidung war sie schon ziemlich merkwürdig geworden. Zum Teil so überkandidelt, und dann brezelte sie sich auch extrem auf ... Judith blickte neidvoll auf das edle Freizeitensemble von Sofia, eindeutig ein Designermodell. Doch im gleichen Augenblick tat ihr die Freundin schon wieder leid. Hatte sie zwar in ein wohlsituiertes Bauunternehmen eingeheiratet, aber da ausgerechnet das schwarze Schaf erwischt. Ihr Mann entpuppte sich als chronisch blank, lebte über seine guten Verhältnisse, lieh bei allen und jedem Geld und zerstritt sich im Laufe der Jahre mit der gesamten Familie. Kein Wunder, dass das Paar sich irgendwann scheiden ließ.

„Sie können mich beglückwünschen!"

Alexander zuckte zusammen. Eben noch hatte er die Zentralverriegelung seines Wagens betätigt und war in Gedanken bei seinen Töchtern, die er bei den Großeltern abgeliefert hatte. Er drehte sich um und sah Hertha Jendritzky auf der Dorfstraße stehen, in deren Gesicht sich die untergehende Sonne spiegelte. Die Nachbarin strahlte.

„Ja, mein Lieber, ich habe alle Stimmen auf mich vereinigt! Keiner hat besser abgeschlossen."

Alexander zog die Stirn kraus und blickte fragend.

„Ich weiß, das ist vielleicht etwas erklärungsbedürftig. Aber ganz einfach. Seit Jahren bin ich beim Seniorenbeirat der Gemeinde Hille mit dabei, und jetzt hat man mich zur Vorsitzenden gewählt. Einstimmig."

„Toll", brachte Alexander emotionslos heraus und fingerte nervös mit seinem Autoschlüssel herum.

„Wie wäre es denn mit einer Tasse Kaffee? Dann könnten wir uns in aller Ruhe darüber austauschen", schlug Hertha vor und lächelte breit.

In Alexander wirbelten die Gedanken durcheinander. Da war die Arbeit, die noch auf ihn wartete. Er hatte sich eine Ermittlungsakte mit nach Hause genommen, um die Zeit zu nutzen, bis er die Mädchen wieder von seinen Eltern abholen würde. Auf der anderen Seite war ein wenig Ablenkung auch nicht verkehrt, und ein Kaffee ging schließlich immer. Außerdem wollte er die Nachbarin nicht kränken. Schließlich stand sie ihm stets hilfreich zur Seite.

„Gern“, sagte er.

„Oh, damit hatte ich jetzt eigentlich gar nicht gerechnet“, antwortete verdutzt die alte Dame.

„Das kommt davon, wenn man rhetorische Fragen stellt“, entgegnete Alexander und rief sich sofort innerlich zur Räson. Musste er wieder mit seinen verletzenden Kommentaren herausplatzen?!

„Was sagten Sie?“, erkundigte sich Hertha Jendritzky, immer noch mit einem heiteren Gesichtsausdruck. „Ich glaube, ich habe Sie gerade nicht richtig verstanden.“

Und schon lag Alex eine Bemerkung zu einem angebrachten Hörgerät auf der Zunge, aber die verbiss er sich glücklicherweise.

„War nicht so wichtig“, lenkte er aufatmend ein. „Ich freue mich auf mein Lieblingsgetränk.“

„Wissen Sie eigentlich, mein Lieber, warum das Wiehengebirge so heißt?“

Hertha legte ein breites Grinsen auf und verschränkte die Arme. Alexander grübelte nur kurz und wollte nicht schon wieder in irgendwelche Fettnäpfchen treten. Also antwortete er: „Ich nehme mal an, das kommt aus dem Plattdeutschen oder vielleicht noch eher aus dem Altdeutschen. Könnte doch Wind bedeuten …“

„… wie ein Gebirge“, platzte es aus der Nachbarin heraus und sie lachte aus vollem Herzen, um gleich einzulenken: „War nur ein Scherz meinerseits. Reingefallen. Das hätte ich nicht gedacht, dass ich Sie als Berliner mal auf dem falschen Fuß erwische …“

Alexander lächelte und meinte: „Also ich finde, das ist schon ein richtiges Gebirge, wenn auch ein etwas kleineres. Aber für meine Radtouren eignet es sich bestens. Einmal über Bergkirchen auf die andere Seite und dann dort entlang zur Porta Westfalica, um da wieder den Rückweg nach Hause einzuschlagen."

„Ach, Sie sind ja so was von sportlich. Hut ab! Ich in meiner Jugend war das auch. Allerdings eher im landwirtschaftlichen Bereich. Wir hatten ja einige Tiere, und da gab es noch nicht so viel Technik wie heute. Ein Stall wurde per Hand ausgemistet."

Alexander nickte verstehend.

„Das gibt es heute eigentlich nur noch bei den Biobauern ...", fuhr die Nachbarin fort.

„... denn bei den anderen rechnet es sich nicht mehr", ergänzte Alex, wozu Hertha Jendritzky zustimmend nickte.

„Genau, mein Lieber, es geht alles nur ums Geld. Schade, sehr schade. Das hat doch die Sitten enorm verdorben!"

In der Zwischenzeit waren die beiden ins Haus der Nachbarin gelaufen, hatte die Deele durchquert und waren linker Hand in der Küche gelandet. Sie bat ihn Platz zu nehmen.

„Einsfixdrei habe ich den Kaffee fertig. Auch wenn ich keine so neumodische Maschine habe, mit unendlich vielen Sorten. Bei mir gibt es Kaffee und fertig! Mit Milch oder Sahne, Zucker oder Süßstoff. Das reicht doch völlig aus. Ich habe nämlich neulich so einen Bericht im Fernsehen gesehen, da haben die diese aktuellen Geräte untersucht, wo auf einen Knopfdruck wie von Zauberhand alles passiert. Sogar die Reinigung. Aber mit der hapert es. Ein Fachmann hat dann mal näher hineingeschaut. Das wird überhaupt nicht richtig sauber, auch nicht mit dem entsprechenden Programm! Voller Schimmel und ekliger Kaffeerestbestände. Die Hersteller wollten sich dazu gar nicht äußern."

„Das kann ich verstehen“, warf Alexander ein. „Würde ich an deren Stelle auch nicht tun. Und wenn Sie mich fragen, dann bevorzuge ich den Klassiker. Bei mir steht in der Küche so ein zwar einfaches, aber sehr schickes Gerät im Porsche-Design …“

„Wenn es schon nicht zum richtigen Porsche gereicht hat, hi, hi …“

„Nicht schlecht, liebe Nachbarin. Der hätte von mir sein können.“

Hertha Jendritzky strahlte wie ein Honigkuchenpferd: „Wahrscheinlich ist Ihre direkte ironische Art eines Berliners einfach ansteckend. Das hat schon auf mich abgefärbt. Gelegentlich ertappe ich mich dabei, dass ich sogar meine Tochter auf den Arm nehme!“

„Und das klappt?“, fragte verwundert Alexander. Er sah die taffe Anwältin vor sich und konnte sich überhaupt nicht vorstellen, dass die auf so etwas reinfiel.

„Sie wollten mir doch vom Seniorenbeirat erzählen“, lenkte Alex jetzt das Gespräch in die geplante Richtung. Er wollte sich schließlich nicht ewig bei seiner Nachbarin aufhalten.

„Ach ja. Wir sind ein Gremium, das bei der Gemeinde Hille angesiedelt ist. Und wir sind diejenigen, die so allerlei anstoßen, weil wir eben mit offenen Augen durch die Welt gehen. Sie können sich gar nicht vorstellen, was wir schon so alles bewegt haben.“

„Und das wäre?“, versuchte Alexander Interesse vorzutäuschen.

„Also Geländer und Rampenauffahrten für Rollstühle an einigen Kirchen, Abfalleimer für Hygieneartikel auf den Herrentoiletten.“

Alexander zog die Augenbrauen hoch und blickte erstaunt.

„Ja, auch dort sind die inzwischen notwendig, und keiner wollte dieses anrüchige Thema ansprechen. Wir haben uns nicht gescheut. Und nun stehen die Eimer da, und wer es benötigt, der kann seine Vorlagen darin entsorgen. Dann verstopft kein Klo!“

„Tja, das wäre eine Schweinerei. Die will bestimmt niemand beseitigen müssen.“

Hertha war im Erzählrausch.

„Ein Treffen über alle Gemeinden hinweg zum Thema Asylanten haben wir initiiert. Im Zuge dessen gründete sich jetzt ein Hilfsverein. Wir müssen schließlich damit umgehen und können die armen Menschen nicht ihrem Schicksal überlassen, wenn sie da in den Fängen von Schlepperbanden in Gummibooten übers Mittelmeer treiben und schließlich bei uns landen. Man darf nicht abwarten, sondern muss ihnen sofort helfen. Und sei es mit einem sportlichen Angebot für die jungen Männer, damit sie sich mal austoben können und nicht auf dumme Gedanken kommen …“

Alexander nickte anerkennend.

„Fast hätte ich es vergessen. Schon traditionell ist unsere Aktion im Straßenverkehr: Sichtbarkeit bringt Sicherheit! Aber die kennen Sie sicher, da arbeiten wir ja mit Ihnen zusammen.“

„Wahrscheinlich mit den Kollegen von der Verkehrspolizei“, vermutete Alexander. „Und was machen Sie da konkret?“

„Wir stehen mit so einem Polizeiwagen auf den Parkplätzen von Supermärkten und klären auf. Vor allem in der dunklen Jahreszeit ist das so wichtig, dass man als Fußgänger oder Radfahrer gesehen wird. Manchmal denkt man ja, die Leute sind lebensmüde, wenn sie in dunkler Kleidung ohne reflektierende Teile unterwegs sind.“

„Toll. Das finde ich ganz klasse."

Alexander trank seinen Kaffee aus.

„Ich müsste dann mal wieder rüber. Mein Kater wird denken, ich habe mich verlaufen."

Hertha Jendritzky lächelte.

„Dann will ich Sie nicht weiter aufhalten, mein Lieber. Ach, ehe ich es vergesse. Hier!"

Die Nachbarin drückte Alexander ein Stück Papier in die Hand, auf das er sofort neugierig schaute.

„Einladung zum Schnatgang? Was ist das denn?"

„Tja, mein Lieber, ich habe immer wieder Neuigkeiten für Sie. Und am besten bringen Sie auch noch Ihre Freundin und die Mädchen mit. Man kann die Jugend nicht rechtzeitig genug an solche Dinge heranführen!"

„Das stimmt", bestätigte Alex.

Hertha holte noch einmal aus: „Also früher, so vor vierhundert Jahren etwa, da ging es bei Schnatgängen um Grundstücks- und Ortsgrenzen. Da gab es noch keine Grenzsteine, und Bäche, Schneisen oder Bäume dienten als Markierungen. Nach einem strengen Winter waren die oft verändert ... Und es kam, wie es kommen musste, nämlich zu Konflikten und damit zu Streit und handgreiflichen Auseinandersetzungen."

„Aha", warf Alexander ein und schaute verstohlen auf seine Armbanduhr, aber die Nachbarin war nicht zu bremsen.

„Heute ist diese alte Tradition wiederbelebt, und es geht unter Leitung eines Ortskundigen, gern des Ortsheimatpflegers, zu markanten Stellen, an denen sich etwas getan hat. Bei dem Termin hier, zu dem eingeladen wird, ist auch ein Abstecher zum neuen Regenrückhaltebecken geplant, dann schauen wir uns auf dem Friedhof um und laufen ins Industriegebiet.

Wussten Sie eigentlich, dass wir hier eine Molkerei haben?“

Die Frage blieb rhetorisch im Raum stehen, denn Herta fuhr sofort fort. „Am besten ist aber immer das gemeinsame Abschlussgrillen. Also: Sind Sie mit dabei?“

„Da muss ich mal in meinen Terminkalender schauen“, lenkte Alexander vorsichtig ein, unsicher, ob eine Friedhofsbesichtigung und ein Regenrückhaltebecken sich lohnen würden. Die nötige Begeisterung bei seinen Töchtern schien ihm eher fraglich.

„Dann tun Sie das mal. Ich würde mich freuen, wenn wir uns da treffen. Aber schön, dass Sie sich jetzt die Zeit genommen haben und wir zwei beiden mal in Ruhe plaudern konnten. Es geht doch nichts über eine gute Nachbarschaft. Ich bin ja so was von froh, dass Sie hierher gezogen sind!“

„Sie sagen es“, erklärte Alex und erhob sich. „Und ich erst!“

Die letzte Bemerkung kam aus vollem Herzen, denn sogar seine Augen strahlten dabei.

Manfred steckte den Schlüssel in die Haustür und drehte ihn nach rechts. Prima, dachte er, nicht abgeschlossen, dann ist Judith daheim. Außerdem stand ihr Pkw auf dem Parkplatz vor der Garage. Da musste sie schließlich zu Hause sein. Sie würde ja wohl kaum mit dem Fahrrad unterwegs sein. Es regnete heftig. Er betrat den Flur und stellte seine dunkelblaue Sporttasche auf den Boden. Den Zettel, der vom Luftzug beim Eintreten von der Garderobe auf den Läufer geschwebt war, bemerkte er nicht sofort.

„Judith! Hallo!"

Sein Ruf klang hallend durch das Haus. Aber nichts rührte sich daraufhin.

„Liebling, ich bin wieder da!"

Manfred rief lauter. Vielleicht steckte seine Frau auch mitten in der Arbeit, bügelte eventuell und hatte sich dazu die Kopfhörer aufgesetzt. Manchmal tat sie das.

Komisch, dachte er. Alles still. Er inspizierte das gesamte Haus, ließ sogar den Keller nicht aus. Im Anbau war alles wie gehabt. Morgen würden die Handwerker kommen und den Beton in das Loch füllen. Er begutachtete kurz den Stand der Arbeiten. Doch, das sah prima aus.

Schließlich landete Manfred wieder im Flur und entdeckte das weiße Blatt auf dem Läufer. Merkwürdig, vorhin war ihm das gar nicht aufgefallen. Aber jetzt bemerkte er, dass die Handtasche von Judith nicht am gewohnten Platz stand. Dabei hatte sie ihre festen Eigenheiten, von denen sie nur selten abließ. Er bückte sich, griff nach dem Bogen Papier und hielt ihn in den Lichtkegel der Deckenlampe. Der Brief, der unterhalb der Garderobe eingeklemmt war, lugte mit einer Ecke hervor, aber Manfred übersah ihn.

„... es reicht ... Mädchen sind Abschaum ... Abstand ... nicht die Mühe, mir nachzureisen ... melde mich. Judith“

Manfred ließ das Blatt sinken. Er verstand die Welt nicht mehr. Was war denn nun schon wieder passiert? Diese elende Eifersucht seiner Frau war einfach unerträglich. Hiermit konnte ja die Sache mit Sofia nicht gemeint sein, schließlich war das auch nur eine äußerst selten praktizierte Affäre. Die er im Grunde seines Herzens nicht zulassen wollte. Sofia hatte allerdings derart schlagende Argumente mit ihrer aufreizenden Weiblichkeit, dass es ab und an um ihn geschah. Aber noch am Tag zuvor hatte er ihr eindeutig zu verstehen gegeben, dass es aus und vorbei sei. Das musste sie doch begriffen haben. Musste sie wirklich? Das spätere Telefonat deutete eher nicht darauf hin. Er hatte ihre Sätze noch im Ohr.

„Manni, im Grunde deines Herzens stehst du doch zu mir, und die Sache mit Judith ist vorbei. Auch und gerade weil ich mit ihr so gut befreundet bin, kann ich diesen Vertrauensbruch nicht länger zulassen. Wir sollten einfach ehrlich sein und ihr die volle Wahrheit sagen“, hatte Sofia am Telefon vorgeschlagen.

Und Manfred hörte noch, wie er einlenkte, spürte erneut sein Unwohlsein dabei: „Ach, Sofia, kommt Zeit, kommt Rat. Wir sollten das jetzt nicht übers Knie brechen.“

Natürlich hatte er dabei die außerordentlich erregenden Begegnungen mit ihr im Hinterkopf, die er vielleicht doch noch ein Weilchen genießen wollte. Er sah die Situationen vor sich. Sie war beim Training plötzlich in der Sporthalle aufgetaucht, hatte sich unter das Publikum gemischt. Irgendwann spürte er diese Blicke und entdeckte sie auf der obersten Bankreihe, direkt neben den Stufen. Er hatte es zunächst in seiner Naivität für einen ganz freundschaftlichen Besuch gehalten.

Seine Mannschaft trieb er zu Höchstleistungen an, am Ende des Trainings waren alle völlig außer Atem. Dann war er zu ihr gegangen, sie hatte ihn beglückwünscht zu so viel sportlichem Einsatz. Sie hatten geplaudert und geplaudert und die Zeit vergessen. Nach und nach hatten alle anderen das Objekt verlassen und übriggeblieben waren sie beide.

Er müsse dann mal unter die Dusche, weil er so extrem verschwitzt sei, hatte er angemerkt und sie war ihm gefolgt. Wie alles geschah, daran konnte er sich gar nicht mehr erinnern, nur dass sie irgendwann vor ihm niedergekniet war, als er unter dem starken Strahl der Brause stand. Mit beiden Armen umgriff sie ihn und hatte ihre Fingernägel in seinen Hintern gekrallt …

Ein andermal standen sie mit Freunden und Nachbarn beim Osterfeuer. Die Zeit war schon vorangerückt, die Stimmung war aufgrund des gestiegenen Alkoholpegels lockerer geworden. Die Reihen hatten sich zwar gelichtet, aber der harte Kern war noch da. Irgendwann musste er ins Unterholz, um sich zu erleichtern. Plötzlich stand Sofia neben ihm und knöpfte sich die Bluse auf, nahm seine Rechte und legte sie auf ihre Brüste. Er konnte gar nicht anders … und schob es hinterher auf den Schnaps. Hätte er weniger getrunken, dann hätte er sich im Griff gehabt und so ein Ausrutscher wäre nie und nimmer passiert. Aber irgendwie verwirrte ihn das alles schon sehr und er fühlte sich hin und her gerissen. Er wusste, dass er sich unbedingt entscheiden musste. So ging es jedenfalls nicht weiter. Aber seine Frau konnte davon unmöglich etwas mitbekommen haben. Schließlich waren die intimen Zusammentreffen mit Sofia immer ganz spontane Akte gewesen.

Manfred schüttelte sich. Nein, hier stand ja eindeutig was von Mädchen. Das waren seine Handballerinnen und bezog sich nicht auf Sofia. Es war außerdem nicht das erste Mal, dass sich Judith eine Auszeit nahm. Angeblich, um zu ihrer inneren Ruhe zu finden. Ach, Frauen! Dabei wollte er heute gemütlich auf dem Sofa sitzen und Dampf ablassen. Die jüngste Tour zum Wettkampf mit seinen Handballfrauen war mal wieder dermaßen anstrengend gewesen. Er zweifelte gerade daran, ob er sich das noch länger antun wollte. Und genau darüber hätte er heute mit Judith reden wollen. Abgesehen von ihrer Eifersucht war sie auch ein echter Kumpel, mit dem man über alles reden konnte.

Ob sie sich ein Taxi genommen hatte und zum Mindener Bahnhof gefahren war? Ach, das würde sich klären. Er wollte sich jetzt nicht verrückt machen.

Manfred ließ seine Sporttasche unausgepackt im Flur stehen. Darum kümmerte sich sonst Judith, wenn er heimkam, sortierte gleich alles in die Wäsche. Wahrscheinlich, um ihm nachzuspionieren, ob nicht etwa verdächtige Spuren irgendwo waren, stichelte gleich wieder ein Gedanke. Aber unter den gegebenen Umständen war es ihm ziemlich gleichgültig, was mit der Tasche und deren Inhalt geschah. Jetzt wollte er die Füße hochpacken, ein wenig fernsehen und dazu in aller Ruhe ein Bier trinken.

Er lief in die Küche, holte sich ein Barre Bräu. Immerhin hatte Judith noch Nudelsalat und Bouletten gemacht, wie er im Kühlschrank entdeckte. Also hatte sie doch auf ihn gewartet. Aber was um alles in der Welt hatte ihr die Petersilie verhagelt. Manfred grübelte. Dann verloren sich seine Gedanken wieder, als er sich mit einem großen Teller, darauf ein Berg Salat und vier Bouletten, auf die er jeweils einen dicken Klecks Senf gedrückt hatte, sowie seiner Bierflasche Richtung Wohnzimmer begab. Nein, ein Glas war nicht nötig. Wenn Judith nicht da war, konnte sie auch nicht darüber meckern, dass er aus der Flasche trank.

Während Manfred genüsslich in die erste Boulette biss und etwas von dem Nudelsalat hinterher schob, dachte er wieder an den Wettkampf. Woran lagen nur diese Unstimmigkeiten? Ihm gegenüber hielten sich die Mädchen ja noch einigermaßen zurück, aber was er von den anderen Trainern so hörte und zum Teil miterlebte, das war schon haarsträubend. In jüngster Zeit mussten immer wieder Übungsleiter gehen, so beim HSV Minden-Nord, beim TSV Hahlen ... Selbst mitten in der Saison wurde ausgetauscht. Manfred setzte sein Bier an und nahm einen großen Schluck. Das tat gut.

„Prost auf die sozialen Medien", murmelte er vor sich hin. Erst vor ein paar Tagen hatte ein Trainerkollege ihm fast unter Tränen gestanden, wie schlimm für ihn die Hetze gegen ihn in so einer Whats-App-Gruppe sei. Dabei habe er bloß gewagt, einer Führungsspielerin mal gründlich die Meinung zu sagen. Madam hatte sich aufgeführt wie eine Prinzessin auf der Erbse. Alles nahm sie übel. Dabei spielte sie mit einem Mal wie eine Anfängerin. Und schließlich war ihm der Kragen geplatzt. Er hatte sie vor versammelter Mannschaft angeranzt, wozu sie eigentlich ihren Kopf hätte und ob sie gelegentlich mal ans Spiel denken würde. Ja, er wüsste wohl, dass er sich da im Ton vergriffen habe, hatte er ihm gesagt, als Manfred skeptisch den Kopf geschüttelt hatte.

Klar konnte man Kritik anbringen, aber nur mit großer Vorsicht. Es war immer eine Gratwanderung. Im Falle des Kollegen war es schiefgegangen. Selbst die Spielerinnen, die sonst zu ihm standen, hatten sich nach den Whats-App-Diskussionen gegen ihn gerichtet. Und dann kam das große Desaster. Die Spielerinnen wandten sich an den Vorstand. Und dann? Manfred wusste, wie so etwas endete. Der Coach musste gehen, um die hochklassige Frauenhandball-Mannschaft weiter bestehen zu lassen. Die Gruppe war ja nicht austauschbar, der Einzelne schon.

Dass aber schlechte Trainingsbedingungen eine gehörige Portion Anteil an den Problemen hatten, das war unerheblich. Dabei machten die häufig vernünftiges Arbeiten unmöglich. Was wiederum zu Frust führte. Und wer ist schuld? Natürlich der Trainer, der dann freiwillig geht oder gegangen wird. Meist hieß es dann diplomatisch vom Vorstand, „unterschiedliche Auffassungen über die Zusammenarbeit zwischen Trainer und Mannschaft" hätten zum Rücktritt oder zur Trennung in beidseitigem Einvernehmen geführt. Es war zum Haareraufen.

Selbst wenn man einen sensationell guten Saisonstart hinlegte, war das kein Grund zur Zufriedenheit. Es konnte jederzeit kippen. Nur drei Spiele hatte einer seiner guten Bekannten, ein ehemaliger Bundesliga-Spieler, durchgehalten, dann war es aus mit ihm. Burnout hatte ihm sogar der Psychologe bescheinigt. Ob der wieder einen Weg in den Handball fand, grübelte

Manfred. Keine gute Entwicklung, die das alles derzeit nahm. Und egal, ob es sich um die 3. Liga oder die Oberliga handelte, überall fanden solche Auseinandersetzungen statt.

Dass dem Handball die Basis wegbrach, war sicher ein deutliches und kein gutes Zeichen. Vor fünfundzwanzig Jahren gab es noch vierhundertfünfunddreißig Mannschaften im Kreis Minden-Lübbecke. In der aktuellen Saison waren sie auf dreihunderteinundzwanzig geschrumpft. Verluste vor allem bei den Männer-Teams, bei den Frauen und den Jungen. Lediglich die Minis und die Mädchen waren mehr geworden. Aber das machte den Kohl auch nicht fett, dachte Manfred. Klar, die starke leistungssportliche Ausrichtung war nicht jedermanns Sache. Außerdem war die Dynamik in dieser Sportart dermaßen gestiegen, dass die meisten Anfang der Dreißig das Handtuch warfen, weil der Körper das nicht mehr hergab.

Manfred dachte an Judith. Seine Frau würde sicher die positiven Seiten hervorheben, wenn sie später darüber sprachen, gerade was das Problem mit den Auseinandersetzungen anging. Schließlich war sie sehr emanzipiert. Er meinte sie zu hören: „Ist doch gut, dass die Frauen ihre Meinung sagen können und sich nicht alles gefallen lassen müssen. So wie das früher war. Vielleicht wissen sie sogar besser, was gut ist für ein effektives Spiel …"

Manfred zerschnitt die letzte Boulette und schloss zufrieden die Augen, als er sie sich Stück für Stück in den Mund steckte. Dann dachte er an die Ausstellung von GWD Minden aus Anlass des neunzigjährigen Bestehens im Mindener Museum. Deutsche Meisterschaften, Titel auf dem Feld, Pokalsiege – der Traditionsverein aus dem Stadtteil Dankersen hatte es vom Turnverein im Jahr 1924 weit gebracht. Hier wurden Legenden geschmiedet. Ihm wurde warm ums Herz.

Das originale Grün-Weiß-Ausgehsakko aus den sechziger Jahren war klasse, phänomenal die komplette Sammlung der Eintrittskarten aller wichtigen Endspiele ab 1962. Einem Sammler sei Dank! Alte Schuhe, Bälle, Anstecknadeln. Das war einfach traumhaft, dachte Manfred.

Schade nur, dass der Profisport im Laufe der Zeit immer mehr von Werbepartnern und Förderern abhing und Zuschauereinnahmen lediglich einen kleinen Teil der Finanzen ausmachten. Das verdarb einiges!

Manfred überlegte: Ach was, mach ich mir doch heute mal keinen Kopf darum. Das hat alles Zeit, wenn Judith wieder da ist und wir uns darüber ausgetauscht haben. Wenn ich die Sache hinschmeiße, dann hat sie auch keinen Grund mehr, eifersüchtig zu sein.

Wobei ihm der Sport schon sehr fehlen würde. Irgendeine andere Lösung musste es geben. Aber welche nur? Jetzt aktivierte Manfred die Fernbedienung und blieb bei der Tagesschau hängen, die gerade vom Absturz der German-Wings-Maschine berichtete. Alle Insassen tot. Also das waren Katastrophen! Dagegen waren doch seine Probleme lächerlich und einfach Lappalien.

Er zog sich die Fernsehzeitung herüber und blätterte zum aktuellen Abend durch. Wo Judith nicht da war, könnte er sich doch diesen Action-Film ansehen mit Jason Statham: „Blitz". Super Idee! Vor einer Weile gab es den schon einmal, aber da hatte Judith neben ihm gesessen und bei der Szene lauthals protestiert, wo der Täter dem Polizisten den Schädel einschlug. Na gut, das war auch ziemlich heftig! Für sie hatte er den Sender gewechselt, und sie waren bei einer Schnulze gelandet …

Und im Anschluss vielleicht noch einen zweiten Film aus diesem Genre? Die gingen fast nahtlos ineinander über. Klasse Programmplanung, wie er fand. Plötzlich strahlte Manfred, rülpste und musste dann lachen. Etwas, was in Gegenwart seiner Frau untersagt war. Aber es konnte doch mal passieren …

Er erhob sich, ging in die Küche und holte sich eine zweite Flasche Bier. Den schmutzigen Teller ließ er auf dem Wohnzimmertisch stehen. Das konnte alles bis morgen warten. Jetzt wollte er einfach die plötzlich gewonnene Freiheit genießen. Er atmete tief durch, streckte die Arme aus und verschränkte sie hinter dem Kopf. Dann legte er die Füße auf den Tisch. Als sein Blick durch den Raum schweifte, fiel ihm das Fehlen seines Siegerpokals auf dem Sideboard auf. Wo Judith den wohl hingestellt haben mochte? Hasste sie denn seinen Handball inzwischen so sehr? Das würde sich alles ändern. Aber er musste mit ihr reden. Immerhin war diese Trophäe doch eine außerordentlich schöne Erinnerung.

Als Manfred am anderen Morgen erwachte, legte er noch mit geschlossenen Augen gewohnheitsmäßig seine Hand aufs Nachbarbett, um Judith zu streicheln. Aber da befand sich niemand. Für einen Moment dachte er, sie sei schon aufgestanden, um das Frühstück zu machen. Aber das Lächeln erstarb auf seinem Gesicht gleich wieder, als ihm der Zettel vom Abend zuvor einfiel. Sie hatte sich ja mal wieder eine Auszeit genommen und war irgendwohin gefahren.

Möglicherweise zu ihrer Mutter, die ihn sowieso nicht leiden konnte. Das klassische Schwiegermuttermonster. Er grinste nun doch. Was hatte er sich bemüht, aber nichts hatte gefruchtet. Sie hatte sich für ihr goldiges Töchterchen eben einen Traumprinzen gewünscht. Damit konnte er nun mal nicht dienen. Er war er, er war Manfred. Lehrer am Gymnasium und Handballtrainer mit großem Erfolg. Was sie aber nicht im Geringsten würdigte, sondern bei jeder passenden und nicht passenden Gelegenheit herunterzog.

Von wegen Lehrer und immer Ferien und eigentlich müssten die ja nie wirklich arbeiten. Er hätte ihr gelegentlich den Hals umdrehen können. Aber da sich das verbot, hüllte er sich lieber in Schweigen und schaltete auf Durchgang.

Und die Sache mit Sofia war auch aus und vorbei, das schwor er sich gerade. Im Grunde ein kleiner Ausrutscher, an dem Judith mit ihren ewigen Eifersuchtsszenen selbst Schuld hatte. Er hatte Sofia bei ihrer jüngsten Begegnung eindeutig mitgeteilt, dass alles ein Ende haben müsste. Schließlich wolle er seine Frau nicht hintergehen. Allerdings war das Telefonat danach wieder etwas missverständlich gewesen, fiel ihm gerade erneut ein. Er sollte Sofia doch noch einmal anrufen oder besser bei einer nächsten Begegnung unter vier Augen mit ihr reden.

Vielleicht aber war Judith bei einer ihrer merkwürdigen Freundinnen, mit denen er nicht so wirklich zurechtkam, grübelte Manfred. Sie hatte da allerlei Bekanntschaften, beispielsweise durchs Internet. Und mitunter trafen sich die Frauen. Das war ihm eigentlich gleichgültig. Hauptsache, in ihrer Beziehung harmonierte es. Aber das war wohl der Haken …

Martina Mahler, die Personalchefin, saß schon im Besprechungsraum, neben ihr Kriminaloberrat Reinhold Riechmann. Von den anderen Bereichen war jeweils ein Vertreter anwesend. Alexander betrat als Letzter den Raum.

„Sie können die Tür dann schließen. Wir erwarten niemanden mehr", sagte Martina Mahler sachlich zu Alexander, der unwillkürlich zusammenzuckte und auf die Wanduhr schaute. Dabei schob sie sich die schwarzumrandete große Brille auf dem Nasenrücken zurecht. Alexander runzelte die Stirn. Nein, er war pünktlich, es war eine Minute vor zehn. Es bestand kein Grund für eine Entschuldigung.

„Wir haben Sie vorerst in dieser internen Runde zusammengerufen, um Sie über einige Sparmaßnamen zu informieren. Uns liegt ein Schreiben von der Landesregierung vor. Ich gebe dann mal an Kriminaloberrat Riechmann weiter. Er wird Sie von den Details in Kenntnis setzen."

Die Personalchefin dreht ihren Kopf zu ihrem Nachbarn und nickte.

„Also, meine Herrschaften", setzte Reinhold Riechmann an und ließ seine Blicke zunächst von einem zum anderen wandern, ehe er fortfuhr. „Der Minister für Inneres und Kommunales versichert in seinem Brief, dass es ein großes Potenzial an Einsparungsmaßnahmen geben würde. Sie werden sich daran erinnern, dass wir hier zum Zuarbeiten aufgefordert waren. Wir als Kreispolizeibehörde und auch die Rechnungsprüfungsämter haben die Auslastung von einzelnen Fahrzeugtypen geprüft. Herausgekommen ist, dass eine Fuhrparkreduzierung problemlos möglich ist."

Ein leichtes Raunen kam auf. Falk lehnte sich zurück und flüsterte Otto ins Ohr: „Da gehen wir demnächst zu Fuß ins Rennen gegen die Kriminellen."

„Wenn Sie eine Bemerkung haben, dann bitte laut. Die möchten sicherlich alle erfahren", forderte Reinhold Riechmann auf, aber Falk winkte ab und lehnte sich auf seinem Stuhl weit zurück.

„Um die ständig steigenden Beschaffungs- und Unterhaltungskosten zu verringern, haben wir ja seit Jahren die Anzahl an Dienstfahrzeugen in NRW kontinuierlich gesenkt. Und das alles unter der Maßgabe der Lösung unserer Hauptaufgaben, wie der Verbrechensbekämpfung und der Sorge um die Verkehrssicherheit. Das möchte ich noch einmal besonders betonen. Wir machen hier keinerlei Abstriche, zu keiner Zeit!"

Reinhold Riechmann schaute erneut von einem zum anderen, um die Reaktionen zu beobachten. Alle machten ernste Gesichter.

„Da will ich dann gleich noch einmal ansetzen", meldete sich Martina Mahler zu Wort und pochte mit einem Stift auf ihre Unterlagen.

„Der demografische Wandel stellt uns in der nächsten Zeit vor gänzlich neue Herausforderungen. Wir müssen mit weniger Personal auskommen. Das betrifft vor allem unseren klassischen Bereich Gefahrenabwehr und Einsatz. Unser Landrat hat versprochen, dass bei den Sparmaßnahmen kein Standort benachteiligt wird. Es geht jeweils um den Bedarf und dass wir im Notfall immer für die Bürger da sind."

Der Kriminaloberrat nickte. Alle anderen saßen nur still auf ihren Plätzen. Die Personalchefin erläuterte weiter.

„Wir werden eine Projektgruppe gründen, die sich die Perspektive unseres Kreises Minden-Lübbecke auf die Fahnen schreibt. Dazu teilen wir Ihnen noch gesondert mit, wer personell vorgesehen ist. Von meiner Warte aus kann ich Ihnen nur versichern, dass es vielgestaltige Probleme beziehungsweise Herausforderungen sind, die wir meistern müssen. Mutterschutz und Teilzeitarbeit bei einem steigenden Frauenanteil ist nur ein Punkt. Hinzu kommt der zunehmende Altersdurchschnitt. Momentan liegen wir bei knapp fünfzig."

Martina Mahler griff zu einem Glas mit Mineralwasser, das vor ihr stand und trank einen großen Schluck, ehe sie fortfuhr. „Durch die steigende Zahl an Fortbildungen und Sportstunden sinkt die durchschnittliche Nettoarbeitszeit. Auch das müssen wir auffangen!"

Jetzt meldete sich Alexander zu Wort.

„Was soll denn diese Projektgruppe bewirken, wenn ich fragen darf?"

„Sie dürfen, mein Lieber", ergriff Reinhold Riechmann das Wort. „Und ich will an dieser Stelle nicht zu viel verraten, aber Sie sind mit dabei in dieser Gruppe, wovon ich mir sehr viel verspreche! Und es geht um die Suche nach Konzepten, die die Dienstabläufe an unsere veränderte Personalsituation anpasst."

„Gibt es denn da schon detailliertere Pläne? Das klingt irgendwie so abstrakt", hakte Alexander nach, ohne eine Miene zu verziehen. Reinhold Riechmann ging darauf ein:

„Nun gut. Bisher waren mindestens acht Funkstreifenwagen ständig im Kreisgebiet eingesetzt. Künftig werden das nur noch sechs sein. Gibt es aber extreme Anforderungen, dann kann auf elf Fahrzeuge erhöht werden. Außerdem prüfen wir schon die Beanspruchung an den verschiedenen Wochentagen. Da kann man ebenfalls sehr flexibel reagieren und sparen."

Martina Mahler hatte Alexander aufmerksam beobachtet und auf eine gefühlsmäßige Reaktion gewartet. Sie sprach ihn jetzt direkt an: „Ich merke, Sie brauchen ein Beispiel für Minden. Hier verzichten wir an fast allen Tagen im Nachtdienst auf einen Streifenwagen, bis auf Freitag, wo häufiger Bedarf an Einsatzkräften ist. Bei den erhöhten Freizeitaktivitäten im Sommer wiederum fährt eine Streife mehr als bisher. Und wenn Sie nun und die anderen Kollegen weitere Ideen in unserer Projektgruppe entwickeln, dann wird es uns allen großen Nutzen bringen."

„Noch Fragen Ihrerseits?", schloss Reinhold Riechmann an, um nach einer winzigen Wartezeit und einem Blick auf die Uhr fortzufahren: „Ich sehe, dass das nicht der Fall ist. Wir haben bereits die Landtagsabgeordneten und die Hauptverwaltungsbeamten inklusive Polizeibeirat des Kreises über die Sachlage informiert. Die Presse wird in den nächsten Tagen berichten. Aber so sind nun auch Sie auf dem neuesten Stand. Wir wollten schließlich nicht, dass Sie diese Gegebenheiten durch die Zeitung erfahren. Eines steht fest, dass wir kreisweit in der Fläche präsent bleiben, das hat auch unser Landrat unterstrichen. In diesem Sinne."

Reinhold Riechmann erhob sich. Martina Mahler stand ebenfalls auf, zog sich ihre weiße Bluse zurecht, und beide verließen den Besprechungsraum.

Wunderbar, dachte Alexander, noch eine Aufgabe. Mitglied einer Projektgruppe. Ich habe ja auch sonst nichts zu tun …

Alexander sah auf seine Armbanduhr, dann überlegte er kurz. Was sein muss, muss sein, dachte er. Wenn ich das verschiebe, bringt es auch nichts. Er hasste es, seine Eltern zu kritisieren, schließlich wusste er, wo das endete. In Vorwürfen ihrerseits, was bei ihm im Argen liegen würde. Aber nun gab es zum wiederholten Male diese Vorkommnisse. Und er wollte eine Erklärung.

Eigentlich hatte er geplant, das Thema ansprechen, als er mit seinen Eltern zu der Putzaktion gegangen war, zu der der Arbeitskreis Stolpersteine aufgerufen hatte. Bis zum 8. Mai, dem Tag der Befreiung, sollten alle kleinen Mahnmale wieder deutlich sichtbar sein, glänzen und an das Ende der Nazi-Herrschaft in Deutschland erinnern.

Schon etwa neunzig dieser Denkmäler gab es inzwischen an zweiunddreißig Stationen beim „Pfad der Erinnerung". Sie markierten die Wohnorte derjenigen, die - als Juden, Sinti und Roma, Euthanasieopfer, Homosexuelle, politisch oder religiös Verfolgte - unter dem Naziregime verschleppt und ermordet wurden.

Die Messingplatten mit der Inschrift darin setzten im Laufe der Zeit Patina an, und solche, auch symbolischen, Putzaktionen sollten künftig regelmäßig einmal im Frühjahr stattfinden.

An jenem Tag nun war seine Mutter zwar sehr quirlig, aber auch ziemlich zerstreut gewesen, und sein Vater hatte sie immer nur sorgenvoll beobachtet. Alexander hatte im Anschluss lediglich kurz zu einer Frage ansetzen wollen, die Idee aber gleich wieder verworfen, weil ihm das Thema zu unpassend erschien. Aber jetzt musste er sich unbedingt Klarheit verschaffen.

„Tschüss dann, bis morgen", verabschiedete er sich bei der Kollegin hinter der Anmeldung an der Marienstraße. Sie hob kurz die Hand zum Abschiedsgruß und saß schon wieder an ihrem Computer, in den sie ein paar Daten eingab, während sie am Telefon Fragen zu beantworten schien.

Alexander verließ die Kreispolizeibehörde und steuerte auf sein Auto zu. Inzwischen ein steingrauer Berlingo, den Kindern und den Transporten von allerlei Dingen fürs Haus geschuldet. Auch kein Auto, mit dem er Eindruck schinden konnte. Er erntete gelegentlich mitleidige Blicke und wurde unterwegs ständig überholt. Dass er den alten, silberfarbenen Peugeot 505 seines Vaters hatte verschrotten lassen, hatte dieser ihm nie wirklich verziehen. Obwohl er bei einer diesbezüglichen Frage vorab gesagt hatte: „Wenn du meinst! Es ist deine Entscheidung. Schließlich gehört der Wagen dir."

Aber wie das so war mit eigenen Entscheidungen. Es gab immer mal wieder eine Spitze seines Vaters, von wegen, dieses oder jenes wäre eben mit dem Vorgänger nicht passiert ... Und wenn er noch ein wenig gewartet hätte, dann wäre aus dem Baujahr 1992 ein Oldtimer geworden. So lange wäre das schließlich mit der ersten Inbetriebnahme vor dreißig Jahren gar nicht mehr hin. Aber Geduld wäre wohl nie die Stärke seines Sohnes gewesen, hatte Gunter Rosenbaum knurrig gemeint.

Alexander versuchte das zu ignorieren. Nachdem er das Argument ins Feld geführt hatte, dass doch der Peugeot-Händler an der Königstraße in Hahlen aufgegeben hatte. Wo er Kunde war und das Schätzchen seines Vaters regelmäßig in die Reparatur gegeben hatte. Das wäre doch wohl nicht die einzige Möglichkeit gewesen, hatte der alte Mann nur vor sich hin gebrummt, und in Berlin wäre das nie und nimmer passiert, außerdem eine Schande, was sich so in der Branche abspielen würde. Übrig blieben nur die Giganten und die Kleinen gerieten zwischen die Räder - im wahrsten Sinne des Wortes ... Alex sah seinen Vater vor sich, wie er sich erregte. Das Thema Auto war aber auch der einzige ernste Streitpunkt zwischen Vater und Sohn.

Es war Berufsverkehrszeit, und die Straßen waren etwas voller als sonst. Aber nie ein Vergleich mit Berlin. Als Alex daran dachte, legte sich ein Lächeln auf sein Gesicht. Nein, die Entscheidung hier in Minden zu bleiben, hatte er nicht einen Tag bereut. Es kamen nicht einmal sehnsüchtige Heimatgefühle auf, wenn er die Hauptstadt besuchte. Wenn er mal von gewissen emotionalen Anfällen im Vorfeld einer solchen Reise absah. Die verflüchtigten sich, sobald er vor Ort war und die benzingeschwängerte Luft atmete. Es war eher wie eine ganz sachliche Beziehung. Eine, die zum Leben dazugehört, die man aber nicht sonderlich bevorzugt.

Nach nicht einmal zehn Minuten parkte er das Auto in der Nähe der Wohnung seiner Eltern. Auf dem Weg zu ihnen wurde er langsamer, wie um die Begegnung hinauszuzögern. Dass seine Mutter mehrfach zu verabredeten Terminen mit den Kindern nicht erschienen war, war ein ernstes Anzeichen von Vergesslichkeit. Schließlich war er ansonsten von ihr absolute Zuverlässigkeit gewohnt. Er musste sie darauf aufmerksam machen. Selbst wenn eine rüde Reaktion zu erwarten war.

„Vergisst du denn nie was, mein Junge?", erkundigte sich Hella Rosenbaum mit einem energischen Unterton. Ihre Haare glänzten fettig, was Alex sofort auffiel, aber er lenkte nur ein.

„Doch. Natürlich. Das kann schon mal passieren. Man muss ja auch nicht versuchen, sich alles zu merken. Ich schreibe mir zum Beispiel alles auf, was zu erledigen ist und arbeite dann meine Zettel Stück für Stück ab. Tut gut, wenn man die dann zerknüllen und in den Papierkorb werfen kann."

„Das ist schon ein deutliches Zeichen von Demenz!", konterte die Mutter.

Alexander schluckte seine Erwiderung hinunter.

„Ich jedenfalls kann mich noch genau an alles erinnern. Meine ganze Vergangenheit könnte ich dir akribisch herbeten."

Das wäre nun eigentlich besser, wenn die in Vergessenheit geriete, fuhr es Alex durch den Kopf, aber er verkniff sich auch darauf ein Echo.

„Und alles, was hier im Haushalt von deinem Vater und mir zu erledigen ist, habe ich voll im Griff. Außerdem sorgen wir uns ja wohl um deine Mädchen, unsere Enkelinnen."

Die Stimme hatte einen schrillen Klang erreicht. Es wurde an der Zeit einzulenken.

„Ach, Mutti", nahm Alexander jetzt Hella in den Arm, „das war ein Missverständnis. Ich wollte dich doch nicht verletzen. Tut mir leid. Wir sind ja alle gelegentlich nicht so gut drauf ..."

Hella Rosenbaum zog die Stirn kraus und hatte einen verkniffenen Zug um den Mund, um im gleichen Augenblick ihren Sohn anzustrahlen.

„Ich habe Kartoffelsalat gemacht, Junge. Magst du ein wenig davon? Dein Vater scheint keinen so großen Appetit zu haben."

Jetzt nickte Alex.

„Aber sehr gern doch. Deinen Kartoffelsalat immer."

Hella Rosenbaum verschwand in der Küche, und Alexander schaute zu seinem Vater, der das Geschehen die ganze Zeit wortlos verfolgt hatte.

„Gibt es irgendwas, was du mir erzählen solltest?", erkundigte sich Alex und schalt sich gleich wegen der Fragestellung, die eher zu seinen Töchtern gepasst hätte.

Gunter seufzte, legte die Brille ab und rieb sich mit Daumen und Zeigefinger den Nasenrücken. Jetzt war nur das Ticken der altmodischen Wanduhr zu hören.

„Ich ...", hob Gunter an.

In dem Moment stand Hella mit einem Teller, übervoll mit Kartoffelsalat, in der Tür und Gunter setzte den Satz nicht fort.

„Oh, lecker, Mutti, dann werde ich mal reinhauen!"

Kaum stand das Essen vor ihm, griff er nach der Gabel und schob sich den ersten Bissen in den Mund. Im gleichen Augenblick schmeckte er etwas, das für ihn überhaupt nicht in so einen Salat passte: Ananas. Noch nie hatte seine Mutter dieses Obst in den Kartoffelsalat getan. Wahrscheinlich war seinem Vater deshalb der Appetit vergangen. Seine Maxime, die er ihm offensichtlich vererbt hatte: Obst war schließlich Kompott und gehörte separat als Nachtisch zum Essen dazu. Kein Wunder.

Alexander stocherte in dem Salat herum, versuchte die Ananasstücke herauszufinden, was ihm kaum gelang, und quälte sich.

„Nanu, Junge? Ist irgendwas nicht in Ordnung? Schmeckt es dir etwa nicht?“, wunderte sich Hella.

„Oh, doch. Natürlich, Mutti. Ist diesmal nur etwas gewöhnungsbedürftig. So diese exotische Ausführung, nicht wie sonst …“

„Was, wieso exotisch? Ich habe meinen Salat gemacht wie immer. Mit Kartoffeln, Zwiebeln, Gurken, Kapern und guter Mayonnaise. Dazu Pfeffer und Salz. Nichts anderes ist drin.“

Alexander rutschte auf seinem Stuhl kaum merklich hin und her. Er fühlte sich mehr als unwohl. Das war eine echte Gratwanderung.

„Dann liegt das sicher an mir. Ich hatte vorhin im Dienst noch einen Pfannkuchen gegessen. Von Wolfhard spendiert.“

„Du meinst sicher einen Berliner. So heißt das hier“, korrigierte Hella, und Alexander musste grinsen.

„Genau, Mutti!“

Es war sicherlich alles in Ordnung, und er machte sich nur unnötig Gedanken. Aber Alexander nahm sich vor, bei passender Gelegenheit doch einmal mit seinem Vater in Ruhe zu sprechen. Der hatte vorhin so besorgt ausgesehen, und dann hatte er ja eigentlich auch etwas sagen wollen …

„Ich möchte eine Anzeige aufgeben", sagte Brunhilde Sonnenschein.

„Ihren Namen habe ich eben nicht verstanden. Würden Sie den bitte noch einmal wiederholen?", bat Roland Rathert.

„Der tut gar nichts zur Sache."

„Tja, also anonyme Anzeigen können wir natürlich nicht aufnehmen. Sie müssten schon sagen, wer Sie sind."

Einen Augenblick war es ruhig in der Leitung.

Roland Rathert, Dienstgruppenleiter der Leitstelle der Polizei, atmete tief durch. Nur nicht aufregen. Viele Anrufe waren absolut unangemessen. Vielleicht war das wieder einer von diesen. Psychopathen waren die einen, die den Notruf immer wieder wählten, um auf sich aufmerksam zu machen. Aber sie blockierten in dieser Zeit die Leitungen für wirklich wichtige Meldungen. Relevante Informationen mussten schließlich zeitnah abgewickelt werden. Unlängst war es ein Alkoholkranker, der immer volltrunken mitten in der Nacht anrief und dann mit Suizid drohte, was natürlich Polizeieinsätze auslöste. Andere bestellten in ihrem Suff sogar ein Taxi über den Notruf.

„Sind Sie noch dran?", erkundigte sich Roland sachlich.

Brunhilde überlegte. Ach, im Grunde war es auch egal.

„Mein Name ist Sonnenschein, Brunhilde Sonnenschein."

„Ist notiert. Und was bitte möchten Sie hiermit anzeigen?"

„Das Verschwinden meiner Tochter, verehelichte Meier. Judith Meier also."

„Moment mal", der Polizist schaute auf die Unterlagen neben dem Computerbildschirm. Doch da stand ja schon eine Vermisstenmeldung zu diesem Namen.

„Wenn ich das richtig sehe, dann besteht so eine Anzeige schon. Wir suchen Ihre Tochter. Ich kann Ihnen ja das Foto noch kurz beschreiben."

„Lassen Sie mal, das wird schon seine Richtigkeit haben. Mein Schwiegersohn hat sich bereits bei Ihnen gemeldet?! Dachte ich mir's doch. Nur um von sich abzulenken. Bestimmt hat er sie umgebracht und jetzt irgendwo entsorgt."

Brunhilde Sonnenschein schnaufte zornig.

„Oh, das ist eine schwere Anschuldigung", stellte Roland Rathert fest. „Ich glaube, es wäre besser, Sie würden bei uns in der Polizeidienststelle an der Marienstraße vorbeischauen. Dann könnten wir hier im Gespräch auch alle nötigen Details klären."

„Na, wenn es unbedingt sein muss. Dabei habe ich so viel zu tun. Ich muss nachher noch zum Friseur … Aber wenn Sie meinen! Bis gleich."

Roland Rathert schüttelte den Kopf. Erst einen großen Aufriss machen und dann keine Zeit haben. Dabei war das doch wohl eine Situation, die keinen Aufschub duldete. Am besten würde er schon einmal Alexander informieren. Er betätigte die eingespeicherte Nummer.

„Ja, was gibt's?"

„Alex, eben hat die Schwiegermutter von Manfred Meier angerufen, also die Mutter von Judith Meier."

„Hm, so weit kann ich dir folgen."

Alexander biss sich auf die Lippen. Wieder seine Berliner Art, die die Kollegen nicht so sonderlich schätzten. Außerdem machte der Ton die Musik ...

„Kann ich fortfahren?“, wollte der Anrufer wissen und klang etwas verschnupft.

„Sorry, Roland, aber ich weiß gerade nicht, wo mir der Kopf steht. Vor allem nicht in diesem konkreten Fall. Was gibt es denn Wissenswertes?“

„Tja, Brunhilde Sonnenschein, wie sie heißt, wollte nicht nur das Verschwinden ihrer Tochter anzeigen ...“

„... was ja bekannt ist ...“

„... sondern zugleich ihren Schwiegersohn beschuldigen!“

„Das nenn ich mal eine interessante Wendung.“

„Erst wollte sie nicht einmal ihren Namen nennen, sondern einfach anonym bleiben!“

„Widerlich“, schüttelte sich Alex. „Die denken alle, weil man heute übers Internet so wunderbar anonym anscheißen kann, geht das auch bei uns. Eigentlich eine Frechheit. Wobei, wenn ich es recht bedenke, dann ist das Familienverhältnis wohl das Problem. Oder kennst du eine Familie, wo das richtig harmonisch klappt mit den Schwieger-Beziehungen?“

„Nicht dass ich wüsste“, grübelte Roland Rathert. „Bei mir hält sich die Harmonie in sehr überschaubaren Grenzen. Ich liebe es, wenn meine Schwiegermutter uns Karten aus der Ferne schickt ...“

„Und kommt die Dame jetzt zu uns?“

„Ach ja, deshalb habe ich dich angerufen. Sie müsste in Kürze auftauchen.“

„Danke, Kollege!“

Alexander beendete das Gespräch und zog die unterste Schublade seines Schreibtischs auf. Die Gummibärchen für alle Fälle. Er brauchte jetzt ein wenig Nervennahrung. Als er die Tüte mit der Mischung in der Hand hielt, wählte er zunächst seine Lieblingssorten aus. Übrig blieben ein paar rote Exemplare.

Dann verständigte er Wolfhard. Eigentlich wollte er Elsa Kupfer dazu bitten, damit sie ein Protokoll aufnehmen konnte. Aber sie hatte heute dienstfrei und war nicht im Haus, wie er bei einem weiteren Anruf erfuhr. Na, egal. Es musste so gehen und war ja sicher nur ein erstes, kurzes Gespräch.

Roland hatte wieder seine Computerbildschirme im Blick und gab jetzt ein paar Daten ein. Wer war wohl der Nächste? Jugendliche bei einer Mutprobe? Die riefen dann meist von öffentlichen Festnetzfernsprechern an, damit man ihnen nicht gleich auf die Schliche kam. Zum Glück gab es die Geräte ja kaum noch, also konnte eine Streife meist rasch zur Stelle sein. Ein anschließender Besuch bei den Eltern wirkte da gelegentlich auch Wunder. Er hatte es erlebt in den Zeiten, als er noch auf der Straße unterwegs war.

Sein Job war es, die Spreu vom Weizen zu trennen. Dazu gehörte unheimlich viel Fingerspitzengefühl. Das gab er gelegentlich bei Erstsprecherausbildungen weiter, wo im einfühlsamen Umgang mit den Anrufern geschult wurde, die ja meist - wenn es wirklich ernst war - unter heftigem Stress standen.

Der Chef der Polizeigewerkschaft hatte neulich mal angeregt, auch die Problemanrufer zu schulen und nicht nur mit Geldstrafen zu drohen. Das wäre wirkungsvoller. Roland wiegte den Kopf hin und her. Ob das was brachte? Da hielt er schon eher was davon, den jungen Leuten das Handy zeitweise wegzunehmen. War das konfisziert, waren sie ziemlich aufgeschmissen.

Selbst eine Ingewahrsamnahme hatten sie, wenngleich sehr selten, ausprobiert. Sehr wirksam! Roland grinste. Beim „Missbrauch von Notrufen", wie es offiziell für diesen Straftatbestand hieß, konnte sogar eine Freiheitsstrafe bis zu einem Jahr oder eine nicht unerhebliche Geldstrafe drohen. Es konnte sogar zwei Jahre Gefängnis geben, wenn jemand absichtlich oder wissentlich Unfallverhütung und Nothilfe sabotierte.

Auf jeden Fall war es immer eine Frage der Verhältnismäßigkeit, was da in die Wege geleitet wurde.

Rolands sprichwörtliche Ruhe und Geduld litten allerdings bedenklich, wenn das Handy-Guthaben eines Anrufers erloschen war und derjenige der Meinung war, er könne mal eben über die Nummern 112 und 110 ein paar Auskünfte einholen. Aber auch das war in den Griff zu bekommen ... Der nächste Anrufer war in der Leitung.

Alex und Wolfhard warteten im Raum, der für die Befragungen genutzt wurde. Hier könnte auch mal wieder gemalert werden, fuhr es Alex durch den Kopf. Sah alles schon etwas in die Jahre gekommen aus. Die Uhr tickte laut und mischte sich in das Schweigen der beiden.

„Alles klar für das Gespräch jetzt", wollte Alexander wissen.

„Natürlich, mein Bester", antwortete Wolfhard und zog sein Jackett gerade. „Alles wie immer. Wir sind doch ein eingespieltes Team."

Dann stand Alex auf und lief ein paar Schritte hin und her, bis die Tür aufging.

„Brunhilde Sonnenschein. Sie will eine Anzeige machen", sagte die Polizistin und ließ die Frau eintreten.

Brunhilde war eine imposante Erscheinung. Alexander verkniff sich ein Grinsen. Da hatten die Eltern doch wirklich den passenden Namen gewählt. Sie hätte wunderbar in eine Wagner-Oper gepasst. Und Sonnenschein war ebenfalls die ideale Verbindung, denn sie hatte irgendwie ein Strahlen um sich. Dicke, dunkelblonde Locken umrahmten das Gesicht. Sie trug ein perfekt sitzendes Kostüm in hellem Beige und edle Pumps, alles Ton in Ton. Alex erfasste diese Details in Windeseile. Sie mochte so knapp über sechzig sein.

„Guten Tag, Frau Sonnenschein", begrüßte er die Frau. „Nehmen Sie doch bitte Platz."

„Danke", erwiderte Brunhilde, setzte sich, stellte ihre Handtasche neben sich auf einen Stuhl und schlug die Beine übereinander. Die Lippen schien sie sich gerade frisch nachgezogen zu haben. Ein intensiver Duft bemächtigte sich des Raumes.

„Sie wollen eine Anzeige machen, haben wir gehört", kam Wolfhard jetzt auf das Thema zu sprechen, nachdem Alex sich und ihn vorgestellt hatte.

Wolfhard hatte die Wanduhr im Blick, und der Zeiger näherte sich bedenklich der Mittagszeit. Ihm knurrte der Magen, und Alex schaute ihn kurz vorwurfsvoll an.

„Genau", antwortete Brunhilde Sonnenschein und rückte jetzt mit einer Hand ihre optimal liegenden Haare zurecht. „Es geht um meine Tochter und um meinen Schwiegersohn."

„Dann erzählen Sie einfach mal der Reihe nach", forderte Wolfhard sie freundlich auf. Alexander hielt sich zurück.

„Also meine Tochter ist seit dem vorigen Freitag verschwunden. Dabei ist das gar nicht ihre Art. Vor allem nicht, dass sie sich überhaupt nicht meldet. Es gibt in ihrer Ehe mit Manfred doch gelegentlich Unstimmigkeiten, und wenn sie es gar nicht aushält, dann fährt sie ein paar Tage weg, um zu sich zu kommen."

„Aha", kommentierte Alex und die Frau erzählte weiter.

„Jedenfalls ist das sonst so, dass sie mich von unterwegs aus anruft und mir alles erzählt. Wir haben schließlich kein normales Mutter-Tochter-Verhältnis, sondern sind wie allerbeste Freundinnen. Das ist es also, was mich jetzt so besorgt macht. Kein Echo. Kein Anruf und auch ihre Bekannten wissen von nichts. Ich habe mich nämlich schon einmal umgehört, was ja eigentlich Ihre vorrangigste Aufgabe wäre!"

Alexander versuchte, die letzte Bemerkung zu überhören.

„Was vermuten Sie denn?", fragte er jetzt sehr direkt.

Brunhilde Sonnenschein schaute sich um, öffnete ihre Handtasche und suchte mit einer Hand darin herum.

„Darf man hier eigentlich rauchen?"

„Nein", sagte Alexander und ging nicht weiter auf diese Frage ein.

„Tja, dann. Also ich vermute, dass mein Schwiegersohn dahinter steckt. Der hat es sowieso faustdick hinter den Ohren. Haben Sie sich den Mann schon einmal angeschaut? Das ist doch eindeutig?"

„Wieso?", wollte Alex wissen und wurde ungeduldig.

„Also der pure Blender und Schaumschläger. Ein schöner Mann, den die Frauen wie die Motten das Licht umfliegen. Und dabei eben gelegentlich draufgehen. So, wie ich das jetzt von meiner Tochter annehme. Es ist bestimmt eine furchtbare Katastrophe passiert. Er war ihrer überdrüssig. Sie hat sich ja des Öfteren bei mir ausgeheult und von seinen Betrugsarien erzählt. Das arme Kind. Ich empfahl ihr immer eine Scheidung, dann hätte sie auch wieder Sonnenschein heißen können. Oder meinen Sie, Meier war ein guter Wechsel bei der Heirat?"

Wolfhard blickte unter den Tisch auf seine Schuhspitzen, um sich einen Heiterkeitsausbruch nicht anmerken zu lassen. Auch Alexander riss sich zusammen und schob eine Bemerkung dazwischen.

„Bleiben wir bei der Sache. Was, meinen Sie, ist geschehen?"

„Das weiß ich doch nicht", sagte Brunhilde Sonnenschein entrüstet. „Sie sind doch die Polizei. Machen Sie einfach Ihre Hausaufgaben. Dann werden Sie mein Kind schon finden. Ich mache mir solche Sorgen um die Kleine."

Jetzt zog Brunhilde ein schlohweißes Stofftaschentuch mit zarten, beigefarbenen Applikationen aus ihrer Handtasche und tupfte ganz vorsichtig, um das Makeup nicht zu beschädigen, unter den Augen, aus denen sich ein wenig Feuchtigkeit stahl.

Ob das Gefühl echt war? Alex grübelte, aber dann gab er sich einen Ruck. Schließlich saß vor ihm eine Mutter, die ihr Kind vermisste, und wenn die Tochter tatsächlich nicht nur verschwunden, sondern eventuell gar tot war, dann war das schon eine große Tragik. Und es war seine Aufgabe, Licht ins Dunkel zu bringen.

„Sie sollten sich meinen Schwiegersohn unbedingt vornehmen und ihm auf den Zahn fühlen. Vielleicht ist er ja gleich geständig, das wäre sicherlich das Beste für ihn. Wobei er für meinen Geschmack lebenslang hinter Gitter wandern kann. Allerdings habe ich eine Bitte."

„Und die wäre?", fragte Alexander.

„Seien Sie freundlicherweise absolut diskret. Sollte sich die ganze Angelegenheit als harmlos herausstellen, dann will ich nichts gesagt haben."

„Wir tun, was wir können", gab Wolfhard ohne mit der Wimper zu zucken diplomatisch von sich.

„Ich müsste dann auch. Termine!"

Brunhilde hatte auf die Wanduhr geschaut und dabei war ihr der Friseurtermin eingefallen. Sie erhob sich, und Alexander hatte das Gefühl, als wolle sie ihm die Hand zum Kuss hinreichen. Gepasst hätte es zweifellos zu ihr.

Dr. Celine Vlachos, die Assistentin des Gerichtsmediziners, füllte den Raum mit ihrer aufregenden Erscheinung. Das Umfeld mit den jeweiligen Toten schien bei ihrer Anwesenheit keine Rolle mehr zu spielen. Einer der Helfer starrte sie unverhohlen an und leckte sich über die Lippen, was Alexander mit gerunzelter Stirn registrierte. He, das ist doch gar nicht dein Kaliber, du Zwerg, fuhr ihm ein Gedanke böse durch den Kopf. Eine andere innere Stimme flüsterte ihm zu, er solle sie doch einladen und Nägel mit Köpfen machen.

Während Professor Engelbrecht noch seine Erklärungen vortrug, rauschten die Worte an Alexander vorbei, und er grübelte, wie er die Frau für ein gemeinsames Abendessen gewinnen könnte.

Celine trug wie stets ihr tiefschwarzes Haar in einen dicken Zopf geflochten. Die Frisur mit den insgesamt nach hinten zurückgekämmten Haaren betonte ihre ebenmäßigen Züge. Der weiße Kittel wirkte nicht im Mindesten wie Arbeitskleidung, sondern wie eine Sonderanfertigung aus einem Designer-Shop. Er unterstrich ihre gertenschlanke Figur und hob die endlos langen Beine hervor, die in Feinstrumpfhosen steckten. Jetzt zog sie eine edle Brille aus einer Tasche und setzte sie auf die Nase. Dabei schaute sie Alexander lange an. Er hatte es so eingerichtet, dass er dicht neben ihr stand.

„Ist was, lieber Kollege?"

Alexander spürte, wie eine aufsteigende Hitze seinem Gesicht einen deutlich rötlichen Schein verlieh.

Verdammt. Das war ja so was von peinlich. Eigentlich hatte er gehofft, dass ihn diese Reaktion im Laufe des Älterwerdens verlassen würde, aber keine Spur ... Er hüstelte und hielt sich eine Hand vor den Mund.

„Nein, gar nichts. Ich glaube nur, ich bin mit den Gedanken nicht ganz bei der Sache."

„Den Eindruck habe ich auch", erwiderte Celine, und ihre Augen schienen zu funkeln.

„Haben Sie beide etwas, was unser Thema hier vertiefen kann?", erkundigte sich Professor Engelbrecht mit einem scharfen Unterton. „Eigentlich sollte ich Sie beide jetzt mal wie meine Studenten abfragen nach den Dingen, die ich eben vorgetragen habe. Da würden Sie sicherlich beide kläglich versagen und durch meine Prüfung fallen. Aber das erspare ich mir und vor allem Ihnen."

„Entschuldigung, Herr Professor. Es ist heute nicht mein Tag", lenkte Alexander ein.

„Na, das erklärt ja nun alles", rümpfte Professor Engelbrecht die Nase und stand kerzengerade im Raum. „Aber lassen Sie mich einfach fortfahren."

Und er erklärte weiter die einzelnen Teile des Toten, die gerade auf dem Tisch lagen: ein Gehirn und ein Herz. Dabei legte er jeweils das Seziermesser auf spezielle Areale.

Ein wenig später, als der Professor mit seinen Ausführungen geendet hatte und alle Fragen zunächst geklärt waren, verabschiedete er sich und rauschte aus der Pathologie. Celine verließ direkt nach ihm den Raum, und Alexander folgte ihr energischen Schrittes.

„Na, doch noch etwas?", erkundigte sie sich mit dem Hauch eines Lächelns.

Gib dir einen Ruck, spornte sich Alexander an.

„Darf ich Sie zum Essen einladen?", fragte er, wie aus der Pistole geschossen.

„Warum nicht? Das ist eine gute Idee. Sehr gern. Und wohin?"

Alexander war baff. So eine einfache Antwort auf seine Frage, die ihn schon Woche um Woche, Monat um Monat umgetrieben hatte. Hätte er sich doch nur Gedanken über ein passendes Restaurant gemacht, aber jetzt hatte sich auch jede Spur eines Einfalls verflüchtigt.

„Vielleicht ein griechisches Restaurant?", machte sich ein Gedanke selbstständig, für den sich Alex sofort verfluchte. Das war so was von platt und vordergründig-einfallslos, regelrecht einfältig.

„Oh, das ist lieb von Ihnen", antworte Celine höflich. „Aber ich weiß inzwischen durchaus die hiesige Küche und die Offerten aus anderen Ländern zu schätzen. Dann mache ich Ihnen einfach einen Gegenvorschlag. Lassen Sie uns in Minden zum Italiener gehen. Das dortige Paradiso ist ganz vortrefflich. Ehemals war an dieser Stelle das Leonardis."

Alexander verliebte sich sofort in den himmlischen Namen. Wenn der kein gutes Omen war?!

„Ich war leider noch nicht dort. Vielleicht helfen Sie mir ein wenig auf die Sprünge?", bat Alex.

„An der Marienstraße, direkt am Glacis. Und es handelt sich übrigens um die ehemalige Kaiservilla. Das Restaurant selbst befand sich früher mal direkt am Markt in der Innenstadt von Minden und soll wohl die älteste italienische Gaststätte der Stadt sein."

„Ach", Alexander tat so, als wäre ihm das geläufig, „quasi bei meiner Dienststelle gleich um die Ecke."

„Ja. So ist das."

„Dann rufe ich dort umgehend an und reserviere für uns zwei Plätze. Für heute Abend?"

„Das nenne ich jetzt aber mal eine kleine Überrumpelungsaktion. Ich muss nur kurz auf meinen Terminplan schauen. Moment."

Celine zückte ihr iPad und war mit wenigen Eingaben auf ihrem Kalender gelandet.

„Es geht. Zwanzig Uhr würde mir passen. Ich dachte nur, ich hätte eventuell eine Fortbildungsveranstaltung. Aber die findet erst morgen statt. Also. Bis dahin, Herr Hauptkommissar?!"

„Bis dahin. Ich freue mich sehr", entgegnete Alex und befand innerlich: Die letzte Bemerkung von ihr klang fast ein wenig kokett.

Ihre dunklen Augen leuchteten, als Celine Alexander noch einmal anschaute, sich umdrehte und den Flur im Klinikum entlanglief, mit einem atemberaubenden Gang, als wäre sie auf dem Laufsteg einer Modenschau.

Wenn sie sich jetzt noch einmal umdreht, dann wird das heute ein ganz perfekter Abend und vielleicht der Anfang von einer wunderbaren neuen Beziehung, hoffte Alexander. Gleichzeitig schalt er sich für seine kitschige Vorstellung. Doch in dem Moment, schon gute zwanzig Meter entfernt, umgeben vom Trubel medizinischer Mitarbeiter, Patienten und Besucher, verharrte sie im Schritt, machte einen Halbkreis und erhob noch einmal winkend die Rechte. Jetzt strahlte Alex über das ganze Gesicht, und sein Herz schlug höher. Dann war die Frau schon in der Menge verschwunden.

Alexander blickte auf seine Armbanduhr. Gut zwei Stunden hatte er Zeit bis zum vereinbarten Treffen. Hoffentlich bekam er überhaupt noch die erhofften zwei Plätze im Restaurant. Auf jeden Fall musste er vorher nach Hause und sich frisch machen. Es war Freitagabend, und die beiden Mädchen hatten sich bei den Großeltern einquartiert. Also würde es völlig ausreichen, Albert ein paar Streicheleinheiten zu verpassen und den Futternapf zu füllen. Ob er daheim ins Telefonbuch schaute, um sich die Nummer des Restaurants herauszusuchen? Das könnte eng werden.

Während Alexander noch grübelte, hatte er sein Auto auf dem großflächigen Parkareal des Klinikums erreicht, entriegelte es und stieg ein. Als er saß, suchte er in seinem Smartphone nach der entsprechenden Telefonnummer und als er sie gefunden hatte, stellte er die Verbindung her.

„Buona sera", sagte eine weich klingende Stimme. „Hier ist das Paradiso, Francesco am Apparat. Womit kann ich Ihnen dienen?"

„Ich würde gern einen Tisch für zwei Personen für heute zu zwanzig Uhr bestellen wollen", sagte Alexander.

„Oh, das wird schwierig. Ich sehe da gar keine Chance", warf Francesco ein. „Warten Sie bitte einen Moment. Ich muss einmal schauen."

Alexander hatte das Gefühl, es würden Stunden vergehen. Was sollte er tun, wenn es mit dieser Reservierung nicht klappen würde? Er hatte nicht einmal die Handy-Nummer von Celine. Sie waren einfach nur zu dieser Zeit in diesem Restaurant verabredet. Wie gedankenlos von ihm …

„Sie müssen eine Glücksfee haben, Signore. An einem Freitag ist so eine kurzfristige Bestellung eigentlich unmöglich. Aber gerade eben hat ein Ehepaar abgesagt. Es gibt Unpässlichkeiten bei der Gattin, die sie hoffentlich bald überwunden hat. Schließlich sind die beiden Stammgäste und kommen ganz regelmäßig zu uns …"

So genau wollte Alexander die Gründe eigentlich gar nicht wissen. Die Hauptsache war, es klappte mit der Bestellung. Er hätte einen Freudensprung machen oder irgendeinen wildfremden Menschen umarmen können. Beides war momentan nicht möglich, und so bedankte er sich nur überaus freundlich.

„Das freut mich sehr zu hören. Dann bis später. Wir sind pünktlich zu zwanzig Uhr bei Ihnen an der Marienstraße."

„Und Ihr werter Name, Signore?"

Alexander erbleichte. Das wäre ja fast schiefgegangen.

„Rosenbaum, Alexander Rosenbaum."

„Ist notiert. Arrivederla."

„Tschüss."

Jetzt legte Alex das Smartphone auf den Beifahrersitz und startete den Wagen. Er musste sich sputen.

Zwanzig Minuten später stand er auf dem Parkplatz vor seinem Haus. Er stieg aus, streckte sich und blickte in die Ferne, Richtung Mittellandkanal. Ein Schlepper gab tuckernde, melodische Geräusche von sich. Der Acker war frisch bearbeitet und roch würzig nach Erde. Ein Hase folgte einem anderen, der immer mal einen Haken schlug, sich aber leicht einholen ließ. Bei diesem Spiel näherten sich die beiden Runde um Runde Alexander. Der spürte plötzlich seinen Kater, der sich an seinem linken Hosenbein anschmiegte und leise schnurrte.

„Stimmt, Albert. Danke, dass du mich erinnerst! Wir müssen ins Haus und sind in Eile. Du mit dem Fressen und ich im Grunde auch."

Alexander lief vom Parkplatz aus die zwei Stufen unter dem dicht bewachsenen Rosenbogen hindurch und ging zur Haustür. Der Kater im raschen Spurt voraus. Er saß schon auf der Schwelle, als Alex die Tür aufschloss.

„So, dann mal rein in unsere noble Hütte."

Albert ließ sich das nicht zweimal sagen und war schon bei dem Wort „so" in die Küche gesaust. Dort saß er bereits vor seinen Näpfen, kräftig maunzend und vorwurfsvollen Blickes, so als ob er am Verhungern wäre.

„Gemach, mein Lieber. Gleich wird serviert."

Alexander hatte die Uhr im Blick. Er griff nach einer Tüte Ragout Royale mit zarten Putenstückchen, riss sie auf und drückte den Inhalt in eine Schale. Beim Herunterstellen hätte ihm der Kater das Gefäß fast aus der Hand gerissen.

Dann lief Alex ins Bad und zog währenddessen schon seine Sachen aus. Als er hüpfend aus seinem Slip stieg, strauchelte er und wäre fast der Länge nach hingeschlagen. Das fehlte mir jetzt gerade noch, schalt er sich. Bleib bloß ruhig!

Während er duschte, ging er in Gedanken seine Garderobe durch. Die neuen Jeans, dazu ein zartblaues Oberhemd und ein Jackett. Das wäre sicher passend. Die Idee an eine Krawatte verwarf er sofort. Das wäre ja viel zu förmlich.

Wenig später saß er frisch geduscht noch an seinem Schreibtisch. Ihm war eingefallen, dass Celine den Begriff Kaiservilla erwähnt hatte und er wollte doch nicht völlig unbedarft in dieses Treffen gehen. Ein wenig geschichtlicher Hintergrund war bestimmt nicht verkehrt für die allgemeine Konversation. Sie war schließlich eine gebildete Frau und sehr weltmännisch.

Die Zeit verstrich, und seine Nervosität stieg. Es war nicht so ganz einfach, mit den entsprechenden Begrifflichkeiten bei der Suchmaschine auch etwas Aussagekräftiges herauszufinden. Aber endlich hatte er ein paar sinnvolle Eckdaten aus Archiven des Mindener Museum's entdeckt. Das durfte für eine lockeres Geplänkel zu Beginn ausreichen.

Drei Tage im September 1889 hätten ganz Minden bewegt, hieß es da auf den Seiten. Und die Villa des Zigarrenfabrikanten Leonhardi würde seitdem „Kaiservilla" heißen. Allenthalben war festlicher Schmuck auf den alten Fotos zu sehen: an der Ehrenpforte am Eingang zum Truppenübungsplatz Minderheide, auf dem Marktplatz in Minden, am Victoria-Hotel. Kaiser Wilhelm II. besuchte Minden zum Herbstmanöver (später noch 1898 zum Kaisermanöver, wovon Fotos in deutlich gelockerter Atmosphäre zeugten, auf einem machte der Kaiser sogar einen Witz ...) Das wäre so, als würde heute die Bundeskanzlerin Angela Merkel hierher einen Abstecher machen. Alexander musste unwillkürlich grinsen und an den personellen Aufwand denken, der dabei inzwischen betrieben werden würde. Von den exorbitanten Kosten ganz zu schweigen. Wahrscheinlich wären sie dann alle im Einsatz ...

Amüsiert las Alexander weiter vom Besuch des Hofkämmerers vorab, der am 2. August 1889 die Orte besichtigte, „... die der Fuß des Kaisers berühren wird". Schöne Formulierung, dachte Alex. Und da, die Villa Leonhardi, wo es keine Beanstandungen gab. Aber die Verantwortlichen der Domschule mussten damals reichlich Nerven gelassen haben. Schließlich fand da auch das Festbankett statt. Also waren umfangreiche

Änderungen vorab nötig. Von der Straße bis zum Eingang musste ein überdachter Gang errichtet werden, für die Treppen war ein Belag mit Teppichen gefordert, der Aula-Fußboden sollte einen neuen Anstrich bekommen, Zwischenwände mussten raus, um Platz für die Festtafeln zu schaffen, neue Farbe für Wände, Decken und Böden in allen Räumen, die der Kaiser zu Gesicht bekam. Ach ja, und dann Kronleuchtervorrichtungen, eine Fahnenstange fürs Dach und eine verstärkte Gasbeleuchtung im Korridor …

Alexander hatte sich festgelesen, als er die voraneilende Zeit bemerkte. Er gab sich jetzt noch fünf Minuten. Dann musste er los, um pünktlich zu sein.

Da stand noch was zu den Kosten zur Ausschmückung der Stadt. Ein Kaiserpaar in Minden, das ging schon ins Geld. Und der Magistrat der Stadt hatte darüber akribisch berichtet. So waren für die Ausschmückung einiger Straßen und Plätze 9.452,50 Mark ausgegeben worden, für die Illumination 11.299,90 Mark. Spalierbildung, Fackelzug und Serenade schlugen mit 603,25 Mark zu Buche. Für Druckkosten, Löhne und weitere Kleinigkeiten waren 1.792,44 Mark zu berappen. Alles in allem also 23.148,09 Mark.

Dann fiel Alexanders Blick auf die Zeile mit den eingehenden Geldern. Aha, erstattet wurde also auch etwas. Da kamen von der Provinz Westfalen für den Straßenschmuck am Bahnhof Wesertor immerhin 2.342,14 Mark. Die Intendantur finanzierte mit 700 Mark Schmuck und Beleuchtung am Exerzierplatz. Aus der Gymnasialkasse flossen 267,50 Mark fürs Ausschmücken der Schule. Zuschüsse insgesamt also 3.309,64 Mark. Blieben summa summarum als Ausgabe für die Stadtkasse 19.838,45 Mark.

Die Uhr tickte.

Nur noch die Speisekarte für die „Königliche Mittagstafel", schließlich war er gleich zum Essen verabredet. Beim Festbankett für Kaiser Wilhelm II. gab es beim zweiten Aufenthalt des Staatsoberhauptes in Minden am 10. September 1898 in der später so bezeichneten „Kaiservilla" zum Beispiel Hühnersuppe, gebackenen Zander, Rebhühner, Rehrücken, Stangenspargel mit Buttersauce, Früchte, Gefrorenes ... Alexander lief das Wasser im Mund zusammen. Bei der in schnörkeliger alter deutscher Schrift verfassten Speisekarte wurde unter der Kopie zur Entzifferung aufgefordert. Da könnte ich glatt behilflich sein, fuhr Alex noch ein Gedanke durch den Kopf, als er den Computer herunterfuhr.

„Buona sera", empfing eine junge Kellnerin Alexander im Eingangsbereich. „Ich bin Alessia, hatten Sie reserviert?"

„Ja, guten Abend, Rosenbaum mein Name, Alexander Rosenbaum. Ich hatte vorhin angerufen und da waren glücklicherweise noch zwei Plätze freigeworden."

„Ich schau einmal kurz", sagte Alessia, schlug ein großes Buch auf und fuhr mit dem Zeigefinger über die Seiten. „Ach ja, hier steht Ihr Name. Zwei Personen. Sie sind allein?"

„Oh, meine Begleitung kommt sicher jeden Augenblick. Wir sind hier verabredet."

„Genau", hauchte es hinter Alexander, er spürte eine starke Erregung und drehte sich um. Dr. Celine Vlachos sah noch schöner aus als in der Pathologie vom Klinikum Minden. Obwohl er eigentlich eine Steigerung gar nicht mehr für möglich gehalten hatte. Jetzt trug sie ihr Haar in einem Knoten hochgesteckt. Ein bordeauxrotes, enganliegendes Kleid betonte ihre Figur. Das Dekolleté war nur ganz sanft ausgeschnitten, um nicht zu viel zu verraten, darin eine goldene Kette, so als wäre sie gemacht nur für diese Frau. Ein teurer Duft umschwebte sie.

„Schön, dass Sie es einrichten konnten", sagte Alexander, um sich im selben Moment über seine wenig originelle Äußerung zu ärgern. Aber sie schien nicht darüber zu stolpern.

„Ich freue mich auch sehr auf einen unterhaltsamen Abend", entgegnete Celine.

„Dann darf ich Sie jetzt zu Ihrem Tisch begleiten", schlug die Kellnerin vor, die sich bis dahin noch dezent zurückgehalten hatte.

„Gern", sagten Alexander und Celine gleichzeitig und beider Augen hafteten einen Augenblick zu lange aneinander. Dann folgten sie der Kellnerin. Alex überlegte, dass Celine Vlachos doch sicher einen Hang zu Etikette hatte. Wie war das mit dem Zurechtschieben eines Stuhls für eine Dame? Seine Mutter hatte ihn doch in dieser Hinsicht in allerlei Feinheiten eingewiesen, obwohl er sich gelegentlich lustig darüber gemacht hatte ... Jetzt ging es ihm wunderbar von der Hand, so als täte er es immer, schon sein Leben lang. Von Celine kam ein wohlwollendes Lächeln mit einem leichten Nicken, als sie am Tisch saß und Alexander zu seinem gegenüber gelegenen Platz ging.

Oh, der Duft dieser Frau, Alexander unterdrückte ein zu heftiges Atmen. Reiß dich zusammen, fuhr er sich innerlich an, auch wenn dir danach ist, jetzt und gleich über diese begehrenswerte Frau herzufallen, wirst du dich doch wohl gedulden können. Er versuchte, sich auf die Speisekarte zu konzentrieren.

„Was halten Sie von einem Kalbsfiletcarpaccio mit frischem Trüffel und Parmesan", schlug Celine vor und blickte ihn über die Karte in ihren Händen hinweg direkt an.

Alexander nickte, ohne es wirklich begriffen zu haben. Er hätte mit ihr auch einen Burger gegessen und ihn für hohe Kochkunst gehalten.

„Und dann Lammkarree in Barolosauce", fuhr Celine fort. „Ich mag lieber Weißwein - und Sie?"

„Oh, da schließe ich mich einfach an", entgegnete Alexander, verschwieg seine Vorliebe für Roten und tippte spontan auf eine Sorte in der Getränkekarte.

„Ein Chardonnay Planeta wäre doch nicht schlecht, oder?"

Celine nickte freundlich.

„Eine sehr gute Wahl, wie ich finde."

Im nächsten Augenblick stand auch schon die Kellnerin an ihrem Tisch. Alexander gab die Bestellung auf. Für ein Dessert konnten sie sich gegebenenfalls später entscheiden. In den nächsten Augenblicken schwiegen sich die beiden an und jeder hing seinen Gedanken nach.

Kaum hatte die Kellnerin den Wein gebracht, schenkte sie Alexander ein wenig zum Kosten ein. Er ließ einen Schluck fachmännisch im Mund zirkulieren, dann nickte er zustimmend. Erst erhielt Celine ein gefülltes Glas, dann er. Die Bedienung entfernte sich unauffällig. Schließlich erhob die Frau ihr Weinglas und hielt es über den Tisch.

„Wir sollten uns das förmliche Sie ersparen und zum Du übergehen", schlug sie vor und beide stießen an.

Genau, dachte Alexander, jetzt wäre aber eigentlich ein Kuss fällig ... Doch er wagte keinen diesbezüglichen Vorschlag. Und auch sie machte keinerlei Anstalten, sondern genoss den Wein in langsamen Schlucken.

Im Laufe des Abends taute sie zunehmend auf und wurde lockerer. Beim Dessert wählten sie eine besondere Eisvariante nach Art des Hauses aus. Das wäre was für die Mädchen, fuhr Alex ein Gedanke durch den Kopf. Aber er wollte das Thema Kinder nicht so direkt ansprechen und nicht mit der Tür ins Haus fallen.

Alexander fuhr sein ganzes Arsenal an Charme auf, das ihm zur Verfügung stand. Und das war nicht wenig. Schließlich verstand er die Frauen. Er umwarb Celine, hatte aber den Eindruck, sich zunächst die Zähne an ihr auszubeißen. Als das Geplänkel ins Erotische abzudriften drohte, lenkte die Frau geschickt ein und wechselte das Thema.

Es waren mindestens vier Stunden und zu der einen Flasche Wein noch mehrere Gläser Mineralwasser vergangen, als Alex bezahlte. Zunächst hatte auch sie ihr Portemonnaie gezückt, aber er hatte sofort abgewinkt. Das wäre ihm gegen seine Ehre gegangen. Bei aller Emanzipation! So viel Gleichberechtigung musste nun wieder nicht sein, dass eine Frau die Bezahlung bei einem ersten Date übernahm.

„Oh, dann werde ich mich wohl bei passender Gelegenheit revanchieren müssen", sagte sie in die sternklare Nacht.

„Sehr gern, liebe Celine. Es war ein wunderbarer Abend. Ich danke dir."

Beide liefen noch zum inzwischen gelichteten Parkplatz, wo ihre Autos fast nebeneinander standen. Dort plauderten sie noch ein Weilchen, bis es sie fröstelte und sie sich mit den Händen über die Oberarme rieb. Alexander hätte sie liebend gern in die Arme geschlossen und gewärmt. Oder ihr sein Sakko um die Schultern gelegt. Aber eine innere Stimme verbot es ihm.

„Ich muss dann auch nach Hause“, erklärte sie und Alexander nickte. Er ärgerte sich darüber, dass sich nun jeder mit dem eigenen Pkw auf den Heimweg machte. Da entging ihm doch eine Chance für mehr.

„Ich könnte dich ja beim nächsten Mal abholen und dann auch wieder zu Hause absetzen“, schlug Alex vor. „Dann könntest du auch ein Glas Wein mehr trinken, wenn du magst.“

„Das wird sich zeigen“, sagte sie geheimnisvoll und hauchte ihm einen Kuss auf die Wange. „Adieu dann.“

Kurze Zeit darauf hatte Alexander zwei Karten für eine Veranstaltung mit Klaus Maria Brandauer innerhalb des Literatur- und Musikfestes „Wege durch das Land“ besorgt. Der trat zum wiederholten Male in der Region auf, und Alex erinnerte sich daran, was er für einen tollen Abend mit Janine verlebt hatte, als der Künstler damals ein Programm gestaltete. Und nun Goethes Faust in einen kurzen Abend gepackt. Klaus Maria Brandauer als Erzähler und Spieler. Das würde sicherlich wieder unschlagbar gut und spannend werden. Seit er ihn mal in dem Film „Mephisto“ als Hauptdarsteller erlebt hatte, ließ er keine Gelegenheit aus, ihn zu sehen. Alexander hatte eine Vorliebe für diesen Schauspieler, und Janine hatte sie geteilt. Ob nun auch Celine damit zu begeistern war? Das würde sich zeigen.

Alexander hielt die zwei Tickets im vorderen Parkett für das Kleine Theater im Park von Bad Oeynhausen in der Hand und griff zu seinem Handy. Er zögerte eine Weile. Dann betätigte er die eingespeicherte Nummer.

„Vlachos, hallo."

„Hier ist Alex. Störe ich gerade?"

„Nein, gar kein Problem. Ich habe nur einen Stapel Unterlagen auf meinem Schreibtisch und muss die bis morgen noch durchgesehen haben. In einem unserer Fälle gibt es gerade noch Klärungsbedarf. Der Professor hat mich damit beauftragt. Und was liegt dir am Herzen?"

„Ich möchte dich zu einem Theaterbesuch einladen."

„Das klingt gut. Ich war schon ewig nicht im Theater oder Konzert. Die Arbeit frisst einen immer irgendwie auf. Was schwebt dir denn vor?"

„Also genau genommen habe ich die Karten sogar schon und hoffe nur sehr, dass du zum einen den Künstler magst und zum anderen auch an dem Abend Zeit hast."

„Das ist aber eine ziemliche Überrumpelungsaktion! Scheint bei dir üblich zu sein ... Nun rück schon raus mit der Sprache, Alex. Du machst es ja sehr spannend."

„Klaus Maria Brandauer tritt in Bad Oeynhausen auf. Ein Faust-Abend."

„Wunderbare Verbindung. Da bin ich doch dabei, wenn es mit dem Termin passt."

„Kommenden Sonntagvormittag."

„Oh, das ist ja ideal. Da dürften wir eigentlich mit dienstlichen Dingen nicht kollidieren. Ich bin dabei. Wir können uns ja gleich vor Ort im Park treffen. Vielleicht in der Wandelhalle gegenüber."

Schade, dachte Alexander, mir wäre es ja lieber, sie abzuholen. Aber er traute sich auch nicht, diesen Vorschlag zu machen, sondern stimmte zu und bot eine andere Idee an.

„Wir könnten ja vorneweg noch einen Kaffee trinken. Dann lass uns das dort an der Wandelhalle tun. Ist elf Uhr für dich in Ordnung?"

„Gern, Alex. Bis dahin, falls wir uns nicht vorher noch in der Pathologie begegnen."

„Prima. Ich freue mich."

Alexander beendete das Gespräch und strahlte vor sich hin. Die Sache entwickelte sich.

An jenem Sonntagvormittag trafen Alexander und Celine, aus verschiedenen Richtungen kommend, gleichzeitig am Café bei der Wandelhalle ein. Sie suchten sich ein ruhiges Plätzchen am Rande mit schöner Aussicht auf die Parkanlagen.

„Wir könnten nachher ein wenig spazieren gehen, wenn du magst?", schlug Alexander vor.

„Mal schauen", lenkte Celine ein. „So ganz frei ist mein Sonntag nun auch wieder nicht. Der Professor hat mich gebeten, ihm bei ein paar Unterlagen für seine nächste Vorlesung an der Uni behilflich zu sein."

„Der gönnt dir ja gar keine Freizeit!", warf Alexander ein, um gleich anzuschließen: „Und da konntest du nicht Nein sagen!"

„Eben. Oder würdest du deinem Chef etwas ausschlagen wollen?"

„Kommt ganz darauf an."

Jetzt lachte Celine.

„Ihr Männer nehmt so etwas eben gelassener als wir Frauen. So, und jetzt nichts mehr von der Arbeit. Ich freue mich auf die Veranstaltung mit dem Brandauer. Müssten wir nicht langsam los?"

Sie blickte auf ihre Armbanduhr.

„Tatsache“, sagte Alexander und winkte den Kellner heran, um zu bezahlen. Diesmal nahm ihm Celine das ab, und er wehrte sich nicht dagegen.

Wenig später liefen sie noch einmal um das Theater herum, und genau in dem Augenblick, als sie am Seiteneingang vorbeikamen, öffnete sich die Tür und Klaus Maria Brandauer trat heraus. Alexander erstarrte und auch Celine begriff sofort, wen sie vor sich hatten.

„Ob wir Sie um ein Autogramm bitten dürften“, erkundigte sich Celine spontan, griff die Tickets, die Alexander in seiner Hand hielt und reichte sie dem Schauspieler hinüber.

„Aber sehr gern doch“, sagte der und unterschrieb mit einem Stift, den ihm Alexander kurzentschlossen gab.

„Ich bewundere Sie außerordentlich und liebe die Filme und Theaterstücke mit Ihnen“, fasste sich Alexander ein Herz.

Klaus Maria Brandauer schaute ihm in die Augen und da glänzte dieses schelmische Lächeln, das ihn einzigartig machte: „Leider bin ich in Eile und muss gleich wieder rein. Viel Vergnügen dann.“

„Das werden wir haben“, hauchte Celine.

Nachdem sich die Tür hinter dem Schauspieler und dem ihn begleitenden Geschwader geschlossen hatte, schauten sich Alexander und Celine an.

„Kneif mich mal“, forderte er sie auf.

Sie runzelte nur ein wenig die Stirn.

„Nein, Alex, das war kein Traum. Wir hatten eben eine ganz besondere Begegnung. Wunderbar. Ich danke dir für die Einladung. Und nun lass uns rasch zu unseren Plätzen gehen. Nicht dass sie noch ohne uns beginnen.“

Als es klingelte, stand Manfred direkt neben der Tür. Es war halb acht Uhr morgens.

„Pünktlich wie die Maurer", begrüßte Manfred die beiden Männer, die draußen standen, woraufhin die Handwerker grinsten. Er bat sie mit einer Handbewegung ins Haus.

„Nanu? Heute eine andere Besetzung? Eigentlich sollte doch die gleiche Truppe weitermachen?"

„Schon in Ordnung, Chef", sagte einer der beiden, von großer und sehr kräftiger Statur. Er zog die Träger seiner dunkelgrauen Latzhose zurecht. „Wir sind bestens instruiert und wissen genau, was zu erledigen ist. Unsere Kollegen mussten auf eine andere Baustelle. Wir haben intern umdisponiert. Da sind wir doch alle flexibel, nicht wahr?!"

Sein eher kleiner und schmächtiger Begleiter nickte nur dazu. In seinen Händen hielt er rechts und links Werkzeugtaschen.

„Tja, ich kann Sie auch leider heute nicht betreuen", entschuldigte sich Manfred. „Eigentlich wollte meine Frau das übernehmen. Aber ihr ist etwas dazwischen gekommen. Ich kann Ihnen nur den Hausschlüssel in die Hand drücken, falls Sie beide zwischendurch vielleicht noch etwas holen müssen."

„Geht klar. Sie können sich absolut auf uns verlassen. Bei uns ist noch nie was weggekommen."

Na, deine Worte in Gottes Gehörgang, dachte Manfred. Aber ihm blieb gar keine Zeit, sich weiter Gedanken zu machen. Bei einem Blick auf die Uhr hatte er bemerkt, dass er sich schleunigst auf den Weg machen sollte, um rechtzeitig zu Schulbeginn vor seiner Klasse zu stehen.

„Heute sollte ja der ehemalige Whirlpool zugegossen werden. Das Geröll liegt schon darin. Ihre Kollegen haben alles vorbereitet", fasste Manfred kurz zusammen.

„Wissen wir, Chef. Keine Sorge. Wir legen dann gleich mal los. Und ehe Sie es sich versehen, sind wir fertig ..."

Manfred fiel doch noch etwas ein.

„Ach so, ich habe Ihnen eine Thermoskanne mit Kaffee hingestellt, ein paar kalte Getränke und ein paar Snacks."

„Vielen Dank. Das hätte Ihre Frau nicht besser hinbekommen! Aber wir sind ja nicht zum Essen hier, sondern zum Arbeiten", grinste der Große.

Wieder nickte der zweite Handwerker, der bis dahin noch kein Sterbenswort verloren hatte.

„Ich muss jetzt los. Gutes Gelingen, die Herren!"

Beim letzten Satz hatte sich Manfred schon seine Aktentasche geschnappt und war zur Tür hinaus. Dann drehte er sich noch einmal um und erkundigte sich: „Wie lange arbeiten Sie eigentlich?"

„Sechzehn Uhr ist Feierabend", sagte jetzt der zweite Handwerker.

„Gut. Ich bin vorher zurück. Dann müssen Sie den Hausschlüssel nicht unter die Fußmatte legen, ha, ha", scherzte Manfred, und die beiden Männer schlossen sich seinem Lachen an.

In seinem Auto hatte Manfred nur noch Gedanken für die Schule, die Klassenarbeit mit seiner Zwölften. Er hatte noch in der vorigen Stunde auf alle Details hingewiesen, damit möglichst keiner allzu große Schnitzer beging. Vom Ausgang dieser Arbeit hing einiges ab, auch wer in die mündliche Prüfung musste. Und da hatte er so einige Kandidaten, denen er das gern ersparen wollte. Wenn es nach ihm ginge, würde er ja wieder das dreizehnte Schuljahr einführen. Dann wäre einfach mehr Zeit für alles …

Die beiden Handwerker begaben sich durch den Flur in die daneben gelegene Garage. Von dort öffneten sie das Tor zum Parkplatz. Ihren Wagen mit dem rotierenden Betonmischer hatten sie schon direkt davor geparkt. Alles genau so, wie es der Chef angewiesen hatte.

„Man könnte ja die Steine noch etwas enger schichten", meinte der Wortführer, als sie im Raum standen, legte eine Hand ans Kinn und wiegte dabei den Kopf hin und her. „Dann würde alles bestimmt stabiler. Was meinst du?"

„Wozu? Sieht doch gut aus."

„Ach klar. Schließlich haben unsere Kollegen schon alles präpariert. Da wollen wir uns doch wohl keine weiteren Gedanken machen. Wenn wir hier noch etwas hätten richten sollen, dann hätte der Chef was gesagt. Dann mal los."

Der Wortkarge stieg in das Fahrzeug, während der andere den Schlauch an der Grube ansetzte. Das mochte wohl so gehen, befand er und gab seinem Kollegen ein Zeichen, dass sie den Lauf starten könnten. Nach einem kleinen Weilchen legte sich die breiige, graue Masse über die Steine und nahm Stück um Stück Besitz von dem Areal. Der Handwerker mit dem Schlauch in der Hand schaute zufrieden auf den Fortschritt der Arbeiten.

Später glätteten sie noch die Oberfläche und fingen dann mit dem Mauern einer Trennwand an. Die Vorräte, die Manfred hingestellt hatte, reichten für ein ausgiebiges Frühstück und später noch für eine Beigabe zum nachmittäglichen Kaffee. Ein paar belegte Brote fürs Mittagessen hatten die Männer sich selbst mitgebracht.

„Edler Schuppen hier", meinte der Kräftige während einer Pause und der andere nickte bestätigend mit vollem Mund.

„Aber kein Wunder. Der wird sich bestimmt eine goldene Nase verdienen, wo doch seine Mannschaften laufend gewinnen. Außerdem hört man ja so allerlei, was im Sport an Geldern fließt. Allein die Ablösesummen, wenn einer den Verein wechselt."

„Meinst du? Trifft das nicht eher auf Fußball zu?"

„Handball ist bestimmt ein ebenso einträgliches Geschäft. Da möchte ich glatt wetten."

„Lieber nicht", sagte der andere und biss erneut in sein Brot. Dann stand er auf, ergriff einen Besen und schob den Dreck auf einen Haufen in der Ecke. Dabei glänzte etwas goldig, was er aber nicht bemerkte.

Als Manfred Meier gegen fünfzehn Uhr wieder nach Hause kam, waren die beiden Männer noch mitten in der Arbeit, verputzten aber bereits an einem anderen Teil der Wand, die vorher schon gemauert worden war.

„Das sieht ja prächtig aus, meine Herren", freute sich Manfred und strahlte über das ganze Gesicht. Sein Blick streifte den Boden. Von der einstigen Grube für den zu klein dimensionierten Whirlpool war kaum noch was zu sehen. Der frische Beton markierte ein großes, quadratisches Stück. Später, wenn alles gut durchgetrocknet war, würde der Boden gefliest werden, und Judith würde sich in absehbarer Zeit an ihrem neuen Wellnessbereich erfreuen können. Schade, dass sie jetzt diese Zwischenetappe nicht erlebte, dachte Manfred. Aber umso mehr würde sie sich an den Ergebnissen freuen.

„Ich warte auf dich, Liebes!“

Gunter Rosenbaum schaute auf die Wanduhr. Sie mussten sich sputen, um pünktlich zum Termin zu kommen. Als Hella aus dem Bad trat, stockte ihm der Atem. Sie war fix und fertig angezogen, jedoch trug sie über der Bluse den Büstenhalter. Auf dem Rücken ordentlich geschlossen.

„Hella, ich glaube, du hast dich da geirrt“, warf er vorsichtig ein.

„Was, ich mich geirrt? Das kann ja gar nicht sein“, empörte sich Hella und schaute an sich herunter, ohne etwas zu bemerken.

Gunter wies mit dem Zeigefinger auf das Oberteil seiner Frau: „Da, die Reihenfolge deiner Sachen ist durcheinander geraten. Ist ja kein wirkliches Thema …“

„Man zeigt nicht mit nackten Fingern auf angezogene Leute“, stieß Hella hervor, entdeckte jetzt den schlohweißen BH und murmelte: „Kann ja mal passieren in der Hektik. Du drängelst aber auch unentwegt.“

„Kein Problem, mein Schatz. Dann bring das einfach mal in Ordnung und ich rufe kurz in der Praxis an, dass wir uns ein wenig verspäten.“

„Woran nur du schuld bist“, betonte Hella mit bösem Unterton.

Gunter suchte nach der eingespeicherten Nummer.

„Hier Rosenbaum. Meine Frau hat jetzt gleich einen Termin bei Ihnen. Wir hatten ein kleines Problem und verspäten uns ein wenig.“

„Keine Sorge, lieber Herr Rosenbaum. Aber danke, dass Sie angerufen haben. Da können wir einen anderen Patienten vorziehen. Bis gleich."

„Bis gleich."

Gunter ließ den Arm mit dem Telefon sinken.

„Wartest du auf mich, mein Liebster", fragte Hella mit strahlendem Lächeln, als sie aus dem Bad trat, nun in gebührender Ordnung gekleidet.

„Wir haben Zeit. Schön, dass du fertig bist."

Er schaute mit gerunzelter Stirn auf seine Frau. Diese Stimmungsschwankungen konnte er sich nicht erklären. Als sie mit Alex schwanger war, da war sie mal himmelhoch jauchzend und mal zu Tode betrübt. Das war schon eine Ewigkeit her und sehr strapaziös, aber zugleich eine wunderbare Zeit, wenn er sich genau entsann. Jetzt legte sich ein Lächeln auf sein Gesicht. Gleich erlosch das Lächeln aber wieder, und ihm fiel die nächste Phase ein: Später, als sie in die Wechseljahre gekommen war. Da war sie von jetzt auf gleich eben noch heiter und dann schon missgestimmt. Die Zeit hatte zwar länger als die Schwangerschaft gedauert, war aber auch irgendwann vorüber. Doch was sollte das jetzt. Ach was! Er gab sich einen Ruck, wir gehen jetzt zum Arzt und der wird schon feststellen, was mit Hella los ist.

„Ich hätte Lust, mal wieder mit dir tanzen zu gehen", gestand Hella ihrem Mann im Treppenhaus.

„Ehrlich?"

„Ehrlich. In ein schönes Tanzlokal. Gibt es denn so was heute noch für unseren Jahrgang, hier auf Usedom?"

„Bestimmt", versicherte Gunter, froh, dass Hella wieder gute Laune hatte. Auf die Sache mit der falschen lokalen Einordnung ging er lieber gar nicht ein.

Auf der Straße hakte sie sich bei ihm unter und plauderte locker weiter. Diesmal über die Enkelinnen. Gunter konnte seinen Gedanken freien Lauf lassen. Er sah besorgt aus. Wenig später erreichten sie die Praxis, ließen die Krankenkassenkarte durch das Prüfgerät ziehen und nahmen noch einen Moment nebeneinander im halbvollen Warteraum Platz.

„Soll ich mit dir mitkommen, wenn du zum Arzt reingehst?", schlug Gunter leise vor.

„Ach, Blödsinn. Das sieht ja albern aus. So, als ob ich nicht allein sagen könnte, wo mir was fehlt. Wobei: Was fehlt mir eigentlich? Weshalb sind wir hier?"

Hella schaute fragend zu ihrem Mann.

„Es ist nichts Schlimmes", beschwichtigte Gunter und strich sich durch das schüttere, graue Haar. „Du bist nur etwas vergesslich in letzter Zeit und so wechselhaft und so müde."

„Tatsächlich?"

„Tatsächlich, mein Schatz."

In dem Moment wurde der Name Hella Rosenbaum aufgerufen, wobei sie nicht mit der Wimper zuckte.

„Du bist dran, Liebes", schob sie Gunter von ihrem Stuhl.

Er seufzte tief auf, nachdem Hella den Warteraum verlassen hatte. Keiner von den anderen Patienten schaute nach ihm. Alle waren beschäftigt. Eine jüngere Frau blätterte in einer Illustrierten, ein Halbwüchsiger tastete auf seinem Handy herum, ein Mann in den besten Jahren hielt seinen Kopf mit beiden Händen und hatte die Ellbogen auf die Oberschenkel gestützt.

Nach einer ziemlichen Weile ging die Tür auf und Hella schaute in den Raum: „Wir können uns dann wieder auf den Heimweg machen, Gunter. Alles in bester Ordnung."

Gunter erhob sich, grüßte noch einmal in die Runde und wollte mit seiner Frau das Wartezimmer verlassen.

„Halt!", rief die Sprechstundenhilfe und kam direkt auf ihn zu. „Herr Rosenbaum, der Doktor hätte Sie gern noch kurz gesprochen. Ihre Frau nehme ich in der Zwischenzeit ins Labor mit. Reine Routine."

Hella runzelte die Stirn, folgte der jungen Frau aber ohne Kommentar. Gunter klopfte am Zimmer des Arztes an, hörte ein „Herein" und trat ein.

„Ach, Herr Rosenbaum. Schön, dass Sie sich die Zeit nehmen. Es dauert nicht lange. Nur ein paar Dinge, die wir besprechen sollten", sagte der Mediziner und schob die Patientenunterlagen auf seinem Schreibtisch zurecht. „Ich habe mit Ihrer Frau ein paar Tests gemacht. Sie sollte mir sagen, welcher Tag heute ist und eine Uhr aufzeichnen. Dann habe ich ihr ein paar Wörter gesagt, die sie sich merken sollte."

„Wozu solche Albernheiten", rutschte es Gunter heraus. „Wir sind Rentner. Da muss man doch nicht wissen, welcher Tag heute ist. Ist doch schnurzpiepegal. Und eine Uhr aufzeichnen ... Was soll denn so was?"

„Bleiben Sie bitte ganz ruhig, lieber Herr Rosenbaum", bat der Arzt und schaute mit einem Seitenblick auf seinen Computerbildschirm. „Ich habe den Eindruck, dass Ihre Frau Anzeichen von Demenz aufweist. Ist sie denn gelegentlich depressiv und ist Ihnen in dem Zusammenhang noch nichts Ungewöhnliches aufgefallen? Verhält sie sich anders im Alltag, als Sie es gewohnt sind?"

Doch!, hätte Gunter schreien wollen. Doch, heute hat sie den BH zuletzt über die Sachen gezogen und neulich Ananas in den Kartoffelsalat getan und, und, und … Aber er blieb still. Nein, er wollte Hella nicht verraten. Das konnte er ihr doch nicht antun.

„Vielleicht ist sie ein wenig gestresst. Wir sind ja erst vor einer Weile in diese Gegend gezogen und haben vorher auf der Insel Usedom gewohnt", brachte Gunter als Argument vor.

„Oh ja, das könnte einiges erklären. Dann vermisst sie bestimmt die alte Heimat?", ergänzte der Arzt. „Eine schöne Gegend, in der Sie da zu Hause waren. Wo andere Urlaub machen, haben Sie gewohnt. Schon eine tolle Vorstellung. Ich war schon mal auf der Insel mit meiner Familie. Herrliche Ferien!"

„Genau. Das wird es sein", beschloss Gunter sowohl laut als auch für sich.

„Aber dennoch würde ich gern ein paar weitere Untersuchungen bei Ihrer Frau veranlassen, auch beim Neurologen. Ich gebe Ihnen eine Überweisung mit. Nur zur Sicherheit. Wenn Sie ihr das bitte so erklären würden?", bat der Mediziner.

„Das mach ich schon", sagte Gunter zu, verdrehte aber die Augen.

Als er das Sprechzimmer verlassen hatte, hatte er das Gefühl, ganz weiche Knie zu haben. Ihm zitterten die Hände, als er sich den Überweisungsschein und die Telefonnummer von einem Neurologen geben ließ. Nur eine Winzigkeit war er davon entfernt zusammenzusacken, als Hella strahlend auf ihn zukam.

„Ich musste schon wieder Blut abgeben. Was die wohl damit alles anstellen? Die reinsten Vampire hier! Komm, Gunter. Jetzt gehen wir noch in die Stadt irgendwo schön Kaffee trinken."

„Das ist eine gute Idee", lächelte Gunter seine Frau an, und beide verließen die Praxis.

Ein Stimmengewirr lag in der Luft. Ausgelassenes Lachen, Gekreische. Zwischendurch auffordernde Pfiffe. Die große Halle war durch einen stabilen, gummiartigen Vorhang, der kurz zuvor heruntergeschwebt war, in zwei unterschiedliche Bereiche unterteilt. Bei Bedarf waren auch drei Areale machbar. Nur der Geräuschpegel ließ sich nicht ausbremsen. In einem Drittel sammelte sich die Pampers-Liga, im Zweidrittelbereich war eine Mädchenmannschaft dabei: die C-Mädchen. Sie trieben souverän ihre Bälle vor sich her. Bei ihnen quietschten die Schuhe beim Laufen. Ein Geräusch, das bei den Kleinen noch nicht auftrat, sicher aufgrund ihres geringeren Körpergewichtes.

Zwei bezopfte junge Damen bekamen gerade einen Lachanfall und wurden von der Trainerin energisch zurechtgewiesen, die einen großen Gummiball in der Mitte der Halle platzierte und ihre Sportlerinnen rechts und links des Feldes Aufstellung nehmen ließ. Der große Ball nun war mit kleinen Bällen abzuschießen und in die jeweils andere Richtung voranzutreiben.

Eine kleine, fast zu zart wirkende Asiatin erwies eine beachtenswerte Geschicklichkeit. Jeder Wurf von ihr saß. Ihre Gegenspielerin war eine außerordentlich große junge Dame, von kräftiger, fast ein wenig stämmiger, aber dennoch perfekter Figur. Wie ein Fels in der Brandung stand sie zwischendurch breitbeinig auf dem Hallenboden und ließ sich nicht aus der Ruhe bringen. Bei ihr überwog die Kraft, und der große Ball trieb rasch auf die gegenüberliegende Seite.

Erneut wurde in zwei Mannschaften aufgeteilt, und es folgte ein kurzes Spiel von enormer Schnelligkeit.

„Die letzten drei Minuten", rief die Trainerin und schaute aufmerksam auf jede Spielerin. Mit „das war's", verkündete sie nach einem letzten Pfiff ein eins zu null und ließ die noch herumliegenden Bälle vom Rand in ein Tor bringen.

Manfred Meier saß auf einer Zuschauerbank im Bereich der Kleinsten und beobachtete das Treiben, das vom Neonlicht der Decke ausgeleuchtet wurde. Grüne, blaue, rote und weiße Bodenmarkierungen gaben die Details im Spielfeld vor.

Es konnte nie schaden, immer schon einmal ein Auge auf kommende Talente zu werfen. Nachher würde er ein letztes Training mit seinen Frauen absolvieren, ehe sie sich dann am Wochenende auf den Weg zum Auswärtsspiel machten. Diesmal war es nicht nur ein Freundschaftsspiel, bei dem der Ausgang zweitrangig war. Sie wollten unbedingt als Sieger wieder heimkehren. Das musste er ihnen erneut verdeutlichen.

Die vier Holzbankreihen waren auf einer Hallenlängsseite aufsteigend angeordnet, unterbrochen jeweils von den Treppenstufen, die von den Glastüren zum Spielfeld führten. Der PVC-Belag des Fußbodens in steingrauer Optik wies schon einige Gebrauchsspuren auf. Auf den Bänken verteilt saßen Mütter und Väter, die ihre Jüngsten zum Training gebracht hatten.

Eine schwangere Mutter trug ihren Kleinen auf dem Arm, dessen Beine an ihrem rundlichen Bauch herabhingen, und hielt einen etwas größeren Jungen an der Hand. Alle reihten sich nach und nach in die spielerische Runde auf dem Feld ein. Einige wenige der Erwachsenen auf den Sitzbänken verfolgten aufmerksam das Geschehen, andere waren ins Gespräch vertieft. Wortfetzen von Arbeit und Chef flogen durch den Raum. Ein weiterer Teil der Anwesenden widmete sich seinem Smartphone.

Auf der untersten Bank, direkt am Spielfeld, kippte eine Flasche mit Apfelschorle um und ergoss sich über den Boden. Das Mädchen, dem das Malheur passiert war, brach in Tränen aus. Es dauerte eine Weile, bis endlich jemand die Initiative ergriff und einen Wischmopp organisierte.

„Kein Problem", tröstete Corinna Westerfeld, eine der beiden Trainerinnen, die Kleine, die eine rote Turnhose mit weißen Streifen trug, und strich ihr über den aschblonden Pagenschnitt.

„Jetzt müssen wir nur ganz schnell alle Bälle duschen, die nass geworden sind. Sonst klebt nachher alles."

Das Kind hielt die leere Flasche in der Hand, und erst nach und nach versiegten die Tränen, die dem Verlust seines Getränkes galten. Jetzt kamen ein paar von den größeren Kindern dazu, sammelten die Bälle ein und verschwanden kurz damit in den Duschräumen. Kurze Zeit später kehrten sie zurück. Dann liefen sie gemeinsam mit der Trainerin und dem Mädchen aufs Spielfeld und mischten sich unter die anderen.

Jetzt schien allen der weitere Ablauf bekannt. Sie knieten im Kreis, und schlagartig kehrte Ruhe ein. Dann wurde ein Lied angestimmt: „Handball ist der Hit, kommt alle her und macht mit …" Dabei sangen die Mädchen und Jungen und reckten und streckten sich.

Ein Geschwisterkind – ein ganz Kleiner in Strumpfhose und Shirt, der gerade mal laufen konnte und noch nicht zur Trainingsgruppe gehörte - schnappte sich einen der Bälle und stürmte durch die Halle. Dann schien es ihm zu viel geworden zu sein. Er setzte sich breitbeinig hin, sein Mund stand offen, aber den Ball, den hielt er immer noch fest. Auf seinem tiefblauen Shirt stand „Champion". Ein echtes Talent, grinste Manfred und hing seinen Gedanken nach.

Softbälle wurden ausprobiert. Reifen lagen auf dem Boden und bildeten den Ausgangspunkt, der nicht verlassen werden durfte. Paarweise standen die Kinder darin, und bei einem Würfelspiel mit besonders großen Exemplaren wurden je nach der Punktanzahl Rennrunden fällig.

Alle wechselten zu großen, blauen Bällen, warfen sie nach vorn, rannten dabei hinterher und versuchten, sie wieder aufzufangen, was in unterschiedlicher Güte klappte. Das Fußgetrappel klang durch die Halle. Dann standen wieder alle, Bälle wurden um den Bauch gedreht und durch die Beine hindurchgefädelt, schließlich auf den Boden aufgeschlagen und dazwischen wurde in die Hände geklatscht.

Rasch verging die Zeit. Die Begeisterung stieg, als die kleinen Tore einbezogen wurden und sich alle im gezielten Wurf übten.

„Alle Kinder gehen ins Tor, die Reifen bleiben liegen", hatte Corinna aufgefordert und sich über ihre braunen, kurzgeschnittenen Haare gestrichen. Da und dort erklang mal ein Aua, war aber sofort wieder vergessen. Gelegentlich unterbrach die Pfeife den Rhythmus.

„Wir machen jetzt eine Übung für die Finger, wie Bob der Baumeister mit seiner Schaufel", kam als nächste Aufforderung an die Kleinen. Dazu wurde der Ball vorwärts und rückwärts gerollt. Alle waren hoch konzentriert bei der Sache.

„Das sieht gut aus", lobte die zweite Trainerin. Schon hockten alle wieder zu einem neuen Spiel im Kreis. Der Hall der lebhaften Kinderstimmen schwoll gleich wieder an und wurde vom nächsten Kommando unterbrochen.

„Alle stellen sich jetzt hinter Lisa auf!"

Ziemlich klebrige Angelegenheit, dachte Manfred und starrte auf die Getränkereste, die der Wischmopp nicht aufgefangen hatte. Aber nicht mein Problem. Und schon schweifte sein Blick zu den Oberlichtern, die einen Ausblick auf die Baumkronen und den Himmel gestatteten. Zwei Störche flogen vorüber.

Es wäre doch eine wundervolle Idee, sich künftig den Knirpsen zu widmen. Pampers-Liga, wie die Lütten genannt wurden, von denen so mancher wirklich noch welche trug oder gerade so herausgewachsen war. Auf jeden Fall kristallisierte sich sehr zeitig heraus, wer ein wirkliches spielerisches Talent war, und das galt es zu fördern.

Manfred Meier hatte einen geschärften Blick dafür. Da, der kleine Knubbelige, der gedankenverloren intensiv in der Nase bohrte, kam überhaupt nicht infrage. Der hatte schon mit seinen vielleicht vier Jahren zu viel Speck auf den Rippen. Das lag bestimmt in der Familie und würde sich nicht verwachsen. Außerdem lief er sehr ungelenk dem Ball hinterher. Aber dort, die kleine Dunkelblonde mit den geringelten Kniestrümpfen und den Zöpfchen, die hatte schon den richtigen Blick drauf und behielt den Ball, koste es, was es wolle. Jetzt wurde sie geschubst, fiel, ein paar Tränen rannen, aber das Mädchen lief verbissen weiter.

Manfred lächelte versonnen. Ja, er würde in absehbarer Zeit wechseln und den Jüngsten Bewegung, Koordination und Rücksichtnahme antrainieren. Würde einfach die Frauenmannschaften abgeben. Dann würde sich alles beruhigen. Vor allem daheim, denn seine Frau fand immer irgendwas, das ihr nicht behagte. Bei solchen Winzlingen würde sie einfach keinen Grund mehr zur Eifersucht haben. Außerdem wären die bestimmt dankbarer! Manfred nickte und rekelte sich auf der Bank, die Arme hinter dem Kopf verschränkt.

Er hing weiter seinen Gedanken nach. Sobald die Gruppe hier fertig war, wollte er unter vier Augen der Trainerin schon einmal andeuten, was er vorhatte. Nicht dass sie sich etwa um eine andere Lösung bemühte, wenn sie in den Schwangerschaftsurlaub ging. Und danach würde man weiterschauen. So ein Kleinkind veränderte ja ein Familienleben auch völlig.

Leider, leider hatte es bei ihnen nicht mit dem ersehnten Nachwuchs geklappt, aber sie hatten etliche Patenkinder und wusste um die Sorgen und Nöte der Eltern. Einfach war das jedenfalls nicht immer. Und heute war er eigentlich froh, keine eigenen Kinder zu haben. Die Schüler, die er unterrichtete, und die Sportlerinnen, die er trainierte, die reichten ihm völlig aus.

Ob er nicht doch lieber die Profikarriere eingeschlagen hätte? Eine Weile weiter in der Bundesliga spielen und dann den Trainerpart übernehmen. Das war schließlich gängige Praxis. Manfred bewegte den Kopf hin und her und ließ sich von dem Geschrei in der Halle nicht stören. Dann wäre alles anders gekommen. Dann hätte er vielleicht seine jetzige Frau gar nicht geheiratet. Ach was, das war schon eine gute Entscheidung gewesen. Er liebte sie abgöttisch und trug sie auf Händen. Wenn nur ihre bis zu einem gewissen Zeitpunkt absolut grundlose Eifersucht nicht gewesen wäre. Das mit Sofia war eigentlich nur ein Ausrutscher und konnte nicht gelten! Schließlich hatte er nicht angefangen … Immer und ewig hackte Judith auf ihm herum. Aber der Versöhnungssex, wenn sie einsah, dass sie mal wieder im Unrecht war, der war phänomenal. Also hatte alles im Leben seinen Sinn, dachte Manfred Meier und erhob sich.

Das Training der Kleinen war vorüber und soeben abgepfiffen worden. Die Eltern sammelten ihre Mädchen und Jungen ein, die begeistert und verschwitzt durch die Gegend hopsten. Einer der kleinen Sportler hatte Geburtstag und gab noch eine Gummibärchenrunde mit Orangensaft aus. Dafür hatten sie sich in eine Ecke zurückgezogen. Denn schon tauchten die Minis auf, bereits mit ersten Schulerfahrungen und deutlichem Ballgefühl.

„Kann ich dich mal kurz sprechen", ging Manfred auf Corinna Westerfeld zu, die sich gerade über den Bauch rieb.

„Klar, Manni. Schön, dass du uns zugeschaut hast. Welch seltene Ehre. Du kannst mal durchsetzen, dass wir mehr Raum bekommen. Das reicht mit den Trainingseinheiten vorn und hinten nicht. Wir kommen uns immer gegenseitig in die Quere, was die guten Zeiten angeht."

Sie setzte sich auf die Bank und atmete durch.

„Ich glaube, lange halte ich das nicht mehr durch. Das Training mit den Kleinen schlaucht doch ganz schön."

„Das wird schwierig mit weiteren Räumlichkeiten beziehungsweise mehr Zeit", wich Manfred dem leidigen Thema aus. „Aber du machst das perfekt. Man sieht ja richtig, wie sie mit Elan und Feuereifer bei der Sache sind."

„Danke, Manni. Und nun rück raus mit der Sprache. Du bist doch bestimmt nicht hergekommen, um mir und meinen Kleinen Lob zu überbringen ...“

„Nein, nicht nur“, gab Manfred zu. „Es geht um was anderes.“

„Du machst es aber spannend. Erzähl schon. Willst du aussteigen und meine Truppe übernehmen?“

Manfred zuckte zusammen.

„Du hast es erraten!“

„Ach was, das war ein Scherz von mir. Du würdest dich doch nie und nimmer, bei deinen Qualifikationen, mit solchen Anfängern umgeben. Nein, ehrlich ...“

„Also, die Angelegenheit muss erst mal unter uns bleiben, Cori. Ich trage mich tatsächlich mit dem Gedanken, in so eine Sparte zu wechseln. Man ist ja auch nicht mehr der Jüngste und sollte nicht so lange warten, bis man vom Sockel gestoßen wird ...“

Corinna musterte Manfred von oben bis unten.

„Bist du jetzt auf Schmeicheleien aus? Du bist doch in den allerbesten Jahren, selbst perfekt durchtrainiert. Keiner kann dir was vormachen. Ohne dich sind die anderen doch total aufgeschmissen.“

„Jeder ist ersetzbar.“

„Das glaube ich nicht. Für dich jedenfalls finden wir keinen wirklichen Ersatz. Ich grüble gerade, wer da infrage käme, aber niemand fällt mir ein.“

„Cori, ich wollte dich fragen, wann du in Schwangerschaftsurlaub gehst? Dann würde ich die Pampers-Liga übernehmen.“

„In vier Monaten erst, wobei es mir manchmal jetzt schon zu viel wird. Aber jeder geht ja mit einer Schwangerschaft anders um, und da es bei mir die erste ist, muss ich mich wohl zunächst dran gewöhnen ...“

„Ach, ihr plant noch mehr Nachwuchs?", erkundigte sich Manfred interessiert.

„Jetzt lenk mal nicht vom Thema ab. Ich bin jedenfalls geplättet. Aber wenn du möchtest, dann halte ich dir deinen Posten hier frei. Und wenn mich einer fragt, wer das übernehmen soll, dann werde ich sagen, es gibt die super Lösung. Nur mit deinem Namen rücke ich vorerst nicht raus. Bis du ein Signal gibst. Einverstanden?"

„Einverstanden!"

Manfred Meier nickte zufrieden und sah richtig glücklich aus.

Corinna schüttelte den Kopf: „Aber verstehen muss ich das nicht wirklich oder?"

Jetzt lachte er auf und legte den Arm um ihre Schultern. „Keine Bange. Da ist nicht viel zu verstehen. Alles im Leben hat seine Zeit und ich finde eben, dass ich mich künftig im Handball etwas rarer machen sollte. Ich bin dann eben der Talentesucher und -finder. Also Scout - jetzt fällt mir das passende Wort ein. Das ist doch eine tolle Herausforderung."

Inzwischen kamen die Sportler für die nächste Trainingseinheit nach den C-Mädchen in die Halle. Das zeitweilig etwas abgeebbte Stimmengewirr erhob sich wieder.

„Du, Manni, ich muss dann auch wieder. Mein Mann denkt sonst noch, ich bin abhanden gekommen. Seit ich schwanger bin, umsorgt er mich dermaßen. Das ist schon beängstigend. Der ruft glatt bei der Polizei an, wenn ich nicht pünktlich auftauche", sagte Corinna.

„Genieße es doch einfach."

„Da hast du recht. Und das Gespräch von eben bleibt unser Geheimnis. Bis auf Weiteres!"

„Genau. Danke."

Corinna stieg jetzt doch ein wenig schwerfällig die wenigen Stufen an den Sitzbänken empor und öffnete die Glastür, neben der ein Handy mit Ladekabel in der Steckdose steckte. Die Frau verschwand in Richtung Umkleidekabinen. Immer noch kopfschüttelnd. Als sie an einem der Räume vorbeilief, vernahm sie den Halbsatz „... letztes Mal haben wir uns geprügelt!". Ein kurzer Blick in den Raum und sie sah zwei Väter, die auf einen Fünfjährigen schauten, der gerade bei dieser Aussage stolz seine Arme in die Hüften stemmte. Sie lief weiter.

Manfred setzte sich noch einmal und beschloss, der Jungenmannschaft zuzuschauen, ehe seine Truppe dran war. Seine Frau hatte sich mit ihrer Mutter verabredet. Das konnte dauern. Insofern hatte er heute alle Zeit der Welt. Schon wieder fing er an zu grübeln. Auf jeden Fall sollte er rechtzeitig den Vereinsvorstand informieren, damit sie die Planung langfristig angehen konnten und die Trainerkosten im Auge behielten. Hinzu kamen ja noch die Gelder für Schiedsrichter und Fahrten ...

Es gab meist von vielen Leuten Wunschkandidaten, aber letztlich entschied der Vorstand über die Besetzung der Posten. Manfred beschloss, noch am gleichen Abend den Vorsitzenden anzurufen.

Als am nächsten Morgen der Wecker klingelte, sprang Manfred aus dem Bett, während sich Judith noch einmal verschlafen stöhnend auf die andere Seite drehte.

„Kein Problem, mein Schatz. Du musst noch nicht aufstehen. Ich mache mir alleine einen Tee. Nachher halten wir ja auf einer Autobahnraststätte an und frühstücken gemeinsam."

Er drückte seiner Frau einen Kuss auf den Hinterkopf und verschwand aus dem Schlafzimmer.

Dann lief er ins Bad, duschte ausgiebig, trocknete sich in aller Ruhe ab und brühte sich einen Tee auf. Er wählte kurz unter den vielen Sorten, die sie im Hause hatten. Doch, Beruhigungstee klang prima. Den konnte er heute wohl gebrauchen.

Aber eigentlich waren sie doch taktisch auf alles vorbereitet. Er hatte seine speziellen Deckungs- und Angriffstaktiken und alle Spielerinnen gut darauf vorbereitet. Sie konnten mit verschiedenen Abwehrsystemen agieren und den Gegner unter Druck setzen. Außerdem hatte er das andere Team gründlich studiert und analysiert. Er wusste genau um dessen Stärken, wie das Zusammenspiel zwischen Rückraum und Kreis sowie einlaufenden Außen. Jetzt war auch die Frage, wer die größere Routine und die besseren Nerven bewies.

Wenig später schloss er die Haustür hinter sich. Der Morgen dämmerte erst. Sie hatten diesmal einen ziemlich weiten Anfahrtsweg. Er stieg in sein Auto und fuhr los. Alle trafen sich auf dem Parkplatz an der Sporthalle. Dort wartete schon der Bus, den sie diesmal gechartert hatten. Dafür war erneut zuvor von allen das nötige Geld eingesammelt worden, damit der Transport finanziert werden konnte.

Hinter dem Lenkrad saß wieder ihr Stammfahrer, der sonst den Schulbus fuhr. Ein Unikum, der alle bei Laune hielt. Seine plattdeutschen Witze und Bemerkungen waren einfach unschlagbar. Selbst wenn die Stimmung dadurch getrübt war, dass die Mannschaft verloren hatte, so heiterte er alle wieder auf der Rückfahrt auf. Die ersten Spielerinnen hatten sich schon um ihn versammelt, und alle plauderten miteinander.

Als Manfred auftauchte, wurde er mit großem Hallo begrüßt. Ob er darauf wirklich verzichten wollte, dachte er kurz. Aber diese Euphorie war immer schnell vorüber. Er prüfte die Anwesenheit und fragte Greta nach Jennifer. Die schüttelte den Kopf:

„Aber sie hat sich doch verletzt und kann deshalb nicht mitkommen. Hoffentlich ist es kein Kreuzbandriss!"

„Ach, stimmt ja. Entschuldige! Und so schlimm wird es schon nicht sein, drücken wir mal die Daumen!"

Manfred war das im Grunde in dem Moment eingefallen, als er seine Frage gestellt hatte. Aber da war sie schon heraus. Jetzt glaubte die Kleine bestimmt, er würde langsam senil. Es wurde an der Zeit, dass er sich umorientierte.

Mensch, dachte Greta, da verstehe noch einer, warum so viele auf Manni abfahren. Das ist doch einfach nur ein alter Mann. Sollte mal langsam in Rente gehen und den Jüngeren Platz machen.

Außerdem war Greta seit Kurzem nicht wirklich gut auf ihn zu sprechen. Da hatte er sie doch beiseite genommen und ihr Lauffaulheit vorgeworfen und er hatte an sie appelliert, sie müsse doch genügend Kraft mitbringen und ohne Kondition würde das einfach nichts werden. Sie und lauffaul, das war einfach die Höhe. Jeden Morgen joggte sie eine Stunde am Mittellandkanal entlang. Aber ihr waren nicht die rechten Worte zur Entgegnung eingefallen. Irgendwann würde sie das nachholen.

Greta schob ihre große Reisetasche vor die geöffnete Luke des Gepäckraumes und schritt zur vorderen Eingangstür. Manfred hatte inzwischen alle an Bord, die auf seiner Liste standen, und Namen für Namen abgehakt. Er streckte sich und stieg in den Bus ein. Sein Lieblingsplatz, den ihm keiner streitig machte, war in der ersten Reihe, schräg hinter dem Fahrer, der gerade wieder einen Witz riss: „Wenn Handball einfach wäre, würde es Fußball heißen, ha, ha …“ Dabei klopfte er sich mit der Linken auf den Oberschenkel.

„Ach, und kennt ihr eigentlich den: Fliegt eine Handballmannschaft nach Amerika. Vor lauter Langeweile beginnen die Mädels, mit dem Leder zu spielen. Der Pilot kann die Maschine kaum noch halten und schickt den Funker nach hinten. Nach nur zwei Minuten herrscht absolute Ruhe. ‚Wie hast du denn das geschafft?‘, erkundigt sich der Pilot. ‚Na ja‘, meint der Funker, ‚ich habe gesagt: Mädels, es ist schönes Wetter draußen, spielt doch vor der Tür!‘“

Nun hatten alle in ein unbändiges Gelächter eingestimmt.

„Einen noch“, sagte der Busfahrer und strahlte über das ganze Gesicht. „Fragt ein Sportreporter die Handballerin: ‚Und was empfinden Sie dabei, wenn Ihre Mannschaft gewinnt?‘ Antwortet die: ‚Kann ich Ihnen leider nicht sagen, ich bin erst zwei Jahre bei diesem Verein.‘“

Selbst Manfred konnte sich ein Lachen nicht verkneifen. Irgendwie erinnerte ihn der Busfahrer stets an den braven Soldaten Schwejk. Warum auch immer?! Bestimmt war es sein einzigartiger Humor und dann dieses Strahlen in dem rundlichen Gesicht mit dem dazugehörigen Augenzwinkern. Er war so ein Typ, dem man einfach nichts übelnehmen konnte. Schließlich stand der Trainer auf, drehte sich nach hinten und stützte sich mit beiden Händen auf die Rückenpolster der Sitze rechts und links. „Mir fällt da eben auch was ein: Wenn statt Bälle Fäuste fliegen, dann sind's auf dem Feld bald nicht mehr sieben."

Das Gelächter verebbte. Greta hielt sich die Hand vor den Mund und gähnte gekünstelt. „Reim dich oder ich fress dich", ließ sie leise fallen, deutlich genug, dass es bis zu Manfred vordrang. Da hatte er wohl nicht den richtigen Ton getroffen. Schade. Er setzte sich wieder und lehnte sich zurück. Auf diesem Platz konnte Manfred die Straße gut im Blick haben und hinter ihm das Getuschel seiner Sportlerinnen aufnehmen. Sein extrem gutes Gehör lieferte ihm fast jeden Dialog. Er hatte nie darüber geredet, aber genau genommen hätten es die anderen wissen müssen, wenn sie ihn gründlich beobachten würden und seine Reaktionen zu deuten wüssten. Manchmal nur gab es Erstaunen, wenn er diese oder jene Bemerkung machte, die zur jeweiligen Situation hervorragend passte. Man sagte ihm einfach nur außerordentlich gute Menschenkenntnis nach. Und Manfred wehrte sich nicht gegen diese lobende Einordnung.

Heute hätte er aber am liebsten Stöpsel in seine Ohren getan, so laut unterhielten und stritten sich die Sportlerinnen.

„Geht das ein bisschen leiser, meine Damen?", fragte er schließlich mit einem leicht drohenden Unterton, den sie nicht von ihm gewöhnt waren. Dabei schaute er zwischen den Sitzreihen den Gang entlang nach hinten.

„Ist dir eine Laus über die Leber gelaufen, Manni?", erkundigte sich auch gleich Greta, die direkt hinter ihm saß. „Ich dachte immer, du schaltest total ab, wenn wir uns hier über unsere privaten Dinge austauschen."

„Nein, nicht immer", antwortete Manfred. „Und heute wäre mir einfach nach mehr Ruhe und Konzentration. Schließlich steht uns heute Abend ein wichtiges Spiel bevor. Dessen scheint ihr euch gar nicht so bewusst zu sein."

„Doch, doch, davon hängt ab, ob wir den Klassenerhalt schaffen", tönte es aus dem Hintergrund, aber keiner war der Äußerung zuzuordnen.

„Genau meine Worte, meine Damen. Und nun ruht euch einfach noch ein wenig aus, bis wir unsere Frühstückspause machen. Es gibt übrigens eine ganz nette Aussicht zu genießen, falls das einer von euch schon bemerkt haben sollte. Seht mal die tollen Wolkenformationen …"

Die letzten Worte hörte keines der Mädchen mehr. Alle waren in ihre Smartphones vertieft, tippten mit zwei Daumen Texte ein oder ließen mit einem Daumen ein Bild nach dem anderen auf dem Display wechseln, in rasantem Tempo.

Greta drehte sich zur Seite und sagte zu ihrer Nachbarin: „Hast du das mitgekriegt mit dem Frauen-Bundestrainer? Der musste das Handtuch schmeißen. Kein Wunder, nach der EM-Pleite im vorigen Jahr. Nur ein zehnter Platz für uns. Das geht ja gar nicht. Und seinen Dienstwagen hat er als erstes bei der Verbandszentrale abgeben müssen, bevor er wieder losgezogen ist."

„Nein, wirklich?", wollte Susi wissen.

„Echt wahr!"

„Wow, ich glaube, ich werde auch mal Bundestrainerin."

„Prima Idee. Ich auch!"

Beide lachten sich an.

Für das Frühstück machten sie eine kurze Pause an einer Raststätte, und neben den kleinen Snacks wies

Manfred für alle ein paar Lockerungsübungen an, was die Truppe nur widerwillig ausführte.

„Der hat echt einen an der Waffel", zischte Greta. „Wir machen uns hier zum Affen und er einen auf Show. Die Leute gucken schon alle!"

Die anderen Spielerinnen kicherten, aber Manfred ließ sich nicht beirren. Er hatte zwar die Bemerkung diesmal nicht eindeutig verstanden, aber sie war ihm auch gleichgültig. Sollten die Mädchen sagen, was sie wollten. Schließlich war er der Trainer und hatte hier das Kommando! Nur sprach er diese Einstellung nicht so deutlich aus. Das verkniff er sich lieber.

Relativ pünktlich traf der Reisebus an der großen Sporthalle ein. Noch parkten dort kaum Autos, und alles machte einen ziemlich verlassenen Eindruck. Aber eine große Plakatwand mit eindeutiger Werbung für die einheimische Mannschaft wies auf das abendliche Spiel hin. Sie würden bestimmt ein volles Haus bekommen.

Zeit für eine Stadtbesichtigung hatten sie nicht eingeplant. Vorher war sie nicht möglich, im Anschluss wäre es sicherlich zu spät, und morgen früh wollten sie sich gleich wieder auf den Heimweg machen, hoffentlich mit dem Sieg in der Tasche. Manfred stieß einen Seufzer aus. Da war er nun schon so viel herumgekommen, konnte Hunderte Städte benennen, die er bereist hatte, aber zumeist erlebte er nur die sportlichen Zentren. Selbst zu seinen Bundesligazeiten war das nicht viel anders gewesen.

Wenn er denn dann nur noch die Pampers-Liga zu verantworten hatte, dann wollte er mit Judith unbedingt alles nachholen und jede einzelne Stadt Stück um Stück bereisen. Er hatte sich dafür schon insgeheim einen Plan gemacht. Auch wäre es nicht mehr so eng mit den Auswahlzeiten, die aktuell von September bis Januar mit der Hinserie und von Februar bis Mai mit der Rückserie belegt waren. Private Termine konnte er eigentlich nur auf die verbleibenden drei Monate legen. Das sollte sich alles ändern.

Abends war die Halle bis auf den letzten Platz besetzt. Was allerdings fehlte, das waren größere Gruppen von Fans, die die angereiste Mannschaft hätte anfeuern können. Kein gutes Vorzeichen, dachte Manfred, als er nur ein paar vereinzelte bekannte Gesichter entdeckte. Er hätte sich drum kümmern sollen. Vielleicht einen Sponsor finden, der die Anhänger auf seine Kosten beförderte. Das hätte eventuell sogar klappen können. Aber irgendwie war er mit seinen Gedanken nicht mehr so wirklich bei der Sache. Auch nervten ihn die vielen SMS mit zweideutigen Inhalten. Vorhin war wieder so eine auf seinem Handy gelandet, die er aber sofort gelöscht hatte. Sicher war sicher. Nicht dass Judith später bei passender Gelegenheit in seinen Posteingang schaute und ihn zur Rede stellte für Dinge, die er nie getan hatte. Wie hieß das doch gleich? Eifersucht ist, wenn jemand mit Eifer sucht …

Eben dachte er an die Episode mit Sofia. Das war dann mal tatsächlich ein echter Ausrutscher. Aber sie kannten sich seit früher Schulzeit und waren damals eine kurze Zeit miteinander gegangen, bis sie sich für das schnelle Geld und seinen Schulfreund entschied. Der hatte schließlich das elterliche Bauunternehmen im Hintergrund. Damit konnte er nicht trumpfen. Während des Studiums hatte es sie in alle Himmelsrichtungen verschlagen, aber irgendwann trafen sie sich wieder. Und im Falle von Sofia war das im Zusammenhang mit allerlei Bauarbeiten an ihrem Haus gewesen. Er konnte ihr nicht aus dem Weg gehen, selbst wenn er es gewollt hätte.

Eines Tages hatte er noch einen relativ späten Termin in der Baufirma, aber nicht Sofias Schwager war da, wie erwartet, sondern sie und zwar allein. Zunächst hatte ihn das überhaupt nicht beunruhigt. Aber dann hatte sie ihm Champagner angeboten, auf die gute geschäftliche Beziehung. Das konnte er doch nicht ausschlagen. Also ließ er sich hinreißen, nahm ein Glas und noch eines und entdeckte schließlich, wie perfekt Sofia gestylt war. Sie trug ein eng ansitzendes Kostüm, der Rock war ziemlich kurz und endete schon weit über den Knien. Als sie sich setzte, konnte er bis zu ihrem Slip blicken. Ob sie das mit Absicht gemacht hatte? Und dann öffnete sie die Jacke, Knopf für Knopf. Was sich am Hals noch hochgeschlossen zeigte, präsentierte sich plötzlich durchbrochen und gab all ihre Reize frei.

Manfred konnte sich nicht bremsen. Es war neu, es war anders, es war schon genial. Aber hinterher quälte ihn das schlechte Gewissen. Und er versuchte, Sofia aus dem Weg zu gehen, was sich nicht immer vermeiden ließ. Gelegentlich kam sie zu ihnen nach Hause, um Judith zu besuchen. Dann fielen manchmal so schlüpfrige Andeutungen. In diesem konkreten Fall musste seine Frau mit absoluter Blindheit beziehungsweise Taubheit geschlagen sein. Sie wurde einfach nicht hellhörig. Sofia arrangierte es so, dass sie ihn streifte, wenn sie beide im Laufe eines solchen Abends einmal nur zu zweit im Raum waren und Judith irgendwas in der Küche erledigte. Es war ein verfluchter Drahtseilakt, dachte Manfred, denn natürlich stellte sich bei ihm eine gewisse Erregung ein. Die Frau war verführerisch und stellte ihre weiblichen Vorzüge mehr als deutlich zur Schau.

Jetzt setzte er sich gerade hin und verfluchte sein Gedankendurcheinander. Konzentriere dich bloß auf dieses Spiel, forderte er sich auf. Deine Mädchen müssen das schließlich auch tun. Als er vorhin noch kurz in der Kabine gewesen war, um sie zu instruieren, hatte totale Ruhe geherrscht und alle hatten an seinen Lippen gehangen. Das war schon ein tolles Gefühl, gab er innerlich zu.

Dann blickte er aufs Spielfeld und auf sein Team, jede einzelne Spielerin, und verfolgte fortan den Ball, war ihm immer schon einen Wurf voraus, und bald hielt es ihn nicht mehr auf seinem Platz. Er fluchte laut, feuerte seine Mannschaft an. Nach den ersten Spielminuten musste schon die Erste ausgetauscht werden. Sie trug ohnehin ihre beiden Knieschoner aus gegebenem Anlass. Erst in der Woche zuvor war sie schwer gestürzt. So ein Hallenboden konnte eben verdammt hart sein. Aber er hatte geglaubt, dass es nicht so schlimm gewesen wäre und sie zu diesem Spiel zugelassen. Sie musste ihm wohl etwas vorgemacht haben, denn als sie diesmal fiel, war das absolut unvorhersehbar. Das war eine relativ harmlose Situation, überhaupt kein Grund für einen Sturz. Manfred senkte den Kopf, nahm das Mädchen aber tröstend in den Arm, als es vom Spielfeld gehumpelt kam.

Die gegnerischen Tore kamen jetzt Schlag auf Schlag. Wahrscheinlich war seine Mannschaft verunsichert. Selbst bei guten Spielzügen kam aus dem Publikum keinerlei Jubel. Den heimste nur die gegnerische Mannschaft ein. Für die Angereisten gab es lediglich Buh-Rufe. Von wegen Fairness im Sport.

Irgendwann gab es ein grobes Foul seiner Leute, vorhersehbar irgendwie, dann einen Strafstoß, und natürlich wurde der Siebenmeter verwandelt.

Manfred spürte einen dicken Kloß im Hals. Nur wollte er hier seine Contenance wahren, es sollte ihm nicht so gehen, wie dem Trainerkollegen der Herrenmannschaft. Neulich hatte der sich erst mit dem Schiedsrichter angelegt und sich selbstverständlich eine Zwei-Minuten-Strafe eingehandelt, in der einer seiner Spieler vom Feld musste. Hinterher war die Truppe völlig durch den Wind, und nicht nur eine Gelbe, sondern sogar eine Rote Karte folgten. Da hatte einer der Spieler mit einem Tempogegenstoß einen schweren Sturz verursacht. Ziemlich eindeutig die Sache. Konsequenz der Geschichte: Nicht nur die Eintragung in den Spielberichtsbogen, sondern eventuell sogar eine Sperre für den betreffenden Spieler. Sie kannten doch alle die Regeln.

Manfred schüttelte den Kopf. Er ließ die Uhr nicht mehr aus seinem Blickfeld und hoffte, alles möge bald vorüber sein. Am Ende hatten sie haushoch verloren: 21:38 - eine peinliche Pleite. Wenn das nicht gar den Abstieg bedeutete? In der darauffolgenden Woche standen noch Spiele anderer Mannschaften an, von denen hing der Ausgang nicht unerheblich ab. Auch von einigen weiteren angesetzten Terminen. Noch war es offen.

Es flossen Tränen, die Spielerinnen verließen mit heruntergezogenen Schultern das Feld und die Zerknirschung war groß. Nichts mit freudiger dritter Halbzeit und einem lockeren Austausch mit den Zuschauern. Dabei waren das fast die schönsten Stunden, wenn man sich unters Volk mischte und den Fans dankte. Schließlich wollte man ihnen einmal etwas für ihren

Einsatz zurückgeben. Wer sich da ausschloss, den kannte dann keiner wirklich. Also war es schon eine Pflicht, aber eine freudige. Gelegentlich dauerte das bis in den frühen Morgen an. Diesmal also nichts dergleichen. Wobei ja ohnehin kaum Leute von daheim gekommen waren ...

In der Umkleidekabine fehlten Manfred einfach die Worte. Das war ihm noch nie passiert. So eine schmähliche Niederlage und dann nicht die passende Einschätzung dafür. Aber irgendetwas sagte er dann doch, um das Spiel zu kommentieren. Schließlich schauten ihn einige von den Mädchen erwartungsvoll an.

„Ihr habt mich ziemlich enttäuscht. Aber euch ja sicher ebenfalls. Es war ein mehr als trauriges Spiel. Ich habe euch nicht wiedererkannt. Das war einfach nicht meine clevere Mannschaft. Wir sind gerade mehr als abstiegsgefährdet! Wo wart ihr nur mit euren Gedanken? Habt ihr vergessen, dass wir vom Zusammenspiel leben und mit lauter Einzelgängern nichts funktioniert, selbst wenn die grandiose Spieler sind? Ihr spielt doch schließlich für euch und nicht für mich. Na ja, das nehme ich zurück. Ihr spielt auch für mich."

Bis eben hatte Manfred gestanden. Jetzt sackte er auf eine Bank. Es kam kein Kommentar aus der Runde. Alle saßen traurig und mit gesenkten Köpfen auf den Holzbänken. Der Trainer legte noch einmal nach.

„Ich glaube, wir sollten drüber schlafen und uns morgen beim Frühstück oder besser noch bei der Rückfahrt austauschen. Momentan ist mir jedenfalls nicht danach. Vor allem nicht nach einer Feier. Die gegnerische Mannschaft lässt ja gerade die Sektkorken knallen ..."

Manfred erhob sich und verließ ohne ein weiteres Wort den Raum. Greta schaute grimmig: „Und von seinen Wechselfehlern spricht er gar nicht, der Blödmann. Tauscht ausgerechnet jemanden ein, der eine Woche nicht beim Training war."

Sie griff jetzt nach dem Ball, der zu ihren Füßen lag und knallte ihn mit Wucht an die Wand.

Am nächsten Morgen saß Manfred als Erster im Frühstücksraum, nach und nach kamen seine Spielerinnen angetrödelt. Auch sie schienen nicht sonderlich gut geschlafen zu haben. So wie er. Er hatte sich von einer Seite auf die andere gewälzt und fühlte sich wie gerädert. Wahrscheinlich würden sie ihm lauter Vorwürfe machen und, statt die Sache im Team gemeinsam durchzuziehen, einfach abhauen in die Mannschaft eines Nachbarortes, um dort das Glück zu suchen. So, wie das inzwischen häufig geschah. Früher hatten die Spieler einfach mehr Durchhaltevermögen, auch wenn es mal schief lief. Manfred rutschte unruhig auf seinem Stuhl hin und her. Gleich würde er etwas sagen müssen, natürlich etwas Vernünftiges.

Greta hatte sich eine große Portion Müsli in eine Schale getan, setzte sich jetzt neben Manfred und goss sich Milch darauf.

„So, wo wir nun alle beisammen sind, will ich doch noch ein paar Worte zum gestrigen Spiel verlieren."

Manfred hielt kurz inne. Erst vielleicht doch ein paar positive Bemerkungen, um die Stimmung anzuheben. Es war ja vielleicht nicht alles schlecht gewesen im gestrigen Spiel. Zwischendurch gab es durchaus sehenswerte Einlagen.

„Mach uns ruhig zur Sau", zischte es aus dem Hintergrund. Aber Manfred konnte nicht einordnen, von wem die Bemerkung gekommen war.

„Ich verstehe die heutige Katerstimmung, doch solche Rückschläge muss man überwinden. Natürlich lieben wir alle den Wettkampfcharakter, das motiviert uns und einen Sieg genießen zu können, wäre natürlich das Optimale. Dass wir jetzt verloren haben, das tut weh. Aber keiner von euch muss sich sagen, er habe es vergeigt. Wenn, dann waren wir es! Es geht mir hier nicht darum, euch fertig zu machen. Keineswegs. Wir müssen nur sehen, wo die Probleme liegen und was man verbessern kann. Die erste Halbzeit war durchaus akzeptabel, doch nach der Pause habt ihr euch nicht von eurer besten Seite gezeigt. Ihr legt eine richtig gute Positionsverteidigung hin, aber ihr schlagt daraus zu wenig Kapital in Form von Kontertoren. Daran müssen wir unbedingt arbeiten, um beim nächsten Mal nicht wieder ins Hintertreffen zu geraten. Mit ein bisschen Glück erhalten wir ja vielleicht doch die Klasse! Zur Not müssen wir uns auf ein Relegationsspiel einstellen. Ich werde voraussichtlich fürs nächste Spiel in der Defensive umstellen und Greta sollte in der Deckung auf die Halbposition rücken. Einverstanden?"

Greta hatte gerade einen vollen Löffel mit Müsli in den Mund geschoben, kaute, verdrehte die Augen, verkniff sich aber eine Bemerkung, sondern nickte nur.

„Wichtig ist mir, dass ihr alle exzellent körperlich fit seid. Das ist die Basis. Wenn ich mich aber hier so umschaue, dann könnte die eine oder andere noch durchaus an ihren Essgewohnheiten arbeiten. Manche von euch gehen ja noch zusätzlich in die Muckibude oder machen Yoga. Das ist sehr lobenswert und durchaus eine Idee für den Rest von euch. Ich kann euch nicht zwingen, sondern will das nur vorschlagen. Schließlich kommt eure Fitness der gesamten Mannschaft zugute."

„Bla, bla", tönte es jetzt wieder aus dem Hintergrund.

„Ich verbitte mir das", wurde Manfred lauter, um aber im Anschluss die Stimme wieder zu senken. „Ich muss mir das hier übrigens auch alles nicht antun."

„Dann lass es doch", flüsterte eine Stimme. „Es zwingt dich ja keiner …"

Manfred schluckte und beschloss, darauf jetzt nicht mehr einzugehen. Ja, er würde es lassen. Und zwar in absehbarer Zeit. Man soll aufhören, wenn es am schönsten ist. Toller Spruch. Das gerade hier war wohl keine Aktion, auf die man stolz sein konnte. Vier Spiele standen für das Team noch auf dem Programm. Die wollte er abwarten und sich dann entscheiden. Wenn die Mädels hier einen neuen Trainer bekamen, würde das vielleicht für frischen Wind sorgen …

Manfred saß daheim im Wohnzimmer und blickte in den Garten. Dann stand er auf und lief hin und her, wie ein Tiger im Käfig. Bei einer Runde fiel sein Blick auf die Garderobe im Flur und er entdeckte den Brief, der dort steckte. Nanu, dachte Manfred. Was macht der denn da? Er bückte sich und zog ihn hervor. Kein Absender, nur die Adresse fein säuberlich mit einer Schreibmaschine oder einem Computer erstellt, so genau unterschied sich das nicht für ihn. Er drehte ihn in seiner Hand hin und her. Schließlich ging er in sein Arbeitszimmer, griff sich den Brieföffner und schlitzte das Kuvert auf.

„Hallo Trainer! Mach Dich auf was gefasst! Du wirst schon sehen, was alles passieren kann, wenn Du in fremden Gefilden wilderst … Ein Freund, der es nicht mehr gut mit Dir meint."

Manfred stockte der Atem. Das war ja starker Tobak.

So langsam beschlich ihn ein ungutes Gefühl.

Diesmal übertrieb Judith aber, oder hing ihre Abwesenheit mit diesem Brief zusammen? Sonst war sie nach drei oder vier Tagen wieder zu Hause gelandet. Meist noch etwas schmollend, aber wenn er sie dann großartig zum Essen ausgeführt hatte, war der Zorn rasch verflogen. Vor allem, wenn dann beide den Abend im versöhnlichen Sex enden ließen.

Er seufzte auf. Der Brief gab dem Ganzen eine Wende. Er musste etwas unternehmen. Inzwischen war schon fast eine Woche rum. Er hatte bei seiner Schwiegermutter angerufen und sich vorsichtig erkundigt.

Wobei die ihm natürlich sofort Vorwürfe machte und sie hätte sich schon gewundert, warum ihre Tochter sich nicht gemeldet hätte. Das wäre nun schon alles sehr mysteriös. Ob er nicht mal wieder die Ursache von allem gewesen sei, mit seinem ewigen Fremdgehen.

„Ich gehe nicht fremd, liebe Schwiegermutter", hatte Manfred sich dagegen verwahrt.

„Dass ich nicht lache. Der feine Herr wird schon Dreck am Stecken haben. Da bin ich mir absolut sicher. Warum musste mein armes Kind auf so einen Blender hereinfallen. Dabei hätte ich eine ganz andere und viel bessere Partie für sie gehabt. Der Hanno ist nämlich inzwischen Obermedizinalrat ..."

Rhabarber, Rhabarber, Rhabarber - Manfred konnte es nicht mehr hören. Aber das Gespräch ging ihm nicht aus dem Sinn. Und dann blieben auch die Nachforschungen bei den Freundinnen erfolglos. Da und dort gab es blöde Bemerkungen, selten Mitleid. Nur Sofia, die war echt besorgt gewesen und wollte ihm bei der Suche zur Seite stehen. Ob er denn schon die Polizei benachrichtigt hätte? Hatte er noch nicht.

Manfred griff zum Telefon. Wahrscheinlich kam er nicht umhin, das Fehlen seiner Frau mitzuteilen.

„Hier Meier, Manfred Meier. Ich muss meine Frau als verschollen melden."

Er biss sich auf die Lippen. So ein Schwachsinn aber auch. Wie kam er denn auf verschollen? Wie hieß das gleich? Er grübelte kurz. Sonst war er doch nicht so unkonzentriert!

„Sie wollen eine Vermisstenanzeige aufgeben?", half der Polizist weiter.

„Genau."

„Und seit wann ist Ihre Frau weg?", erkundigte er sich.

„Heute ist das schon der sechste Tag."

„Da melden Sie sich erst jetzt? Ist Ihnen das nicht eher merkwürdig vorgekommen?"

„Nein, sie hatte ja einen Zettel hingelegt."

Die Sache mit dem Drohbrief wollte er nicht am Telefon mitteilen.

„Aha ... Am besten kommen Sie in der Polizeidirektion vorbei, damit wir die Anzeige aufnehmen können."

„Wann?", wollte Manfred wissen und schalt sich sogleich für seine unsinnige Frage.

„Natürlich sofort. Sie wollen doch, dass wir etwas unternehmen oder?"

„Aber natürlich", beeilte sich Manfred zu sagen. „Ich fahre gleich los und bin in etwa zwanzig Minuten bei Ihnen."

„Auf Wiederhören."

Manfred nickte nur, als er das Telefon wieder in die Ladestation steckte. Was mochte Judith diesmal nur unternommen haben? So lange ohne Lebenszeichen, das war doch gar nicht ihre Art. Er zog sich eine Jacke über, verschloss die Haustür und stieg in seinen Wagen.

Als er den Parkplatz neben der Dienststelle der Polizei befuhr, setzte gerade ein Auto rückwärts heraus und machte eine Parkbucht frei. Glück muss man haben, dachte Manfred, rangierte sein Fahrzeug hinein, verschloss es und lief zum Eingang.

„Ich habe gerade angerufen. Meier mein Name, Manfred Meier. Ich möchte eine Vermisstenanzeige aufgeben."

Geht doch, dachte er. Klare Ansage.

„Gedulden Sie sich bitte einen Augenblick. Es kommt gleich jemand, der sich darum kümmert."

Die Angestellte schaute ihn freundlich-sachlich an.

Manfred stand am Empfangstresen und trommelte nervös mit den Fingern auf die Tischplatte. Dass er dabei beobachtet wurde, nahm er nicht wahr.

Alexander war gerade im Haus unterwegs und hatte im Eingangsbereich einen Kollegen getroffen, mit dem er sich kurz unterhielt. Und wie immer waren seine Antennen in alle Richtungen aufgestellt. So fiel ihm auch das Verhalten von Manfred Meier auf. Nicht so ganz bewusst, eher indirekt. Es speicherte sich in seinem Gedächtnis ab. Vermisstenfälle gab es wie Sand am Meer. Da wollte er sich wohl momentan noch keine Sorgen machen. Aber später vielleicht …

„Hella! Wo steckst du denn?"

Gunter suchte in allen Räumen der Wohnung, konnte seine Frau aber nicht finden. Eben hatten sie noch gemeinsam in der Küche gesessen und Radio Westfalica gehört, während er das Tageblatt durchgeschaut hatte. Und dann kam diese Warnmeldung mit dem Bombenfund, bei der sie aufgesprungen war. Natürlich war er auch erschrocken. Zunächst hatte er gedacht, sie würde ein paar Kleinigkeiten vorbereiten.

„Verdammt und zugenäht. Wo ist sie denn abgeblieben? Wir müssen uns doch auf den Weg machen!"

Der alte Mann sprach halblaut vor sich hin. Gunter inspizierte noch einmal jeden Winkel, ging sogar auf den Balkon. Schließlich stand er an der Wohnungstür und sah am Schlüsselbrett, dass die Kellerschlüssel fehlten. Was wollte sie denn dort? Gunter seufzte, griff sich den Wohnungsschlüssel und zog hinter sich die Tür ins Schloss. Dann stieg er die Treppen hinunter.

Als er die Tür zum Keller geöffnet hatte, rief er wieder: „Hella, Liebes! Wo bist du denn?"

Kein Echo. Gunter legte die Stirn in Falten. Dann lief er den Gang zwischen den Bretterverschlägen entlang, bis er zu ihrem Kabuff kam. Die Lattentür war angelehnt. Er griff nach ihr und zog sie auf. Dann schrak er zusammen. Da saß seine Frau auf einem Hocker, in sich zusammengekauert und in den Händen diesen uralten Schal aus dem Lager, den er schon längst entsorgt hätte. Verdammte Erinnerungen!

Gunter trat näher. Dann legte er seine Hand sanft auf die Schulter seiner Frau.

„Hella, mein Schatz. Es gab einen Bombenfund in der Stadt. Bei Bauarbeiten. Wir müssen aus Sicherheitsgründen die Wohnung verlassen. Nur für kurze Zeit. Das ist gar kein Problem. Die Fachleute bekommen das bestimmt ganz fix in den Griff."

„Bomben, Bomben, Bomben ...", wiederholte Hella mechanisch und drehte den groben Schal in ihren Händen. Gunter schluckte. Was war denn jetzt in sie gefahren?

„Komm", sagte er und wollte ihr aufhelfen. „Wir müssen uns fertigmachen. Ein paar Sachen mitnehmen und dann irgendwo unterkommen. Ich denke mal, man wird uns vielleicht für die Wartezeit in einer Schule oder einer Kirche unterbringen."

„Nein, nicht unterbringen ... umbringen ...", murmelte Hella, aschfahl im Gesicht.

„Was sagst du? Ich glaube, ich habe dich nicht richtig verstanden."

Gunter hatte sehr wohl vernommen, was Hella gesagt hatte, aber er wollte dieses Wort „umbringen" auf keinen Fall wiederholen. Der Arzt hatte doch recht, als er von den deutlichen Demenzerscheinungen sprach. Aber sie hatte das ja mit einer Handbewegung weggewischt, von wegen, sie und Demenz! Sie habe auf jeden Fall noch alle Tassen im Schrank. Da gäbe es ganz andere Leute, die vergesslich seien.

Gunter hätte sich am liebsten auf der Stelle neben seine Frau gesetzt und angefangen zu heulen. Doch in dem Moment erklangen Schritte im Treppenhaus.

„Hallo, ist hier noch jemand?"

Die Frage kam von einer energischen Polizistin, und Gunter hatte mit einem ziemlich kläglichen Ja geantwortet. Als die Uniformierte die beiden im Keller entdeckte, räusperte sie sich geräuschvoll.

„Sie müssen auf der Stelle das Haus verlassen. Haben Sie denn nicht gehört, was in der Stadt los ist? Wer sind Sie überhaupt?"

Dagmar Scholz stemmte beide Arme in die Hüften.

„Rosenbaum", stellte sich Gunter vor. „Gunter Rosenbaum, und das ist meine Frau Hella."

Dagmar zuckte bei dem Namen zusammen.

„Sind Sie mit Alexander Rosenbaum verwandt?"

Jetzt erwachte Hella aus ihrer Lethargie, strahlte plötzlich und sagte freundlich.

„Was ist mit unserem Sohn? Hat er Probleme auf der Arbeit?"

Dagmar war verunsichert. Wie sollte sie jetzt reagieren? Die Frau jedenfalls machte einen ziemlich verwirrten Eindruck. Und der alte Herr? Sie musterte Gunter Rosenbaum von oben bis unten, was dieser natürlich bemerkte.

„Warten Sie bitte einen Moment. Ich muss mal telefonieren", schlug sie dann vor und zog sich ins Treppenhaus zurück.

„Hallo, Alex. Es ist ein dringender Notfall. Hier ist Dagmar."

„Ja, und was willst du so Wichtiges? Wir haben momentan wegen der Evakuierung alle Hände voll zu tun. Da ist auch der letzte Kollege mit eingebunden."

„Genau darum geht es."

„Kannst du dich bitte deutlicher ausdrücken. Ich verstehe kein Wort", sagte Alexander ungehalten.

„Es geht um deine Eltern."

„Wieso?"

„Ich halte mich momentan im Haus deiner Eltern auf und die beiden befinden sich im Keller. Alle anderen sind schon in die Sammelunterkünfte gebracht worden, aber die beiden stehen hier unten und bewegen sich einfach nicht fort. Und ich glaube, also wenn ich ehrlich sein soll ..."

„Nun rück schon raus mit der Sprache!", forderte Alex sie auf.

„Also deine Mutter macht mir einen ziemlich wirren Eindruck. Es wäre am besten, du kommst sofort her."

Alexander blickte ratlos durch sein Büro an die gegenüberliegende Wand. Jetzt. Auf den Weg machen. In die Wohnung seiner Eltern. Oh nein. Nicht das auch noch. Er hatte neulich schon so einen Verdacht gehabt und wollte eigentlich mit seinem Vater mal in Ruhe darüber reden. Aber wann hatte er schon mal die Muße für ein paar lockere Worte unter vier Augen?

„Ich bin sofort bei euch. Kannst du vielleicht noch so lange bei den beiden bleiben und sie beruhigen?"

„Geht klar, Alex."

Dagmar steckte ihr Telefon wieder ein, atmete tief durch und betrat erneut den Kellerbereich.

„Ihr Sohn kommt gleich her", beschwichtigte sie die beiden alten Herrschaften.

„Das ist gut so. Er hat sich ja schon ewig nicht bei uns sehen lassen", erklärte Hella, legte den alten Schal um den Hals und stand auf.

Gunter durchfuhr ein Stechen. Er griff sich ans Herz. Nur das jetzt nicht. Keine Schwächen. Dafür war keine Zeit. Aber der Anblick dieses Schals von undefinierbarer Farbe, den Hella als Kind von einer anderen, einer sterbenden Insassin erbte, hatte auch bei ihm die alten Erinnerungen wachgerufen. Die an die Lagerzeit. An all das Elend, die Kälte, den Hunger. Reiß dich am Riemen, alter Junge, appellierte er innerlich an seine

Vernunft. Dann griff er zärtlich seiner Frau auf die Schultern und nahm ihr ganz behutsam den löchrigen Schal ab.

„Weißt du, mein Augenstern, der steht dir gerade nicht so gut. Er passt farblich nicht zu deiner Bluse. Irgendwie macht er dich älter …"

Hella sah an sich herunter.

„Dass du dafür einen Blick hast, Gunter?! Aber wenn du meinst. Dann gehen wir eben noch einmal nach oben und ich suche mir was anderes aus. Ich weiß sowieso nicht, was wir gerade hier unten treiben und wieso steht da eine Frau in Uniform?"

Gunter bekam schon wieder so ein Unwohlsein. Hoffentlich weckte der Anblick der Uniform nicht in ihr die nächsten Erinnerungen. Er musste handeln.

„Komm", griff er sie bei der Hand. „Wir gehen kurz hoch und dann wird Alex gleich auftauchen. Der Junge weiß, wo es langgeht."

Hella nickte und schlenkerte die Hand mit der ihres Mannes hin und her, wie ein verliebtes Pärchen.

„Ach, ich würde jetzt am liebsten mit dir am Meer entlang spazieren."

Auf Gunters Augen legte sich ein trüber Schleier.

Bei Baggerarbeiten an der Schachtschleuse war die Tausend-Kilogramm-Bombe aus dem Zweiten Weltkrieg entdeckt worden. Nicht die erste ihrer Art, aber diesmal wurde ein noch größerer Aufwand betrieben, so fand Alexander, der an seinem Schreibtisch saß und noch ein paar Mails beantwortete. Dann rief er bei seinem Vorgesetzten an und schilderte kurz die Lage.

„Ich muss ganz dringend zu meinen Eltern. Sie wohnen in dem Sperrgebiet und meine Mutter will das Haus nicht verlassen."

„Ist das wirklich nötig?", wollte Reinhold Riechmann wissen. „Hier ist doch gerade die Hölle los, um die etwa dreitausend betroffenen Leute in Sicherheit zu bringen, und im Grunde ist niemand abkömmlich."

„Es geht um meine Mutter. Sie scheint verwirrt zu sein. Schon seit geraumer Zeit. Sie hatte ziemlich grausame Erlebnisse im Zusammenhang mit dem Krieg", gab Alexander jetzt schließlich zu.

„Nun gut. Das kann ich verstehen. In meiner Familie gibt es auch ein paar ältere Herrschaften, die diese Zeit nicht wirklich verarbeitet haben."

Reinhold Riechmann hielt kurz inne.

„In Gottes Namen, machen Sie sich auf den Weg. Seien Sie aber ganz fix wieder hier!"

„Danke."

Alexander hatte schon während des Gespräches seine Sachen zusammengepackt und das Handy in die Hosentasche gesteckt. Er nahm den Dienstwagen, nachdem er Wolfhard kurz eingeweiht hatte, und war nach einer Viertelstunde bei seinen Eltern angekommen.

„Endlich bist du da", sagte Dagmar und atmete auf. „Ich wusste mir wirklich keinen Rat. Kümmerst du dich um die beiden? Die anderen Bewohner aus dem Haus sind schon alle in der Kampa-Halle untergebracht. Wir haben die als Notunterkunft eingerichtet."

„Geht klar. Und danke für deine Hilfe."

„Dafür nicht!"

Dagmar drehte sich um und verließ das Haus, froh, in dieser Angelegenheit nichts mehr unternehmen zu müssen. Alex tat ihr leid.

„Hallo, ihr zwei. Dann wollen wir mal", begrüßte Alexander seine Eltern, die in der Wohnung in der

Küche saßen. Gunter schaute seinen Sohn dankbar, aber wortlos an.

„Ach, Junge, du immer mit deiner Unruhe", wies ihn die Mutter zurecht. „Immer hast du Hummeln im Hintern. Setz dich doch erstmal, ich brühe uns einen Kaffee auf und dann sehen wir weiter."

Alexander schüttelte den Kopf.

„Nein, Mutti, das geht nicht. Ihr müsst zeitweilig eure Wohnung verlassen. Bei Bauarbeiten ist eine große Bombe gefunden worden und die muss jetzt entschärft werden."

Er schaute aufmerksam auf seine Mutter und wartete auf ihre Reaktion. Die Information war ja jetzt nicht neu für sie, aber was würde sie sagen?

„Da kann man wohl nichts machen. Komm, Gunter, wenn der Junge sagt, wir müssen los, dann wird das schon seine Richtigkeit haben."

Gunter hatte sich erhoben und stand hinter seiner Frau. Die Erleichterung war ihm anzusehen, und Alexander lächelte überzeugend.

„Gar kein großes Ding. Ihr seid in ein paar Stunden wieder daheim. Packt nur ein paar Kleinigkeiten ein, die ihr vielleicht dringend benötigt."

„Müssen wir denn da auch übernachten?", wollte Hella noch wissen.

„Ich glaube nicht", antwortete Alex.

Als Alexander mit seinem Dienstwagen bei der Kampa-Halle vorfuhr, herrschte dort großer Trubel. Shuttle-Busse brachten die Anwohner. Er parkte und ließ seine Eltern aussteigen.

„So, jetzt muss ich euch aber allein lassen. Die Pflicht ruft wieder. Ich bringe euch nur ein Stück in die Halle hinein, damit ihr euch zurechtfindet."

Zögerlich liefen die Eltern durch die vielen Menschen, die sich lautstark unterhielten, dazwischen überall Mitarbeiter vom Deutschen Roten Kreuz, die das Spielfeld in ein großes Wartezimmer mit Tischen und Stühlen verwandelt hatten. Alexander blickte sich um. Dann sah er Heike.

„Oh, das ist ja toll. Was machst du denn hier?"

„Ich habe heute eigentlich meinen freien Tag, aber als ich von dem Notfall hörte, habe ich mich gleich hier zum Einsatz gemeldet. Du kennst ja mein klassisches Helfersyndrom."

„Ich könnte dich umarmen."

„Dann tu es doch!"

Alexander schloss Heike in seine Arme, was sie sichtlich genoss, bis sie die Situation doch etwas verlegen machte, weil ringsherum auf sie gestarrt wurde. Sie entwand sich der Umklammerung von Alexander, hinter dem seine Eltern warteten.

„Darf ich dir meine Eltern vorstellen, Hella und Gunter Rosenbaum. Und das ist meine Lieblingskollegin Heike Langenkämpfer von der Spurensicherung."

„Du hast uns schon viel von ihr erzählt, mein Junge", sagte Hella und reichte ihre Hand Heike entgegen. „Es ist so, als würden wir Sie schon kennen. Es freut mich sehr, dass das jetzt tatsächlich passiert. Das Kennenlernen meine ich."

Heike ergriff die Hand und schüttelte sie.

„Ganz meinerseits. Auch Alexander schwärmt ja immer von Ihnen."

„Ein guter Junge", klopfte Gunter seinem Sohn auf die Schulter, der sichtlich gerührt war.

„Ich müsste mich dann allerdings wieder zur Dienststelle begeben", beschleunigte Alexander jetzt die Situation.

„Klar, Alex, und ich kümmere mich mal um deine Eltern", sagte Heike mit ruhigem Ton.

„Was schlagen Sie uns denn vor, junge Frau?", wollte Gunter wissen.

„Kaffee, kalte Getränke und Snacks stehen bereit. Am besten suchen wir uns für Sie ein relativ friedliches Plätzchen am Rande", schlug Heike vor.

„Tschüss dann", sagte Alexander und nahm seine Eltern noch einmal in den Arm. „Ich melde mich später bei euch und halte in der Zwischenzeit mit Heike den Kontakt."

„So machen wir das, Alex. Keine Sorge. Damit keine Langeweile aufkommt, habe ich das Tageblatt und zwei Bücher mitgenommen. Wir packen das schon. Nicht wahr, Liebes?"

Gunter schaute auf seine Frau, die bestätigend nickte. Heike zog die Augenbrauen hoch.

„Du fährst zur Dienststelle, und um alles andere kümmere ich mich", schob sie Alexander ein Stück über den Hallenboden.

„Fühlen Sie sich denn gesundheitlich in guter Verfassung?", wollte Heike wissen und führte Alexanders Eltern ein Stück zwischen den Stuhlreihen entlang.

„Alles in Ordnung", sagte Gunter und schaute doch etwas besorgt auf seine Frau, was Heike durchaus wahrnahm.

„Ach, wenn es irgendwelche Probleme geben sollte, dann haben wir alle kompetenten Kräfte hier vor Ort, und das Klinikum ist ja auch nicht weit weg ... So. Hier sieht es doch ganz angenehm aus", schlug Heike vor, als sie ein paar Meter gelaufen waren. Gunter und Hella sahen sich an, nickten beide und nahmen Platz.

„Ich hole Ihnen einfach mal was zu trinken. Was darf's denn sein?"

„Ein Glas Wasser wäre nicht schlecht“, schlug Gunter vor und legte jetzt Zeitung und Bücher auf den Tisch. „Da haben wir etwas Ablenkung. Außerdem ist ja hier so viel los. Das werden wir uns einfach mal anschauen.“

Alexander saß wieder an seinem Schreibtisch. Nicht mal ein Jahr war es her seit dem vorherigen Bombenfund. Aber diesmal schien ihm die ganze Abwicklung deutlich professioneller. Als es klopfte, rief er: „Herein.“

„Stör ich, Alex?“, erkundigte sich Wolfhard.

„Mitnichten.“

„Und, hast du deine Eltern versorgt?“

„Ja, alles in Ordnung. Ich habe sogar Heike in der Kampa-Halle getroffen. Jetzt sind die beiden bei ihr in guten Händen.“

„Das kann man wohl sagen. Ich hörte schon, wie sie mal wieder ihren freien Tag verbringt. Sie kann es aber auch nicht lassen.“

„Und, wie ist der Stand der Dinge mit der Bombe?“, wollte Alexander erfahren.

„Der Kampfmittelbeseitiger wäre schon gern am Werk, kann aber momentan nur die Situation detailliert einschätzen. Denn natürlich ist mal wieder alles nicht so einfach. Deine Eltern waren nicht die einzigen, die ihre Wohnung nicht verlassen wollten. So was hält selbstverständlich auf. Er kann ja erst mit dem Entschärfen beginnen, wenn alle Bürger in Sicherheit sind. Mit allen Gewerbebetrieben in der Ecke hat das aber blendend geklappt, da ruhte der Betrieb rechtzeitig. Und eine gute Entscheidung, dass die Großschadenslage für das Areal ausgerufen wurde. Die Stadt allein hätte das ja personell nie stemmen können. So unterstützen uns sogar Hilfsorganisationen aus Bielefeld, Gütersloh, Herford und Lippe, außerdem eine Abordnung der Bereitschaftspolizei aus Recklinghausen."

„Ganz schöner Aufwand."

„Na ja, geht halt nicht anders. Ein Glück, dass das Stück bei den Aushubarbeiten zur Instandhaltung der Weser überhaupt gefunden wurde. Blieb einfach in einer Schaufel des Schwimmbaggers hängen! Dem Arbeiter muss bald das Herz stillgestanden haben, als er seinen Fund entdeckte. Wusstest du, dass bei uns in NRW alle sechsunddreißig Stunden eine Bombe entschärft werden muss?"

„Bis eben nicht!"

„Und immer noch fordern die Opfer. So manche Phosphor- oder Sprenggranate ist eben noch richtig aktiv. Nach so vielen Jahren. Wahnsinn."

„Du sagst es. In Berlin und dem Umland ist das ebenfalls ein Dauerthema. Kann ich mich noch dran erinnern. Allerdings hatte ich damit eher weniger zu tun. Was passiert denn eigentlich mit der Bombe?"

„Die wird dann zur Zwischenlagerung nach Hagen gebracht. Da hat der Kampfmittelbeseitigungsdienst seine Zentrale. Endstation ist der Munitionszerlegebetrieb in Hünxe."

„Du bist ja wieder mal bestens informiert, lieber Wolfhard."

„Man tut, was man kann. Berufskrankheit."

„Hältst du mich bitte auch auf dem Laufenden? Ich muss mich schließlich um unsere Fälle kümmern."

„Ich lass dich alles wissen, was nötig ist. Weiß ja, dass du dir Gedanken wegen deinen Eltern machst. Das wird schon wieder", munterte Wolfhard auf und klopfte Alex auf die Schulter.

„Danke", sagte Alexander und dachte: Na, hoffentlich!

Stunden später erstattete Wolfhard Bericht, dass sogar Polizeihubschrauber mit Wärmebildkameras im Einsatz waren, weil sich einige Unbelehrbare noch in der Evakuierungszone aufhielten.

Es ging auf Mitternacht zu, ehe der Spuk vorbei war. Alexander hatte sich mit Heike verständigt und sie war bis zum Schluss geblieben. Als er eintraf, um seine Eltern abzuholen, nickte sie ihm einfach nur beruhigend zu.

„Das war ja mal ein Erlebnis, Vati", sagte Alexander, um Fröhlichkeit bemüht. „Hoffentlich könnte ihr nachher trotzdem gut schlafen."

„Ich glaube, auf diese Aktion hätten wir gut und gerne verzichten können", erwiderte Gunter ernst und schloss an: „Ich denke, Junge, wir sollten mal reden."

Den letzten Satz sagte er leise und direkt an Alexander gewandt, in der Hoffnung, seine Frau würde das nicht mitbekommen. Hella war auch gerade dabei, sich von Heike zu verabschieden und hatte das offensichtlich nicht gehört. Sonst wäre längst eine Bemerkung von ihr dazu gekommen.

„Sie waren uns eine große Hilfe, meine Beste", sagte Hella, „lassen Sie sich mal umarmen."

Heike wand sich etwas ungelenk.

„Keine Ursache. Das war mir doch ein Vergnügen, Ihnen ein wenig zur Seite zu stehen."

„Nichts da. Wir möchten das gern mit einer kleinen Einladung zum Essen gutmachen. Ich gebe Alexander Bescheid, wann es uns passen könnte. Am besten schlagen wir mehrere Termine vor. Sie sind ja die Berufstätige und immer in Aktion. Aber ein Abend wird sicherlich gehen. Und Alex kommt natürlich dazu. Dann können wir uns zu viert einmal in aller Ruhe austauschen. Das würde mich, nein uns, sehr freuen."

„Dann sehr gern. Ich freue mich jetzt schon drauf", sagte Heike und machte auf dem Absatz kehrt. Alexander blickte seiner Kollegin hinterher und wandte sich dann wieder an seine Eltern.

„So, ihr zwei. Und nun ab nach Hause. Es wird Zeit, dass ihr ins Bett kommt."

„Du klingst irgendwie, als wolltest du deine Töchter anweisen, Junge. Sind die denn überhaupt versorgt?", wollte Gunter wissen.

„Ja. Macht euch keine Sorgen. Die liegen schon lange im Bett. Meine Nachbarin wollte sich darum kümmern. Und auf Hertha Jendritzky ist immer Verlass."

„Noch jemand von deinen Damenbekanntschaften, die wir unbedingt mal kennenlernen sollten", warf Hella ein, kicherte und packte die beiden Bücher und die Tageszeitung in den Leinenbeutel. Dann schaute sie noch einmal in die Runde. „Ich glaube, wir haben alles. Lasst uns aufbrechen."

Gemeinsam verließen sie im Gewühl der Menschen die Halle und liefen zum Fahrzeug. Alexander platzierte seine Eltern auf dem Rücksitz und startete in die Dunkelheit. Schweigend fuhren alle drei zur Wohnung, wo er sie nur kurz absetzte und sich gleich verabschiedete.

„Ich weiß, Alex, du musst wieder früh raus und dich um die Mädchen kümmern. Ach, wenn du doch endlich wieder eine passende Frau an deiner Seite hättest, die sich um alles sorgen könnte und dir was abnehmen würde. Diese Heike, die wir heute kennengelernt haben, ist schon sehr, sehr nett …"

„Mutti, höre ich da eine Anspielung?“

„Ach, ich meine es nur gut mit dir. Du bist ja alt genug und musst wissen, was du tust. Aber wir beide, dein Vater und ich, sind auch nicht ewig da, um dir eine Hilfe zu sein.“

Alexander spürte eine tiefe Beklemmung, wünschte beiden noch eine gute Nacht und machte sich auf den Heimweg. Er musste ganz dringend einen Zeitpunkt finden, wo er mit seinem Vater unter vier Augen reden konnte. Seine Mutter war ja so was von wechselhaft geworden. Das war er gar nicht von ihr gewohnt.

Alexander machte sich Sorgen und fuhr mit überhöhter Geschwindigkeit nach Hause. Kaum ein Fahrzeug war noch unterwegs. Inzwischen war es weit nach Mitternacht.

„Komm rein", sagte Alexander.

„Guten Morgen erst einmal, mein lieber Alex", sagte Heike. „Wo bleibt denn dein Anstand? Es ist Sonntag, die Sonne lacht und wir haben gemeinsam was vor."

„Das ist es ja", antwortete er, trat einen Schritt zurück und ließ Heike in die Deele eintreten.

„Verstehe ich jetzt nicht. Ist wohl etwas erklärungsbedürftig!"

„Also die Mädchen haben keine Lust", rückte Alexander mit der Wahrheit heraus.

Heike zog die Augenbrauen hoch und stemmte die Arme in die Hüften.

„Und dafür mache ich mich auf den weiten Weg zu euch? Von Minden-City bis nach Hille-Unterlübbe?! Da hätte ich ja gemütlich im Bett liegenbleiben können. Warte mal. Wo sind denn die zwei Transusen?"

Alexander zuckte mit den Schultern und wies in Richtung Kinderzimmer, aus dem Radau klang. Heike lief die paar Schritte dorthin, riss die Tür auf und rief lautstark und betont fröhlich: „Hallo, Tina und Lena. Auf geht's. Ab in die Strümpfe und Schuhe. Machen wir uns auf den Weg zu einem Abenteuer."

Die Mädchen, die gerade auf einem der Betten miteinander gerungen hatten, waren atemlos und schauten zu Heike hoch.

„Oh, Heike", rief Tina und sprang auf. „Das ist schön, dass du da bist."

Sie umarmte Heike und Lena tat es ihr gleich.

„Was wollen wir denn heute unternehmen?", wollte Lena wissen.

„Aber das hat euch der Papa doch erzählt. Oder etwa nicht? Wir gehen in den Wald und schauen nach den Kräutern, ob man nicht einen Hexensud daraus kochen und jemanden damit verzaubern kann."

„Das klang bei Papa aber ganz anders. Der hat was von einer Kräuterwanderung erzählt und dass wir da Wissen vermittelt bekommen. Heute ist doch Sonntag, und da will ich nichts lernen", entgegnete Lena entschieden.

Heike verdrehte die Augen. Kein Wunder, dass die Mädchen auf so eine Idee nicht ansprangen. Man musste den Kleinen doch eine echte Überraschung verkaufen. Offensichtlich war Alexander in dieser Richtung nicht sonderlich talentiert.

„Wenn ich das richtig weiß, dann gibt es da Feen und Elfen und Zwerge."

„Jetzt übertreibst du aber, Heike", warf Lena ein. „Das ist doch alles Quatsch und nur was für kleine Kinder!"

Doch Tina schaute schon mit erwartungsvollen Augen: „Wirklich? Dann bin ich sofort dabei."

„Lasst es uns doch einfach versuchen. Und anschließend gehen wir irgendwo schön Eis essen. Versprochen."

„Das klingt überzeugend", entschied sich Lena, zog endlich die Strümpfe über ihre nackten Füße und kam über den Boden gehopst. Tina ihr dicht auf den Fersen, nun auch mit Socken. Alexander und Heike sahen sich bedeutungsvoll in die Augen, und bei ihr lag ein Strahlen darum.

„Ja, dann kommt aber mal schleunigst Richtung Ausgang. Die Wanderung startet um zehn Uhr. Wir müssen uns beeilen, damit wir noch pünktlich sind", drängte Heike.

Die Kinder waren jetzt schneller als die beiden Erwachsenen und hatten bereits ihre Sportschuhe angezogen. Heike warf einen Blick darauf.

„Das ist in Ordnung. Mit denen könnt ihr gehen."

„Aha, hier spricht die Fachfrau in Sachen Erziehung und Garderobenkompetenz", rutschte es Alexander heraus, und Heike sah sofort etwas verschnupft aus. Dann legte er ihr aber den Arm um die Schultern.

„Tut mir leid. Ich war etwas voreilig mit meinen Worten. Das stimmt natürlich völlig, was du sagst."

„Typische Berliner Großfresse", knurrte Heike, schmunzelte aber dabei schon wieder.

„Was hat Heike zu dir gesagt, Papa", wollte Tina wissen.

„Ach, nichts weiter. Kommt mal rasch ins Auto. Wir müssen los. Hat Heike schließlich gesagt. Nicht dass die Wandergruppe schon ohne uns startet und wir vielleicht das Beste versäumen."

Alle vier stiegen ins Auto, und Heike stimmte ein Lied an: „Guten Morgen, liebe Sorgen, seid ihr auch schon alle da ..." Die Mädchen reihten sich lautstark ein, und sogar Alexander sang mit, während er den Wagen über die Landstraßen in einem verwirrenden Abzweigemodus steuerte. Er hatte zuvor die Adresse vom Gut Nordholz eingegeben.

„Junge, Junge, ich glaube, da finde ich ohne Navi auch nicht wieder hin", kommentierte er die Reiseroute.

„Siehst du, ein Glück, dass es solche technischen Errungenschaften gibt. Ich kann mich noch daran erinnern, dass ich die Landkarte auf dem Beifahrersitz liegen hatte und dann gelegentlich einen Blick zur Orientierung draufwarf oder ich machte mir vorab übersichtliche Stichpunkte für eine Tour", erzählte Heike.

„Tatsächlich? So kompliziert?", bemerkte Tina. „Da konntest du dich doch gar nicht auf den Straßenverkehr konzentrieren."

„Ach, ich weiß nicht. Irgendwie ging das und angekommen bin ich immer unfallfrei an den Orten, wo ich hinwollte. Aber nun verlässt man sich natürlich auf so einen kleinen Helfer. Schaut mal, Kinder, da sind Rehe."

Heike wies auf eine größere Gruppe der Tiere. Lena gähnte: „Ach, Heike, die haben wir doch massenweise bei uns daheim auf den Wiesen vor dem Haus."

„Na ja, trotzdem. Ich finde die schon beachtenswert."

„Du wohnst ja auch in der Stadt. Da laufen die Rehe nicht auf der Straße zwischen den Laternen spazieren", bemerkte Lena.

„Stimmt, Kleines. Aber seht. Da hinten stolzieren zwei Störche."

Alexander freute sich daran, wie alles jetzt recht harmonisch erschien. Plötzlich trat er auf die Bremse.

„Verdammt, hier ist ja schon die Abbiegung!"

„Steht doch aber dran, Papa", wies ihn seine Große zurecht.

„Wer lesen kann, ist deutlich im Vorteil", gab Alex zu und fuhr die letzten Meter bis zum Parkplatz.

Einige Leute hatten sich dort bereits eingefunden und schienen zu warten. Kaum hatten sie sich zu der Gruppe gesellt, kam auch eine ältere Frau dazu und stellte sich als Führerin der Kräuterwanderung vor. Die Details nahm Alexander nicht wahr, weil sich die Mädchen gerade wieder wegen irgendeiner Kleinigkeit stritten. Er hatte nur Tinas schrilles Nein im Ohr.

„Wollt ihr beiden jetzt wohl die Klappe halten?!", fuhr er sie an. „Ihr steht jetzt die nächste Zeit mal nicht im Mittelpunkt, sondern die Dame hier."

Und Alex wies auf die freundlich lächelnde Frau, die einfach nur Geduld und Ruhe ausstrahlte.

„Dann können wir ja starten“, schlug Anni Rottmann vor und schloss ihre Jacke. „Unsere Runde dauert etwa anderthalb bis zwei Stunden. Ich hoffe, dass alle so lange durchhalten?!“ Dabei schaute sie etwas besorgt auf die Kinder, um gleich einzulenken: „Wir rennen aber nicht durch den Wald, sondern pausieren immer mal bei den Pflanzen, die ich erklären möchte. Dann kann sich jeder ein wenig ausruhen.“

Und schon machte sie sich forschen Schrittes auf den Weg. Der leichte Wind konnte ihrer akkurat geschnittenen Kurzhaarfrisur nichts anhaben.

„Papa, hier steht ja Waldkindergarten dran an dem bunten Holzhaus“, stellte Tina fest und drehte einen ihrer Zöpfe um einen Zeigefinger. „Was ist das denn?“

„Ach, gut, dass du fragst, Kleine“, mischte sich Anni Rottmann ein. „Hier gehen tatsächlich Mädchen und Jungen in den Kindergarten. Und können jeden Tag im Wald spielen, die Tiere beobachten, mit den Früchten und Blättern basteln, den Bauern am Feldrand besuchen. Bei Wind und Wetter sind alle unterwegs. Dafür gibt es ja die passende Kleidung.“

„Das klingt prima“, leuchteten Tinas Augen und das Thema wechselnd fragte sie: „Haben Sie denn Kinder?“

„Ja“, antwortete Anni.

„Und wie viele?“, hakte Tina nach.

„Vier“, sagte Anni Rottmann, „aber die sind schon alle erwachsen und haben eigene Familien.“

„Was, so viele? Das ist ja heftig“, erschrak Tina sichtlich und ihr Mund stand für einen Moment offen, bis sie fortfuhr: „Wir sind nur zu zweit und zanken uns schon laufend. Was muss da erst bei vier Kindern losgewesen sein?"

„Ach, allerhand", meinte Anni Rottmann nur schmunzelnd. Tina schien jetzt das Interesse an diesem Thema verloren zu haben, und so wandte sie sich an ihren Vater: „Warum sind wir denn früher nicht in einen Waldkindergarten gegangen? Das ist ja bestimmt wie im Paradies!"

Alex zog die Stirn kraus. Aber Heike griff ihm unter die Arme.

„Der liegt viel zu weit weg von euch zu Hause. Das hätte der Papa doch gar nicht geschafft. Und außerdem seid ihr erst von Berlin hierher gezogen, als ihr schon in der Schule ward. Insofern wäre doch ein Waldkindergarten überhaupt nicht infrage gekommen und eine Waldschule gibt es nun mal nicht ..."

Tina zog einen Flunsch.

„Ist aber echt schade."

„Stimmt", sagte Alex. „Aber wenn wir uns jetzt nicht beeilen, verlieren wir den Anschluss an die Truppe. Die werden wohl nicht darauf warten, dass wir hier jede Frage in aller Gemütsruhe ausdiskutieren."

Tina und Lena fassten sich an die Hände und rannten zur Gruppe, in deren Mitte Anni Rottmann stand, die gerade aus ihrem Henkelkörbchen einen Gummihandschuh und eine Schere zog.

„Kennst du dich mit Waldkindergärten aus?", wollte Alex von Heike wissen, während beide langsam weiterschlenderten.

„Ich glaube, die entstanden in den 50er Jahren in Dänemark, haben sich dann in ganz Skandinavien durchgesetzt. Bei uns wurde wohl 1993 der erste in Flensburg gegründet, dreißig dieser Einrichtungen sollen es aktuell in NRW sein. Den hier gibt es jedenfalls seit 1999 und ein Elternverein organisiert ihn."

„Und wozu dient so ein Angebot?"

„Ist einfach eine Alternative zu den klassischen Offerten und wirklich eine Bereicherung, wie ich finde. Toll, wenn man so aufwachsen kann. Außerdem sind die Kids nicht nur im Wald, sondern auch in der Stadtbibliothek, bei der Feuerwehr, im Theater, bei Ausstellungen. Musikalische Früherziehung gibt es hier direkt in den Räumen vom Gut Nordholz, das ist das Umweltzentrum des Kreises Minden-Lübbecke. Und dort engagiert sich der Verein Biologische Station. Der besteht jetzt schon dreißig Jahre. Übrigens bieten die hier ganz viele Exkursionen an. Wir könnten ja mal zu einer weiteren gehen, falls uns die heute hier gefällt. Vielleicht wenn es um die Vogelstimmen geht, zu einer Pilzwanderung oder wenn der Laubfrosch besucht wird oder zur Spurensuche der heimischen Tierwelt ..."

„Womit wir wieder bei einem beruflichen Thema wären", sagte Alex mit ironischem Unterton, bemerkte aber sofort die aufkeimende Enttäuschung bei Heike und setzte ein Lob nach.

„Alle Achtung. Du hast ja wirklich Ahnung. Woher das umfangreiche Wissen?"

Heike winkte ab.

„Eine meiner Nichten wurde hier mal betreut. Die war das glücklichste Kind weit und breit und so gut wie nie erkältet! Wo kannst du denn deine Wahrnehmungen besser schulen und alle Sinne ausprobieren? Riechen, fühlen, hören, sehen, schmecken – das geht alles im Wald ganz wunderbar. Außerdem wird die Reizüberflutung, die du anderswo hast, vermieden."

Anni Rottmann winkte von Weitem, und Heike und Alex beschleunigten ihre Schritte.

„Sehen Sie, selbst die Brennnesseln sind essbar. Dafür habe ich mir die Handschuhe übergestreift. Und dort steht Giersch, das als Unkraut verschrieene Gewächs. Dabei ist er so lecker. Probieren Sie mal!"

Und Anni Rottmann reichte reihum ein paar von den gepflückten Blättchen, die alle vorsichtig testeten und dann beim ersten Schmecken anerkennend nickten.

„Darf ich auch, Papa?", wollte Tina wissen.

„Klar, du Naschkatze. Aber das sind keine Süßigkeiten."

„Weiß ich doch, Papa. Ich bin doch nicht blöd."

Anni Rottmann zupfte noch zwei Blättchen aus dem Unterholz und hielt sie den beiden Mädchen hin.

„Aha", bemerkte Lena skeptisch, „schmeckt interessant."

„So, so", lächelte die Führerin der Gruppe. „Und wenn das nun in einen Naturkräutersalat kommt, dann wird das Ganze perfekt. Kann euch ja die Mama mal zaubern. Später an meinem Auto habe ich ein paar Bücher mit Rezepten dabei. Die kann ich euch gern ausleihen."

„Das ist nicht unsere Mama. Die ist tot", warf Tina sachlich ein und verschränkte sogleich die Arme.

„Oh, das wusste ich nicht. Das tut mir aber sehr leid für euch", entschuldigte sich Anni Rottmann verlegen, verharrte einen Moment, drehte sich dann aber um und widmete sich weiter der Gruppe, um als Nächstes auf die Buschwindröschen zu verweisen, die in mehreren Nestern auf dem Boden verteilt waren. Sofort war die Konzentration wieder hergestellt.

Heikes Herz schlug höher. Das mit der Mama hatte wunderbar geklungen. Eigentlich wünschte sie sich ganz intensiv so eine Vereinigung mit Alex und den beiden Kindern. Aber bislang war nichts von seiner Richtung aus geschehen. Kein Satz, keine Andeutung, keine Geste. Jedenfalls nichts, was sich in der entsprechenden Frage zuordnen ließ. Es gab nur damals diese eine intime Begegnung bei ihrer Geburtstagsfeier, an die er sich nicht erinnern konnte oder wollte. Und sie wollte auch nicht weiter auf ihn eindrängen. Kommt Zeit, kommt Rat, dachte Heike und: Steter Tropfen höhlt den Stein. Du musst einfach Geduld haben. Über die Kinder kommst du bestimmt eines Tages an ihn heran.

„Es geht doch nichts über eine richtig gute Freundschaft“, sagte Alexander in dem Moment zu Heike, während sich die anderen den Buschwindröschen widmeten.

Es versetzte ihr einen Stich ins Herz, aber sie antwortete bemüht locker: „Stimmt, Alex. Freundschaft ist das Allerwichtigste im Leben.“

Jetzt kam Tina angerannt, die zwischendurch mit großen Schritten durch das Unterholz spaziert war, das bei jedem Tritt knackte.

„Du hast mir doch Feen und Elfen und Zwerge versprochen“, drängte sie Heike und fasste sie an die Hand.

„Ja, Liebes, die sind hier überall. Du musst nur ganz genau hinschauen und vor allem still sein.“

Anni Rottmann hatte die Begriffe vernommen und instinktiv geahnt, dass ihr Einsatz gefragt war.

„Also die Erwachsenen haben ja meist keinen Sinn mehr dafür. Aber Kinder können sie schon noch sehen und hören.“

„Wen denn?“, wollte Tina jetzt wissen und presste aufgeregt ihre Lippen aufeinander.

„Na, die Feen und die Zwerge. Schau mal, dort hinten, hinter den bemoosten Baumstümpfen und Ästen. Da sind sie wohl zu Hause. Allerdings kommen sie erst in der Dämmerung zum Vorschein. So lange können wir hier nicht warten."

„Ach, ich schon. Ich habe ja reichlich Zeit mitgebracht. Außerdem ist heute Sonntag", meinte Tina und schaute vertrauensvoll auf die Frau.

„Dann musst du vielleicht noch ein andermal herkommen. Ich gehe ja ganz speziell mit Kindern durch den Wald. Wenn sich nämlich die Farne hier vollkommen aufgerollt haben, dann ist mehr zauberhaftes Treiben zwischen den Baumwurzeln zu erleben. Ganz bestimmt!"

Lena zog eine Grimasse, sie wollte ihrer kleinen Schwester aber nicht die Illusionen nehmen. Die Große hatte sich inzwischen hinter Tina gestellt und war sich nicht sicher, was sie glauben sollte und was nicht. Erwachsene waren schon merkwürdig. Eigentlich durften die ja nicht lügen, weil es doch hieß, wer einmal lügt, dem glaubt man nicht und wenn er auch die Wahrheit spricht. Das hatte schließlich die See-Oma gesagt und die wusste, was abging. Und die Frau hier war doch bestimmt in dem Alter ihrer Oma, also eine durchaus seriöse Person.

Die Vögel zwitscherten, und die beiden Mädchen standen jetzt eng aneinander gedrückt.

„Ich glaube, die anderen warten auf uns. Wir müssen dann auch weiter", entschied jetzt Anni und verkniff sich ein Schmunzeln. Es machte doch immer wieder besonders viel Spaß, den Kleinen etwas über die Natur zu erzählen und dabei ein paar märchenhafte Dinge mit einzuflechten. Diese großen, staunenden Augen waren einfach unbezahlbar.

„Kann man denn die Sachen hier vom Feldrand für die Verwendung in der Küche nehmen?", wollte eine jüngere Frau wissen.

„Da würde ich eher von abraten. Es wird ja gedüngt und man weiß nie, was so alles drin ist. Aber wo Sie da gerade stehen, entdecke ich einen Spitzwegerich. Den wollte ich Ihnen noch vorstellen."

Anni Rottmann bückte sich erneut, stellte ihr Körbchen ab und schnitt ein paar Blätter, um sie den anderen zu zeigen.

„Zeckenalarm!", kam jetzt Tina schreiend auf ihren Vater zugelaufen und warf sich in seine Arme, die er ausgebreitet hatte.

„Wie kommst du denn darauf?", erkundigte er sich.

„Schau mal, Papa, da, das große Verkehrsschild. In dem roten Warndreieck steht ganz deutlich ‚Zecken', und so ein widerliches Vieh ist auch aufgemalt. So groß sind die ja nun auch wieder nicht. Oder hier etwa doch?"

Alex schüttelte den Kopf und sah zu dem Schild hinüber. „Aber originell ist das schon. So einen Hinweis habe ich noch nie gesehen."

Er schaute fragend zu Anni Rottmann hinüber, die sofort darauf einstieg.

„Machen Sie sich keine Gedanken. Noch ist es gar nicht die Zeit für dieses Ungeziefer, das von Fachleuten allerdings gelegentlich als gefährlichste Tiere des Waldes hierzulande eingestuft wird. Was ich ja für leichte Panikmache halte. Wobei Vorsicht schon geboten ist, schließlich können die Tiere bei einem Biss Erreger gefährlicher Krankheiten übertragen: Borrelien beispielsweise."

„Ja", sagte Alexander. „Dazu fällt mir Borreliose ein."

„Genau. Die Krankheit kann Organe, das Nervensystem, aber auch Gelenke befallen. Ein roter Infektionsring auf der Haut kann ein Hinweis beim Menschen sein. Gesellen sich grippeähnliche Symptome dazu, sollte man rasch zum Hausarzt. Gegebenenfalls helfen dann Infusionen und Antibiotika. Sogar Haustiere können Borreliose bekommen. Fieber und Lahmheit sind Warnzeichen."

„Genau!", mischte sich Tina ein. „Und dann gibt es nach ganz fürchterlichen Qualen einen grausamen Tod."

Die Erwachsenen erstarrten.

„Wer behauptet denn so etwas?", fragte Alexander.

„Also der Sören aus meiner Klasse, der hat das erzählt. Und der kennt sich aus", betonte Tina.

„Lass dich da nicht verrückt machen, Kleine", beruhigte Anni. „Jungs sind gerne Aufschneider und wollen sich mit Abenteuergeschichten in den Mittelpunkt rücken ..."

„Sören ist kein Aufschneider", murmelte Tina vor sich hin, aber Anni Rottmann ging nicht darauf ein.

„Wie gesagt: Aktuell kein Alarm! Außerdem haben Sie alle feste Kleidung an. Förster beispielsweise schwören auf Gummistiefel und stecken die Hosenbeine hinein. Die Winzlinge fallen nämlich nicht vom Baum, wie mancher annimmt, sondern krabbeln in aller Regel von unten nach oben. Schließlich legen die Weibchen ihre Eier im Unterholz ab."

„Tatsache?", bemerkte Alexander. „Das ist ja interessant. Erzählen Sie ruhig weiter."

„Problematisch wird es eher in der wärmeren Jahreszeit, wenn man nur so luftig angezogen ist und viel

Angriffsfläche bietet. Zur Sicherheit sollten Sie aber zu Hause nachschauen, ob sich nicht doch so eine Zecke festgesetzt hat. Die Blutsauger bevorzugen warme Körperstellen, saugen sich gern im Achselbereich oder am Bauch fest und verschaffen sich dort ihre Mahlzeit. Erst wenn sie satt sind – was bis zu 15 Tagen dauern kann –, dann lassen sie sich von ihrem Wirt abfallen und verdauen erst einmal."

Alexander nickte.

„Das mit dem Nachschauen müssen wir sowieso gelegentlich tun. Wir haben einen Kater und der ist Freigänger. Da schleppt er schon mal eine Zecke an. Und lahm ist der eigentlich nie, wenn ich mal von seinen ausgiebigen Ruhephasen absehe …"

Jetzt lehnte Tina an der Seite ihres Vaters, hatte seine Hand ergriffen und erklärte weiter: „Dann holt sich Papa die Zeckenzange und dreht das Tier heraus. Das hat dann meist schon so einen ganz dicken Bauch, voller Blut, ausgesaugt von Albert! Und schließlich schmeißt Papa die Zecken ins Klo. Wobei ich das nicht so gut finde. Selbst wenn er die runterspült, können die ja wieder irgendwann auftauchen. Und wer weiß …"

Anni Rottmann lachte auf.

„Ach, da musst du wohl keine Angst haben. Weg ist weg!"

Als Manfred Meier die Tür öffnete, schaute er die Beamten erleichtert an.

„Haben Sie endlich etwas gefunden? Ein Echo von meiner Frau? Ich mache mir große Sorgen. So lange ist sie noch nie weggeblieben! Vielleicht ist sie in den Händen von Entführern. Bei mir hat sich allerdings niemand gemeldet …"

„Nein. Dürfen wir reinkommen?", fragte Alexander.

„Aber natürlich. Dass ich nicht gleich daran gedacht habe. Ich kann Sie ja unmöglich vor der Haustür stehen lassen. Was sollen die Leute denken!"

Nebenan bewegte sich eine Gardine, und ein Schatten war dahinter zu erkennen. Alexander streifte das nur mit einem Seitenblick. Also wenn hier etwas passiert war, dann konnte es gegebenenfalls Zeugen aus der Nachbarschaft geben. Das war das Schöne am Landleben. Die Aktion „Wachsamer Nachbar" lief meist prima, ob nun aus purer Neugierde oder aus Hilfsbereitschaft. Wichtig war das Ergebnis unterm Strich. Und da hatte schon so manche Aussage geholfen.

Alex verständigte sich mit Wolfhard in einem kurzen Blickkontakt. Der hatte die Reaktion am Fenster nebenan auch bemerkt. Insofern funktionierten die Gedankenverbindungen bei beiden identisch. Einfach vormerken für eine weitere Befragung.

Inzwischen saßen alle drei im Wohnzimmer, nachdem Manfred Meier die beiden zum Platznehmen gebeten hatte.

„Ich könnte Ihnen einen Kaffee machen. Wobei ich nicht allzu viel Zeit habe. Ich muss gleich zum Training. Meine Damenmannschaft wartet, und wir haben demnächst wieder ein entscheidendes Spiel. Deshalb treffe ich mich mit einigen der Aktiven schon etwas eher zur Besprechung."

„Aha", sagte Alexander. „Wir brauchen nicht lange. Ich nehme mal an, Ihre Frau hat sich bislang bei Ihnen nicht gemeldet?"

„Aber nein! Hätte ich Ihnen denn sonst vorhin so eine Frage gestellt? Ich bin inzwischen, ehrlich gesagt, zutiefst beunruhigt. Da muss etwas passiert sein."

„Davon gehen wir eigentlich auch aus. Dürfen wir uns noch einmal bei Ihnen umschauen."

„Wenn Sie mögen. Aber wie gesagt, es ist etwas eng mit meiner Zeit."

Manfred wirkte nervös.

Alexander und Wolfhard sahen sich bedeutungsvoll an.

„Wir würden gern nur noch einmal kurz durchs Haus gehen", erklärte Wolfhard. „Wir kommen allein zurecht, und Sie können sich derweil ja schon fertigmachen."

„Gute Idee. Wenn Sie Fragen haben, stehe ich zur Verfügung."

Manfred verschwand, um seine Sportsachen anzuziehen.

Die beiden Beamten stiegen die Treppe nach oben und gingen zunächst ins Schlafzimmer. Alexander schüttelte den Kopf. Nein, das war es nicht, wonach er suchte. Er hatte irgendwie ein anderes Bauchgefühl, das ihm sagte, hier würde etwas nicht stimmen.

„Lass uns noch einmal in die Garage gehen, wo gerade die Bauarbeiten im Gange sind", schlug Alex vor.

„Na klar. Aber da waren wir doch schon und haben uns intensiv umgeschaut", warf Wolfhard ein.

„Einmal mehr kann nicht schaden“, meinte Alexander und ging voran. Wolfhard folgte langsamen Schrittes. Manchmal verstand er seinen Chef nicht, aber in aller Regel löste sich irgendwann das Geheimnis wie von selbst. Er wollte sich also gar nicht zu viel Gedanken machen.

Wenige Augenblicke später standen sie in den fast fertigen Räumlichkeiten, die viel Eleganz ausstrahlten. Es roch noch nach der frischen Farbe.

„Wenn Judith endlich auftaucht, wird sie sich riesig freuen“, sagte jetzt Manfred, der sich im Sportanzug dazu gesellte.

„Ja“, meinte Alexander, „wenn …“

„Sie klingen so unergründlich“, meinte Manfred. „Haben Sie denn einen Verdacht oder einen Hinweis? Das macht mich alles ganz wirr im Kopf. Ich kann schon keinen klaren Gedanken mehr fassen. Dabei sollte ich mich auf das aktuelle Spiel konzentrieren.“

Alexander drehte sich um und zog Wolfhard am Arm.

„Wir verabschieden uns dann auch einstweilen. Viel Erfolg beim Training“, sagte Alex.

Als die beiden Beamten wieder im Auto saßen, konnte sich Wolfhard seine Frage nicht verkneifen: „Was sollte das denn eben? Den Besuch hätten wir uns doch sparen können. Wir haben schließlich unsere Zeit nicht im Lotto gewonnen …“

Alexander grinste. Die Bemerkung gefiel ihm. Aber er ging nicht darauf ein, sondern antwortete nur sachlich:

„Hätten wir nicht. Ich denke, wir sollten noch einmal mit einem Durchsuchungsbeschluss kommen und dann unbedingt Heike mit dabei haben.“

„Aber zu welcher Einsicht bist du denn eben gekommen? War da irgendwas, was ich übersehen habe?"

„Wir haben trotz aller Nachforschungen keinerlei Hinweis, dass Judith Meier das Haus verlassen hat und verreist ist. Alle Ermittlungen in dieser Richtung sind ergebnislos geblieben. Wir sollten also noch einmal ganz intensiv dort suchen. Und da bleibt mir jetzt eigentlich nur eine Idee. Ziemlich banal, wie ich finde ..."

„Nun rück schon raus. Bei mir ist gerade die Kombinierfähigkeit abhanden gekommen."

„Frischer Beton, Fußboden ..."

„Nein, meinst du wirklich?"

„Doch. Genau das. Es ist zwar dermaßen klischeehaft, aber warum nicht. Bestimmt sind viel mehr Leute schon im Betonsarg gelandet, als wir je herausbekommen werden. Und es könnte doch wirklich passen."

„Tja, wenn du meinst", zuckte Wolfhard mit den Schultern und hatte einen zweifelnden Zug um den Mund. „Allerdings: Wenn wir Heike im Schlepptau haben, dann findet die auf jeden Fall was. Wir müssen unseren kleinen, pfiffigen Spürhund nur ansetzen."

Alexander strahlte.

„Und das werden wir tun. Wenn sie herausgefordert ist, dann läuft sie zu Hochform auf. Auf den bloßen Blick ist ja momentan in dem Haus nichts zu erkennen. Da muss sie schon mit ihrem Argusauge und entsprechender hilfreicher Technik ran."

Alexander startete den Dienstwagen, und Wolfhard lehnte sich entspannt zurück.

In der Dienststelle beschloss Alexander, sich sofort um den Durchsuchungsbeschluss zu kümmern. Das war eine der Aufgaben, die er sonst vertrauensvoll in die Hände von Janine legen konnte. Tja, aus und vorbei. Vergiss endlich mal die Vergangenheit, beschloss Alex. Denk an die Zukunft.

„Dringender Tatverdacht?“, erkundigte sich Kriminaloberrat Reinhold Riechmann, der hinter seinem Schreibtisch saß. Er schaute seinen Mitarbeiter erwartungsfroh an. „Das klingt gut. Wobei ich Ihre Idee mit der einbetonierten Leiche ehrlich gesagt etwas abgeschmackt finde. Aber wenn Sie genügend Anhaltspunkte haben, dann will ich Ihr Ansinnen beim Staatsanwalt unterstützen. Ich rufe gleich mal durch. Wenn Sie warten mögen?!“

Alexander lehnte an einem Schrank und bewegte die Zehen in seinen Schuhen auf und ab. Er müsste mal wieder Sport treiben, fiel ihm ein. Seit die Kinder bei ihm waren, kam einfach alles zur kurz. Sein ganzes Leben. Immer musste er funktionieren. Sich um alles kümmern. Eine Frau an seiner Seite wäre eine ideale Lösung. Aber die müsste auch noch passen. Für alle. Er räusperte sich und Reinhold Riechmann schaute hoch.

„Einen Moment noch. Der Staatsanwalt ist gerade in einer Besprechung, kommt aber gleich zurück und meldet sich …“

Der Kriminaloberrat hatte den Satz noch nicht zu Ende gesprochen, da klingelte die Anlage erneut.

„Sehen Sie!“, sagte er zu Alex und nahm den Hörer in die Hand.

„Hallo, lieber Herr Staatsanwalt. Ich hoffe, es geht Ihnen und der werten Gattin gut? Und was machen die lieben Kleinen? Wir sollten uns doch einmal wieder treffen. Was meinen Sie? Meine Frau organisiert gerade eine kleine Feier im intimen Kreis. Dazu würden wir Sie beide gern begrüßen wollen ..."

Alexander biss die Zähne aufeinander, dass es schmerzte. Diese Klüngelnummer war nicht sein Ding. Und dass er Ohrenzeuge dieser Verabredung war, war ihm äußerst unangenehm. Er versuchte so zu tun, als ob ihn das Gespräch überhaupt nicht interessierte. Außerdem machte der Kriminaloberrat durchaus den Eindruck, als ob er sich völlig allein fühlte. Dann bekam er die Kurve.

„Ach, weshalb ich anrufe. Es geht natürlich nicht um meine private Angelegenheit, sondern um dienstliche Dinge. Unser Hauptkommissar hat einen ganz dringenden Tatverdacht im Fall von Manfred Meier ... Ja, das ist die Sache mit der Vermisstenanzeige zu seiner Frau. Doch nun scheint es sich herauszustellen, dass er damit etwas zu tun hat. Kollege Rosenbaum ist sich jedenfalls absolut sicher und will umgehend das Wohnhaus untersuchen ... Ja ... Nein ... Doch ... Gut. Bis dahin. Wir fühlen uns geehrt, wenn Sie kommen."

Reinhold Riechmann legte das Telefon auf die Station und schaute Alexander lächelnd an.

„Der Beschluss ist quasi schon auf dem Weg. Müsste in diesem Augenblick im Sekretariat eintreffen. Sie können sofort loslegen. Da bin ich mal gespannt, ob Sie mit Ihrer Intuition wieder richtig liegen. Ach, ich will gar nicht zweifeln. Sie sind doch mein bestes Pferd im Stall. Dann mal los, mein Lieber. Halten Sie mich auf dem Laufenden."

„Danke und einen schönen Feierabend", sagte Alexander.

„Ihnen auch", verabschiedete sich Reinhold Riechmann und fuhr seinen Computer runter.

Alex schluckte. Na, der war lustig. Von wegen Feierabend. Jetzt würden sie sich doch auf den Weg machen und das Haus von Manfred Meier auf den Kopf stellen. Momentan war der bei seinem Training. Sie würden hinfahren und ihn dort abholen, beschloss Alexander. Möglichst ohne allzu großes Aufsehen. Immerhin war er eine angesehene Persönlichkeit in der Region, und er wollte den Ruf des Verdächtigen nicht mehr beschädigen, als irgendwie nötig war. Selbst wenn sich später alles als blinder Alarm herausstellte, blieb in der Öffentlichkeit immer was hängen. Sie konnten ja so tun, als wollten sie ein wenig zuschauen.

Alexander und Wolfhard waren zur Sporthalle gefahren, in der Manfred Meier trainierte. Heike und noch zwei weitere Kollegen nahmen den direkten Weg zu seinem Wohnhaus und parkten dort vor der Tür.

Auf dem Parkplatz vor der Sporthalle standen die Fahrzeuge dicht an dicht. Gut so, dachte Alex, dann fallen wir als Unbekannte hier nicht so sehr auf. Er stellte das Auto so, dass Wolfhard noch gut aus seiner Tür herauskam.

„Danke, mein Lieber", sagte Wolfhard, als er ausstieg. „Ich weiß sehr wohl, dass du eben an mich gedacht hast. Hättest ja auch die kleine Lücke gegenüber nehmen können, wo unser Fahrzeug zwar reingepasst hätte, ich mich aber nur unter ziemlichem Aufwand herausgewunden hätte. Bin schließlich kein Schlangenmensch ..."

Alex lachte.

„Dann wollen wir mal."

„Ich folge dir auf dem Fuße, Alex."

Beide liefen zum Eingang und als Alexander die Tür geöffnet hatte, drangen Rufe, Pfeiftöne und das

Getrampel von Füßen an ihre Ohren. Ein paar kleinere Jungs sausten an ihnen vorbei und direkt in die Halle. Sie war fürs Training in zwei Teile getrennt. Im kleineren Drittel übten die Jungs, in dem größeren Areal spielte eine Mädchenmannschaft. Wobei, Mädchen war wohl das falsche Wort, dachte Alex, als er sie genauer betrachtete. Allesamt junge Damen und durchaus ansehnlich. Manfred Meier gab gerade ein paar Anweisungen, dann stellten sich alle paarweise gegenüber, in Hallenbreite, und beförderten die Bälle immer von einer Seite zur anderen, mit kräftigen, gezielten Würfen. Ein paar Zuschauer saßen auf den Bänken, offensichtlich Freunde oder Angehörige. Ein Mädchen in T-Shirt und Sporthose rieb sich den Knöchel und schaute mit schmerzverzerrtem Blick dennoch konzentriert auf die anderen.

Wolfhard blickte zur Uhr und dann zu Alexander. Das Training würde noch etwa zehn Minuten dauern, dann war eine andere Gruppe dran. Beide hatten zuvor den Belegungsplan im Flur angeschaut.

Es währte nicht lange, dann hatte auch Manfred Meier bemerkt, dass die beiden Beamten eingetroffen waren. Er wirkte fahrig in den letzten Minuten. Schließlich pfiff er ab und alle liefen Richtung Garderoben.

„Noch eine Frage, die Herren?", stellte er sich zu Alexander und Wolfhard, nachdem er sich ihnen extrem langsam genähert hatte, um möglichst die Spielerinnen alle außer Hörweite zu wissen.

„Nein, eher mehr", antwortete Alexander. „Wir haben einen Durchsuchungsbeschluss und müssen uns erneut in Ihrem Haus umschauen."

„Wie bitte?"

„Sie haben schon richtig verstanden", ergänzte Wolfhard und hielt ihm das entsprechende Schreiben vor die Nase.

„Würden Sie sich bitte beeilen. Die Kollegen warten schon bei Ihnen zu Hause."

Manfred Meier erbleichte.

„Das kann jetzt aber nicht wahr sein. Ich bin ziemlich fertig vom Training und muss eigentlich noch für morgen ein paar Arbeiten meiner Schüler korrigieren."

„Das muss dann wohl warten", sagte Alex unbeeindruckt. „Wir begleiten Sie."

Manfred schüttelte den Kopf, stieg die wenigen Stufen nach oben und öffnete die Glastür. Er hielt sie noch für Wolfhard und Alexander fest.

„Danke", erwiderte Alex kurz. Dann folgten die beiden Beamten Manfred zur Garderobe.

„Wir warten hier vor der Tür", sagte Alexander.

„Ganz wie Sie meinen ..."

Manfred Meier stand vor seiner Sporttasche mit den Duschsachen. Eigentlich hätte er sich jetzt noch ausgiebig waschen wollen. Eine Wohltat nach so einem Training. Aber das kam wohl nicht infrage. So legte er nur alles zusammen und wechselte das Shirt. Alexander lief in der Zwischenzeit den Flur auf und ab, Wolfhard stand vor der geöffneten Tür und beobachtete den Trainer.

„Wir können dann", sagte Manfred und trat heraus.

Alexander nickte.

„Wir fahren direkt hinter Ihnen her", erklärte Wolfhard, und es klang wie eine Drohung, dass er es nicht wagen solle, einen Fluchtversuch zu unternehmen.

Manfred zuckte zusammen. Was sollte das denn jetzt? Hatten die Angst, dass er durchbrannte? Warum um alles in der Welt? Jetzt nur die Nerven behalten, dachte er. Das wird sich alles aufklären.

Wenig später erreichten sie das Anwesen der Familie Meier. Heike saß mit den beiden Kollegen noch im Dienstfahrzeug vor dem Haus, und alle stiegen jetzt aus. Sie nickten sich kurz zu und verloren keine weiteren Worte. Manfred Meier ging vor und wollte den Schlüssel ins Schloss stecken. Er brauchte mehrere Anläufe, so zitterten ihm die Hände. Alexander registrierte das.

„Dann kommen Sie einfach rein und tun Sie Ihre Arbeit", forderte Manfred die Polizisten auf.

Alle verteilten sich im Haus, das war vorher detailliert abgesprochen worden.

Heike lief gezielt durch den Flur ins Wohnzimmer und ließ ihre Augen durch den Raum kreisen. Stück um Stück arbeitete sie die Möbel ab. Das Sideboard, durchzuckte sie ein Gedanke. Vor ihrem inneren Auge spielte sich eine Auseinandersetzung ab, in die zwei Leute verwickelt waren. Ein Mann und eine Frau, möglicherweise. Beide schrieen aufeinander ein, dann gab es ein Gerangel. Heike überlegte, wie so eine Situation genau hätte abgelaufen sein können. Dann kniete sie auf dem Parkettfußboden nieder und zog ihre Lupe hervor.

Schließlich entdeckte sie Flecke, und ein Strahlen legte sich auf ihr Gesicht. Das könnte Blut sein, fuhr es ihr durch den Kopf. Sie verfolgte die Spur und entdeckte weitere Hinweise Richtung Flur. Hier schien zwar jemand gewischt zu haben, aber eben nicht gründlich genug. Dann stand sie noch einmal auf und nahm sich das Sideboard vor. Auch hier an der Ecke eine verkrustete kleine Stelle und darin tatsächlich ein

Haar. Bingo, dachte Heike, holte eine Pinzette hervor und zog es vorsichtig heraus. Dann steckte sie es in eine Plastiktüte. Der Vollständigkeit halber ging sie noch ins Bad, schaute sich dort um und ergriff eine Haarbürste, aus der sie drei Haare herauszog und ebenfalls eintütete. Wenn das Haar vom Sideboard mit diesen Exemplaren identisch war, dann war der Frau des Hauses etwas passiert …

Manfred saß währenddessen auf dem Sofa im Wohnzimmer, hatte die Schülerarbeiten auf den Tisch gelegt, um wenigstens etwas im Beisein der Polizisten zu erledigen. Aber es gelang ihm nicht, er sah nur auf die Unterlagen und durch sie hindurch. Sein Herz schlug heftig und ihm stand Schweiß auf der Stirn, selbst die Hände waren feucht. Eben bemerkte er, dass er schon auf dem Papier einer Arbeit einen Fleck hinterlassen hatte.

Heike arbeitete sich erneut an der Spur im Flur entlang und entdeckte, dass diese zum Anbau führte. Dort war die Garage und damit auch der Wellnessbereich. Heike öffnete die Tür, nickte anerkennend und ließ wiederum ihre Blicke schweifen. Wo würdest du jemanden entsorgen, der unbedingt vom Erdboden verschwinden soll? Ihre Gedanken schossen durcheinander. Wie mochte das hier vorher ausgesehen haben, ehe alles so modern hergerichtet wurde. Da und dort standen ja noch Utensilien und Überbleibsel der Bauarbeiter herum. Ein paar Eimer, ein Berg mit Abfall, eine Bohrmaschine, eine Leiter … Offensichtlich war das Areal noch gar nicht so weit, um eingeweiht werden zu können.

„Was wollen Sie denn hier?“, wollte Manfred wissen, der es auf dem Sofa nicht ausgehalten hatte und nun direkt hinter Heike stand.

„Das lassen Sie mal unsere Sache sein", fiel ihm Alexander ins Wort, der ihn verfolgt hatte. „Passt Ihnen hier vielleicht irgendwas nicht?"

Manfred schüttelte den Kopf und wirkte hilflos.

Heike ließ sich nicht aus der Ruhe bringen und machte weiter ihre Arbeit. Irgendwo hier war die Lösung des Rätsels. Da war sie sich inzwischen absolut sicher. Auf ihr Bauchgefühl konnte sie sich verlassen. Das hatte sie noch nie im Stich gelassen. Sie ließ sich erneut auf den Boden nieder, als sie an dem Haufen von offensichtlichem Müll angelangt war. Abfall. Wunderbar. Sie liebte Unrat. Darin fanden sich manchmal die tollsten Beweisstücke. Sie fing an, den Berg in alle Richtungen zu zerlegen, ganz vorsichtig, so als handele es sich um zerbrechliches, teuerstes Porzellan. Dann verspürte sie ein Glücksgefühl. Da war es. Die Stecknadel im Heuhaufen. Sie zog einen Ohrring hervor und betrachtete ihn eingehend. Das war kein billiger Modeschmuck, sondern pures Gold und zwar besonders hochwertiges. Außerdem mussten das bestimmt Diamanten sein, die darin verarbeitet waren. Sie hielt ihr Fundstück hoch.

Manfred erschrak: „Wie kommt der denn da hin? Das ist ein Ohrring meiner Frau. Die habe ich ihr zu unserem Hochzeitstag gerade erst vor zwei Monaten geschenkt."

„Die Frage stellen wir uns jetzt allerdings ebenfalls, Herr Meier. Ein ziemlich ungewöhnlicher Ort, um seinen edlen Schmuck abzulegen."

Alexander wählte seine Worte mit Bedacht.

„Das finde ich auch", warf Manfred ein. „Ich kann mir das überhaupt nicht erklären."

„Dann wird es wohl an uns sein, die passende Erklärung dafür zu finden."

Alexander sah bedeutungsvoll auf den Boden und Heike nickte dazu.

„Wir müssen Sie erst einmal mitnehmen. Ich gehe davon aus, dass Sie etwas mit dem Verschwinden Ihrer Frau zu tun haben."

„Aber … meine Arbeiten … morgen die Schule …"

„Tja, das hätten Sie sich vielleicht vorher überlegen sollen", flüsterte Alex seine Bemerkung, die zum Glück nur Heike verstand und die daraufhin ihre Stirn in Falten legte.

„Was meinen Sie?", fragte Manfred Meier.

„Kommen Sie bitte. Packen Sie noch ein paar Sachen zusammen. Wir fahren in die Dienststelle. Sie werden wohl die Nacht in einer unserer Gewahrsamzellen verbringen müssen, ehe wir Sie dem Haftrichter vorstellen können."

Manfred Meier saß wie versteinert auf der Rückbank des Dienstfahrzeugs. Die gesamte Fahrt über sagte er kein Wort, und auch die Beamten schwiegen. Es gab momentan nichts zu bereden. Sie fuhren auf den Parkplatz an der Marienstraße gleich direkt zum Eingang ins untere Geschoss. Vor der Tür zum Zellenbereich parkte der Wagen.

„So, da wären wir", nahm Alexander Manfred Meier in Empfang und hielt die Wagentür offen. Er war mit Wolfhard schon mit ihrem Wagen vorgefahren und stand jetzt fröstelnd in der Dunkelheit.

Nur kurz dachte Alex an seine Töchter. Ein Glück, dass er vorhin die Nachbarin erreicht hatte. Sie wollte die beiden ins Bett bringen. Das hatte bestimmt geklappt. Hertha Jendritzky hatte ein Händchen für Kinder und ihm schon oft ihr Leid geklagt, dass ihre Tochter sie leider, leider nicht mit Enkeln erfreut hatte. Ein

Thema, das er mit seiner Nachbarin nie ausdiskutieren wollte. Aber für eine großmütterliche Nachbarschaftshilfe war sie bestens geeignet. Er musste sich keine Sorgen machen.

Dann riss er sich zusammen und beschloss, die Amtshandlung vernünftig zu Ende zu bringen. Alex verkniff sich ein Gähnen. Es war mal wieder verdammt spät geworden.

Ob Manfred Meier seine Ausführungen begriffen hatte, da war sich Alexander nicht sicher. Er hatte zwar genickt, als er von der weiteren Vorgehensweise berichtete. Aber er wirkte sehr abwesend. Na ja, das wäre ich an seiner Stelle wohl ebenso, dachte Alex. Vielleicht ist das alles schon ein Zeichen des Schuldeingeständnisses?

Morgen ist auch noch ein Tag, würde seine Mutter jetzt gesagt haben, fuhr Alex ein Spruch durch den Kopf. Er verabschiedete sich vom Trainer.

„Wir sehen uns dann morgen. Versuchen Sie einigermaßen zu schlafen."

„Gute Nacht!", sagte Wolfhard.

Als hinter Manfred Meier die Tür der Zelle ins Schloss fiel, verstand er die Welt nicht mehr. Was machte er hier? Das war bestimmt ein Justizirrtum. Und alle würden sich später blumig bei ihm entschuldigen. Er hatte doch großes Ansehen in der Region durch den Sport und einen Ruf zu verlieren.

Zunächst lief er hin und her, um zur Ruhe zu kommen. Dann testete er die flache Liegemöglichkeit, erst mit einer Hand, dann mit beiden. Es gab wohl bequemere Betten, dachte er. Schließlich siegte die Vernunft und er legte sich hin.

„Du brauchst deinen Schlaf, um morgen bei Kräften zu sein. Deine Kondition ist ganz, ganz wichtig!", flüsterte er in den kahlen Raum, zog sich die graue Decke bis an den Hals und schloss die Augen.

Am anderen Morgen befand sich eine größere Einsatzgruppe im Haus von Manfred Meier, nachdem die Formalität mit dem Haftrichter gelaufen war und der Trainer zunächst noch in der Gewahrsamzelle an der Marienstraße blieb. Alexander hatte gleich am Abend zuvor alles angewiesen. Und es klappte wie am Schnürchen.

„Hallo, Heike", begrüßte Alexander seine Kollegin, als sie im Wellnessbereich eintraf. „Jetzt kannst du gleich erfahren, ob dein Gespür wieder richtig lag. Ich gehe einfach mal davon aus."

„Hoffentlich machen die Kollegen das vorsichtig genug", bezweifelte Heike mit einem Blick auf einen der Männer, der sich mit einem Presslufthammer an der Oberfläche zu schaffen machte.

„Keine Sorge, so direkt oberhalb wird niemand eine Leiche positioniert haben. Wir müssen erst einmal ein Stück weit in die Tiefe kommen, um fündig zu werden", sagte Alexander. Heike zuckte mit den Schultern. Aber man sah ihr an, dass sie sich unwohl fühlte. Offensichtlich hätte sie am liebsten alles mit einem kleinen Meißel und Hammer vorsichtig weggepickert. Das sagte sie auch jetzt Alexander, der daraufhin lachte.

„Und wie lange willst du dann dran arbeiten, bis du zum Erfolg kommst?"

„Gut Ding will Weile haben", entgegnete Heike trotzig.

„Du klingst wie meine Mutter", erwiderte Alexander.

„Ist das jetzt ein Lob oder das Gegenteil davon?"

„Kannst du dir aussuchen!"

„Ich will ja nicht weiter stören", mischte sich jetzt Wolfhard ein, „aber wenn ich das richtig sehe, dann tauchen da Stoffteile auf, die wohl nichts in so einer Baugrube zu suchen haben. Und da – was Silbrig-Glänzendes!"

„Halt", brüllte Heike jetzt ihren Kollegen an, der immer noch mit schwerer Technik den Beton lockerte, „jetzt mach mal halblang. Hier ist äußerste Vorsicht angesagt. Ihr seid fürs Grobe zuständig, jetzt bin ich dran …"

Heike schob ihren verdutzten Kollegen beiseite, kniete sich nieder und begutachtete die Baustelle. Doch, das waren nicht nur Stofffetzen, das war jemand, der offensichtlich diese Kleidung am Leib trug. Und die Ecke, die herausragte, schien zu einem Pokal zu gehören …

„Das ist doch jenseits von Gut und Böse. Wenn schon jemanden umbringen, warum dann so entsorgen?! Wird ziemlich aufwendig für uns. Und was die Spuren angeht, so bin ich sehr, sehr gespannt."

„Ach was, Heike, du findest schon die nötigen Hinweise, wie ich dich kenne. Und jetzt lass mal die anderen ihre Arbeit machen. Die Kollegen holen nicht den ersten Toten aus seinem Betonsarg. Die kennen sich aus. Ich habe mich rückversichert, als ich um Unterstützung bat. Wohlweislich, dass du mir sonst dazwischen gehst. Müssen wir nur ein kleines Weilchen Geduld haben."

„Das ist ja nun was, womit ich überhaupt nicht dienen kann. Geduld? Wie schreibt man das?"

Heike grinste und steckte ihre Hände in die Hosentaschen. Als Alexander seine Blicke darauf richtete, meinte sie: „Nur, damit ich nicht in Verlegenheit komme, hier zuzupacken. Kennst mich ja!"

„Eben", kommentierte Alexander und drehte sich zu Wolfhard: „Wir sollten uns dann aber zeitnah um die weitere Befragung von Manfred Meier kümmern. Wenn das hier nicht einen ordentlichen Haftbefehl untermauert, weiß ich auch nicht weiter."

Wolfhard nickte.

„Ich kümmere mich um alles, und im Grunde sitzt der feine Hausherr schon in Untersuchungshaft und nicht mehr in der Gewahrsamzelle."

Sie befanden sich in der heißen Phase der Ermittlungen, und die Lagebesprechungen fanden täglich statt. Die Sonderkommission „Beton“ traf sich an diesem Morgen. Nachdem Alexander alle begrüßt hatte, fasste er die Situation zusammen. Anschließend ließ er sich von den einzelnen Teilnehmern ihren Ergebnisstand berichten.

„Was machen die Auswertungen der Telefonate von Manfred Meier?“

„Er telefoniert gar nicht so viel, ist mir aufgefallen. Meist wird er angerufen und zwar auf seinem Handy“, berichtete Falk. „Jennifer Jasper, nennt sich Mausi, meldet sich außerordentlich häufig. Dann sind jede Menge Sportler dabei, andere Trainer, Handballerinnen, Funktionäre vom Verband. Habe alle geprüft. Aufgefallen ist mir nur Sofia Grabert, die ebenfalls recht häufig mit ihm telefoniert. Jasper und Grabert haben ihn zuletzt, ziemlich direkt vor dem Tatgeschehen angerufen.“

„Danke“, sagte Alexander. „Das passt. Er hat ja auch zuletzt zugegeben, dass er mit der Frau ein Verhältnis hatte oder noch hat. Das müsste zu prüfen sein. Klingt aber irgendwie nach entsorgter Ehefrau, die im Wege stand.“

Nach und nach legten die anderen aus der Runde ihre Ermittlungsergebnisse vor. Alexander kommentierte, stellte weitere Fragen und bedankte sich jeweils.

„Gibt es noch Erkenntnisse zu diesem anonymen Brief?“, fragte Alexander. „Wir haben ja schon das gesamte Umfeld abgeleuchtet, aber keinen wirklich Verdächtigen gefunden ..."

Heike meldete sich zu Wort.

„Die Briefmarke war selbstklebend, leider. Und ansonsten hat da jemand mit außerordentlicher Umsicht gearbeitet ..."

„Übrigens stammten die ausgeschnittenen Wörter aus dem Tageblatt", ergänzte Falk und Heike nickte.

„Wir sollten aber unbedingt noch dranbleiben und versuchen, den Urheber herauszufinden. Es geht doch nicht an, dass jemand auf diese Art und Weise Leute drangsaliert. Selbst wenn der- oder diejenige nichts mit dem Tötungsdelikt zu tun hat."

Als alle schon wieder aufstanden, um an ihre Tagesaufgaben zu gehen, hob Alexander die Hände und setzte noch einmal an: „Ach, Kollegen, eines muss ich noch loswerden."

Dann holte er aus und beschwerte sich über die Vorgehensweise von Bernd und Dagmar. Unprofessionell, Amtsanmaßung und völlig daneben, das waren einige der Einschätzungen, die er dazu fallen ließ. Als Alex die beiden aufforderte, sich dazu zu äußern, zuckte Bernd mit den Schultern und Dagmar biss sich auf die Lippen. Schweigend verließen alle den Raum. Wolfhard folgte Alexander und hielt ihn an der Schulter fest, als sie allein auf dem Flur waren.

„Alex!"

„Ja, was ist denn noch? Ich habe zu tun!"

„Ich will mich ja nicht in deine Kompetenzen einmischen, aber das eben, das hättest du dir klemmen sollen!"

„Wieso? Das musste einfach raus. Hier kann doch nicht jeder tun und lassen, was ihm gefällt."

„Nein, Alex, so meine ich das doch gar nicht", beschwichtigte Wolfhard. „Aber du hast dich eindeutig im Ton vergriffen. Wenn du meine Meinung hören willst, dann wäre es gut, wenn du das noch einmal bei der nächsten Runde klarstellst und dich gewissermaßen bei den beiden entschuldigst."

„Na, das fehlte noch!"

Alexander riss seine Zimmertür auf, ging hinein und schmiss sie wieder hinter sich zu. Wolfhard haarscharf vor der Nase, der entgeistert stehengeblieben war.

Eduard Schiller schob sich die Brille auf der Nase zurecht. Auf seinem Schreibtisch herrschte eine mustergültige Ordnung. Ein paar Bleistifte lagen sorgfältig angespitzt, der Größe nach geordnet, daneben ein Radiergummi und ein großformatiger Locher, akkurat ausgerichtet.

Der Aktenführer im Kommissariat blickte auf seinen Computer und las die gerade eingegangene Mail von Alexander. Das war also das Ende dieser Akte, die gerade vor ihm lag. Ausermittelt. Er nahm sich die Unterlagen noch einmal vor, prüfte akribisch Seite für Seite, um festzustellen, dass alles seine Ordnung hatte. Wie immer. Ein feines Lächeln legte sich in sein Gesicht. Es war aber auch gar nicht auszudenken, wenn vielleicht die falschen Aufzeichnungen in einen Ordner gerieten, der dann in die Ablage wanderte. Das würde so gut wie nicht herauszubekommen sein. Aber ihm war so ein Fauxpas noch nie unterlaufen.

Die Sonne strahlte auf die Fensterscheiben und heizte den Raum erheblich auf. Der Mittvierziger lockerte jetzt seine Krawatte ein wenig, kaum sichtbar, aber doch so, dass es ihm Erleichterung brachte.

„Na, Eduard, alles im grünen Bereich?“, erkundigte sich Dagmar, die gerade an seinem Arbeitsplatz vorüberlief. Er zuckte leicht zusammen, weil er sie nicht bemerkt hatte.

„Ich war gerade in Gedanken!“, entschuldigte er sich.

„Wie immer. Ich kenne dich ja.“

Die Polizistin schaute über den Schreibtisch. Phänomenal, wie dieser Mann alles im Griff hatte. Ob der zu Hause auch so gewissenhaft war? Bestimmt. Na, mit dem wollte sie nicht verheiratet sein … Mit diesen Überlegungen lief Dagmar weiter und war schon an ihrem Ziel angekommen. Eduards Mitarbeiterin Senta saß ein Stück weiter zwischen den vielen Aktenschränken und war gleichfalls für die Unterlagen all der Fälle zuständig, die sie bearbeiteten. Regelmäßig ging Dagmar mit ihr zum Mittagessen, zumindest dann, wenn es sich einrichten ließ. Aber zwei- oder dreimal die Woche klappte das schon.

„Hallo, Senta, bist du bereit?“

Dagmars Frage stand klar und deutlich zu vernehmen im Raum.

Die angesprochene Kollegin schaute auf, verzog das Gesicht und flüsterte: „Nicht wirklich. Eduard hat mir gerade einen Stapel Unterlagen hingepackt, die ich noch sortieren soll. Am besten bis gestern. Im Grunde kann ich mir gar keine Pause heute leisten, wenn ich das noch schaffen will.“

„Ach, was. Eine Unterbrechung muss sein. Du musst doch Kraft tanken. Wirst sehen, hinterher geht dir alles viel leichter von der Hand.“

„Wenn du meinst …“

Senta erhob sich mit einem zweifelnden Ausdruck im Gesicht.

„Wir sind dann mal kurz was essen", erklärte sie, als beide am Schreibtisch von Eduard vorbeikamen. Der hatte in der Zwischenzeit ein Butterbrot ausgepackt und auf einer Serviette platziert, daneben lag ein Apfel, den er gerade geschält und in acht äußerst identische Teile zerlegt hatte.

„Lasst es euch schmecken", sagte er, spießte ein Apfelstück mit dem Taschenmesser auf und steckte es sich in den Mund.

Nachdem Dagmar die Bürotür hinter sich geschlossen hatte, schaute sie Senta an.

„Ich weiß nicht, bei Eduard bin ich immer so unsicher. War das jetzt ein Vorwurf, dass wir das Haus verlassen und er an seinem Arbeitsplatz sitzen bleibt, um nur ja nichts zu verpassen?"

Senta seufzte.

„Genau deshalb flüstere ich ja gelegentlich in seiner Anwesenheit. Ich weiß nicht, wie er das aufnimmt. Vorsicht ist die Mutter der Porzellankiste."

Dagmar lachte.

„Und wer ist der Vater?"

Senta hakte sich bei Dagmar unter und lachte ebenfalls. „Keine Ahnung. Ist ja nur so ein blöder Spruch. Wo wollen wir denn hingehen?"

„Ach, ich denke, es sollte gleich was hier in der Nähe sein. Viel Zeit haben wir ja nicht."

„Genau. Allerdings kann ich dieses ewige Imbisszeug auch nicht mehr sehen. Mir wäre mal wieder nach richtiger Hausmannskost. Eine Kantine wäre ein Traum."

„Träum weiter ..."

Dagmar und Senta verließen die Behörde und liefen über die Brücke. Ein paar Vögel zwitscherten. Dazwischen waren die fahrenden Autos zu vernehmen.

Im nahe gelegenen Imbiss entschieden sich beide für eine Currywurst, rot-weiß, dazu Pommes.

„Die geballte Kalorienladung wieder", sagte Dagmar, griff sich eine Fritte und tunkte sie in die Mayonnaise. Dann verzehrte sie sie genüsslich.

„Ach, du bei deiner tollen Figur musst dir doch gar keine Gedanken machen. Bist schließlich laufend auf Achse, während ich an meinem Schreibtisch versauere und unwiederruflich Fett ansetze. Wenn mir was wehtut, dann ist es der Hintern vom vielen Sitzen."

Dagmar musste schon wieder lachen.

„Musst einfach die Trainingsangebote in unserer Dienststelle wahrnehmen. Das könnte dir wirklich guttun."

„Ich weiß", schmollte Senta. „Aber wenn ich dann Feierabend habe, bin ich nur froh, nach Hause zu kommen. Da warten ja Heinrich und die Jungs. Eingekauft sollte ich dann auf dem Heimweg bereits haben. Denn meine Männer sind immer ausgehungert. Und aus lauter Mitgefühl esse ich dann eben mit. Na ja, man sieht es ..."

Dagmar schaute versonnen Richtung Tresen, an dem immer mal wieder ein Kunde stand und sich etwas aussuchte. Jetzt runzelte sie die Stirn.

„Hab ich dir eigentlich schon erzählt, wie mich Alex jetzt maßgenommen hat?"

„Nein! Das kann ich mir aber gar nicht vorstellen. Der ist doch immer so charmant."

„Er kann aber auch ganz anders, dieses arrogante Berliner Arschloch."

„He, das will ich jetzt aber nicht gehört haben", entrüstete sich Senta.

„Also neulich haben wir, Bernd und ich, diese Kleine, die im Verdacht stand, die Frau des Trainers umgebracht zu haben, ins Kommissariat gebracht. Wir wollten nur ganz fix sein. Schließlich hat sie dann in der Vernehmung ja ein Geständnis abgelegt!"

„Hm, schneller, als die Polizei erlaubt …", brummelte Senta vor sich hin, aber Dagmar verstand das akustisch nicht.

„Hast wohl doch schon davon gehört?"

„Nicht wirklich. Aber irgendwie kursierte der Begriff Amtsanmaßung im Zusammenhang mit euch beiden."

„Ja, aber so muss man das doch nicht benennen. Wir wollten nur helfen und es war schließlich abzusehen, dass das Mädchen befragt werden müsste. Da blickt man einmal ein Stück weiter, handelt entsprechend und schon ist es falsch. Schlimm war allerdings, dass Alexander darauf in der jüngsten Lagebesprechung eingegangen ist. Bernd jedenfalls stand da wie ein begossener Pudel. Mir war so ähnlich zumute."

„Vielleicht hätte er das lieber nur mit euch, quasi unter sechs Augen auswerten sollen …"

„Nein, ich glaube, da hat Alex inzwischen auch diese fragwürdigen Führungsmethoden angenommen. Immer nach dem Motto: Mach mal einen anderen vor versammelter Mannschaft fertig und erziehe ihn …"

„Und wie haben es die anderen aufgenommen?"

„Na, das kannst du dir doch vorstellen. Feixen in der Runde und ansonsten betretene Gesichter. Die waren alle nur froh, dass sie nicht dran waren. Bei mir braucht Alex in der nächsten Zeit jedenfalls nicht mehr anzuklopfen. Ich habe die Nase von ihm voll."

Während des Gespräches hatten beide ihre Currywurst verzehrt; übrig blieben schmierige Teller, die sie auf einen Servierwagen abstellten.

Dagmar wischte sich noch mit dem Handrücken über den Mund.

„Wenn ich nicht eine Dame wäre, würde ich jetzt rülpsen."

„Tu dir keinen Zwang an", entgegnete Senta todernst und hängte ihre Handtasche wieder über die Schulter.

„Damit ich in dem Laden auch noch eine Abmahnung bekomme. Nein, das werde ich mir einfach verkneifen. Komm, wir sollten zügig wieder zurück. Man merkt so im Gespräch immer gar nicht, wie die Zeit vergeht."

Mit einem freundlichen Nicken zur Bedienung hinter dem Tresen verließen Dagmar und Senta den Imbiss und traten wieder auf die Straße. Dagmar streckte beide Arme in die Höhe: „Jetzt ein Mittagsschläfchen, das wäre super. Meine Oma hat immer gesagt, nach dem Essen sollst du ruhn oder tausend Schritte tun."

„Dann lieber die Schritte", schlug Senta vor. „Ich habe mir übrigens überlegt, ob ich mir von Heinrich nicht zu meinem Vierzigsten so eine Uhr schenken lasse, die alles zählt, was du so abläufst, deinen Blutdruck misst und vieles mehr. Das wäre doch ideal. Ist zugleich ein Computer und hat einige tausend Apps, mit denen man noch so allerlei anfangen kann. Oder ich wünsche mir wenigstens ein Fitness-Armband. Das würde mich enorm anspornen."

„Ich weiß nicht", wiegte Dagmar den Kopf hin und her. „So ein Überwachungsteil würde ich nicht benötigen. Ich laufe einfach los, und wenn ich genügend ausgepowert bin, dann ist gut. Das hat man doch irgendwie im Gefühl. Außerdem hätte ich Angst, dass solche sensiblen Gesundheitsdaten in die falschen Hände geraten. Nimm mal an, dein Chef kriegt die Info auf den Tisch, dass du – und zwar wie viel – Übergewicht hast und schon nach fünfzig gelaufenen Metern ins Japsen kommst. Ich finde, das geht niemanden was an. Weißt du, einerseits regen sich die Leute über Spionageskandale auf und andererseits versorgen sie Großkonzerne mit ihren privaten Daten über soziale Netzwerke und Suchmaschinen. Wenn du dir jetzt ein neues Auto zulegst, dann speichert das so ziemlich alles, was du tust. Aber ich komme vom Thema ab ... Von diesen Fitness-Trackern habe ich jetzt gelesen, dass die auch keine Präzisionswunder sind. Du solltest sie zum Beispiel bei anderen Aktivitäten, also im Büro, ablegen. Weil die Sensoren in den Dingern auf Erschütterungen reagieren, bringt das eventuell die Messungen durcheinander. Du haust lediglich in die Computertasten und dein Messgerät denkt, du wärest unheimlich sportlich aktiv und bescheinigt dir sofort deine Höchstleistungen für einen nächsten Marathonlauf! Ha, ha ..."

Dagmar stemmte die Arme in die Hüften und bog sich jetzt vor Lachen. Sie musste einen Moment stehenbleiben. Senta verharrte ebenfalls und schaute zweifelnd auf ihre Kollegin.

„Komm, es ist schon ganz schön spät geworden", meinte jetzt Senta mit einem Blick auf ihre Armbanduhr.

„Na, da müssen unsere Vorgesetzten mal ein Auge zudrücken. Bei den vielen Überstunden, die wir haben, quält mich jetzt überhaupt kein schlechtes Gewissen", meinte Dagmar.

Die beiden liefen die letzten Meter zum Bürogebäude an der Marienstraße. Ein Streifenwagen machte sich auf den Weg zu einem Einsatz, die beiden Polizisten Falk und Otto darin hatten zum Gruß genickt. Dann stoppte das Auto noch einmal. Falk ließ die Scheibe der Beifahrerseite herunter:

„Na, ihr zwei, wollt ihr uns nicht Gesellschaft leisten?“

„Wohin des Wegs, liebe Kollegen?“, wollte Dagmar wissen.

„Zur Sparkasse.“

„Oh, da könnte ihr mir gleich ein paar Goldbarren mitbringen.“

„Wenn noch welche da sind ...!“

„Wieso?“, wollte nun Senta wissen.

„Es gab schon wieder einen Bankraub. Die Täter haben sich unbemerkt zum Objekt Zutritt verschafft, und als heute früh die ersten Angestellten eintrafen, haben sie losgelegt. Noch vor Öffnung der Filiale war alles gelaufen. Und die vermummten Typen haben sich aus dem Staub gemacht.“

„Das häuft sich aber in letzter Zeit“, bemerkte Dagmar, die sich mit einer Hand auf dem Wagendach abstützte. „Mensch, da wünsche ich euch viel Erfolg. Gibt ja bestimmt reichlich Spuren ...“

„Genau, und auch Täterbeschreibungen. Wir hoffen, dass die Flüchtigen noch von weiteren Zeugen gesehen worden sind. Vielleicht sind die mit einem Auto weggefahren oder mit dem Rad oder sie sind zu Fuß geflüchtet. Alles noch offen. Heike wird sicher bereits auf allen Vieren auf dem Tatort herumkriechen. Aber wir reden und reden und sollten schon längst vor Ort sein. Man hat uns jetzt noch einmal als Verstärkung verlangt! Sorry. Ein andermal plaudern wir gern wieder mit euch!“

Otto gab Gas und Falk fuhr die Scheibe wieder hoch. Die Reifen quietschten. Dagmar und Senta schauten sich bedeutungsvoll an.

„Männer“, sagte Dagmar.

Senta nickte und öffnete die Glastür vom Eingang.

Jennifer saß allein in dem kahlen Raum. Eben hatten sie die Beamten dorthin geführt, und gleich würde jemand kommen und sie befragen. So jedenfalls hatte es geheißen. Und ob sie nicht ihre Eltern oder einen Rechtsbeistand haben wolle. Dann hatte aber einer der Polizisten gefragt, wie alt sie sei, und sie hatte ehrlich geantwortet:

„Seit gestern achtzehn!"

„Also gerade volljährig?"

„Ja, ich will aber eigentlich erst am Wochenende meinen Geburtstag feiern."

Und sitze heute hier, so eine verdammte Scheiße, dabei müsste ich so viel organisieren. Jennifer kullerten ein paar Tränen die Wangen herunter, als sie an ihre Situation dachte. Aber sie hatte sich das alles ja selbst eingebrockt. Sie hatte die Frau von Manfred, ihre Nebenbuhlerin, im Gerangel gestoßen und dann war Judith auf die Kante von diesem Tisch oder Sideboard oder was immer da auch stand, gefallen und lag schließlich in ihrem Blut. Sie wurde dieses Bild einfach nicht los. Dabei hatte sie nur vorgehabt, die Fronten zu klären. Ein für allemal. Schließlich ging es um ihre gemeinsame Zukunft mit ihrem Geliebten.

Alexander war hochrot im Gesicht.

„Seid ihr denn des Teufels? Ihr könnt doch nicht einfach das Mädchen hierher holen. Wenn ich mich recht entsinne, dann ist die nicht einmal volljährig."

Vor ihm standen Bernd Langer und Dagmar Scholz, beide sichtlich verlegen.

„Doch gerade. Seit gestern. Ich dachte …", fing Dagmar an.

„Denken ist eben nicht jedermanns Sache! Also wenn man nicht alles allein macht", fluchte Alexander. „Wie kommt ihr denn auf so eine abstruse Idee, Jennifer Jasper hier einfach vorzuführen?"

„In der Dienstbesprechung wurde doch gesagt, dass sie die Hauptverdächtige ist. War doch eigentlich klar, dass sie vernommen werden muss", erklärte Bernd.

„Ja, und ihr beide entscheidet, wann und wie das zu geschehen hat. Ich fasse es nicht!"

„Tut uns leid", entschuldigte sich Dagmar. „Wir haben es gut gemeint."

„Das kann ich nicht mehr hören. Gut gemeint. Von wegen. Strengt doch euer Gehirn einfach mal an und befolgt die Vorschriften."

Den letzten Satz wollte Alexander gar nicht gesagt haben, aber jetzt war es zu spät. Auch Dagmar war inzwischen knallrot im Gesicht, während Bernd total bleich neben ihr stand.

„Macht euch vom Acker. Ich kümmere mich darum", sagte Alexander noch unwirsch.

Die beiden Polizisten drehten sich um und verließen schweigend den Raum.

Was mache ich jetzt nur, dachte Alexander. Da half lediglich Diplomatie. Die war nicht gerade seine Stärke. Aber wenn das Mädchen die Täterin war, dann konnte man doch nicht so mit der Tür ins Haus fallen. Er grübelte. Doch, Wolfhard sollte dazukommen. Er war bestimmt eine Hilfe. Alex griff zum Telefon.

„Kommst du mal kurz in den Befragungsraum. Jennifer Jasper sitzt dort."

„Wie bitte?"

„Eine unserer Verdächtigen im aktuellen Fall wartet auf ihre Vernehmung."

„Das ist jetzt aber nicht dein Ernst?"

„Doch. Dagmar und Bernd haben die Kleine hier angeschleppt. Und nun können wir sehen, wie wir aus dem Schlamassel wieder rauskommen."

„Hm."

„Also ja, kommst du gleich?"

„Natürlich, Alex. Mach dir mal keinen Kopf. Das kriegen wir hin", beruhigte Wolfhard.

Alexander legte das Telefon wieder auf die Station. Ein Glück, dass er Wolfhard an seiner Seite hatte. Der bewahrte auch in den unmöglichsten Situationen die Ruhe.

Wenig später trafen Alexander und Wolfhard, jeder aus einer anderen Richtung kommend, beim Befragungsraum ein. Sie sahen sich vor der Tür tief in die Augen.

„Wir machen das jetzt nur ganz kurz und schicken Jennifer wieder nach Hause. Das lässt sich doch in dem Zusammenhang als Routinebefragung einordnen", schlug Alex vor. Wolfhard nickte und drückte die Klinke herunter.

Jennifer schaute hoch und stand auf. Die Protokollantin Elsa Kupfer erhob sich nicht, sondern blickte nur sehr neutral auf die beiden Beamten.

„Hallo", sagte Jennifer und strich sich verlegen eine Strähne hinters Ohr.

„Sie können ruhig sitzenbleiben", entgegnete Alexander und wies auf den Stuhl. „Wir gesellen uns jetzt mal zu Ihnen."

Dann stellte er sich und Wolfhard vor und erklärte, dass Jennifer lediglich im Zusammenhang mit einem Todesfall befragt werden müsse. Reine Routine also.

Eigentlich könnte man sie nicht so einfach ohne das Einverständnis ihrer Eltern vorladen. Zumindest müssten die informiert sein oder wollten vielleicht auch ihrer Tochter den Rücken stärken. Seit gestern würde sie ja keinen Erziehungsberechtigten mehr benötigen. Eher vielleicht einen Anwalt, wenn es gegebenenfalls ernster würde, wovon er mal nicht ausgehen wolle.

Alexander redete und redete. Schließlich wäre sie doch bestimmt keine Mörderin. Bis dahin war das Mädchen still geblieben. Dann brach Jennifer ihr Schweigen.

„Doch, das bin ich."

Alexander und Wolfhard blickten ernst auf das Mädchen.

„Wieso?", wollte Wolfhard wissen.

„Weil ich es getan habe. Ich habe Judith Meier umgebracht. Und genau genommen ist das gut so. Denn nun steht sie uns nicht mehr im Wege."

„Was sagst du?", warf Alex ein und schalt sich sofort, dass er vom förmlichen Sie gewechselt war.

„Sie können mich ruhig duzen", bestätigte Jennifer. „Ich habe kein Problem damit."

„Danke", sagte Alexander. „Aber du musst dich schon ein wenig näher erklären. Was ist denn überhaupt passiert, und wieso steht euch die Tote nun nicht mehr im Wege? Meinst du damit wirklich Manfred Meier?"

„Ja, wir sind nämlich eigentlich ein Paar."

Alexander schluckte, aber Jennifer fuhr unbeirrt fort.

„Ich habe das aus all seinen Äußerungen und Handlungen entnommen. Was er gesagt hat, wie er mich am Arm angefasst hat. Es war im Grunde nur eine Frage der Zeit …"

„Also eine intime Beziehung ist das noch nicht?“, wollte Alexander wissen, und Wolfhard runzelte die Stirn.

„Aber fast. Also eigentlich schon … Und ich wollte die Sache schon einmal mit seiner Frau klären. Es ist nämlich die große Liebe. Von beiden Seiten. Selbst wenn er sich das im Moment noch nicht eingestehen kann. Aber jetzt ist er ja frei.“

Jennifer stockte kurz und fuhr dann fort: „Wobei, was passiert denn nun mit mir?“

„Tja, da müssten wir erst einmal alles intensiv beleuchten“, antwortete Alexander. „Schildere uns doch einfach mal den Tathergang.“

„Tathergang hört sich ja so nach Krimi an“, stellte Jennifer fest. „Eigentlich war das eher ein Unfall. Ich habe Judith Meier einfach nur besucht und ihr alles erzählt. Wie es um uns steht, also um Manfred und mich. Sie sollte ihn endlich loslassen und nicht mehr mit ihren Eifersuchtsattacken quälen. Natürlich ist sie bei dem Gespräch ausgerastet und hat mich ziemlich heftig angepackt. Im Grunde fühlte ich mich angegriffen von ihr, wenn ich mir das genau überlege. Jedenfalls habe ich mich gewehrt und sie geschubst. Dabei habe ich sie auch gekratzt, wenn ich mich recht entsinne. Jetzt, wo ich das erzähle, fällt mir wieder die Spur ein, die ich an ihrem Unterarm hinterlassen habe. Dann ist sie nach hinten gestürzt und – ich glaube – auf so eine Ecke von einem Sideboard aufgeschlagen.“

„Und dann?“, lenkte Wolfhard den Redefluss behutsam weiter, während Elsa alles akribisch mitschrieb.

„Ich habe mich dann zu ihr auf den Boden gekniet und getestet, ob sie noch atmet. Aber das schien mir nicht der Fall zu sein.“

„Haben Sie denn versucht, die Frau wiederzubeleben?“, fragte Wolfhard.

„Wieso? Sie war doch mausetot. Da ließ sich nichts mehr machen. Ich bin dann raus aus dem Haus, habe die Tür hinter mir zugeknallt, mir meine Vespa geschnappt und bin ganz rasch heimgefahren. Ich war einfach in Panik und konnte gar nicht mehr klar denken.“

„Haben Sie denn mit jemandem darüber gesprochen? Mit Ihren Eltern oder vielleicht mit Ihrem Trainer, Manfred Meier?“, führte Wolfhard die Befragung weiter.

Jennifer zog die Augenbrauen hoch.

„Das habe ich bis heute alles für mich behalten. Es war sicher für Manni auch ein heftiger Schlag. Er muss sie ja gefunden haben … Immerhin waren die beiden doch ziemlich lange verheiratet. Sie sprach davon, als ich da war. Na, egal. Jedenfalls wollte ich Manni Zeit lassen, dass er alles hinter sich bringt und zu sich kommt. Dann wollte ich mich wieder bei ihm melden. Eine wahre Liebe hält so eine Zeit durch. Darin zeigt sich ihre Stärke.“

Alexander atmete tief durch. Wenn das jetzt alles stimmte, dann hatten sie die Täterin. Dass sie die Leiche nicht einfach so im Haus liegengelassen, sondern im Garagenbereich unter dem Schotter versteckt hatte, würde sie sicherlich noch in der weiteren Vernehmung zugeben. Aber wollte er dieses junge Mädchen tatsächlich als Mörderin verhaften? Sie würde ja sicher noch nach Jugendstrafrecht verurteilt werden. Dann würden ihr maximal zehn Jahre Haft drohen. Würden sie im Laufe der weiteren Ermittlungen eine besondere Schwere der Schuld feststellen, dann kämen auch fünfzehn Jahre infrage. Hätte sie ihren Achtzehnten allerdings schon gefeiert, dann würde sie als erwachsen gelten, und die volle Härte des Gesetzes würde greifen: gegebenenfalls lebenslang! Er mochte sich das gar nicht vorstellen.

„Das reicht erst einmal für heute", beschloss Alexander und erhob sich. Er rieb sich mit der rechten Hand den Rücken. Irgendwie hatte er zu lange angespannt in einer deutlich unbequemen Position gesessen.

„Wir müssen Sie leider über Nacht hierbehalten", sagte er - wieder zum Sie wechselnd - zu Jennifer, die ihn erstaunt anblickte.

„Wieso das denn? Ich habe das doch nicht mit Absicht getan!"

„Es besteht ein dringender Tatverdacht. Und dann gibt es immerhin Ihr Geständnis!"

Jennifer schaute verdattert, stand aber ebenfalls auf und folgte den beiden Polizistinnen, die sie ins Untergeschoss brachten.

„Bist du wirklich sicher?", erkundigte sich Wolfhard. „Ist da irgendwas passiert, was an mir vorbei gerauscht ist? Halte mich doch bitte mal auf dem Laufenden. Ich glaube, die Kleine spinnt sich da irgendwas zusammen. Die ist doch nie und nimmer die Täterin!"

„Ich erkläre dir das später. Ich brauch erst mal Ruhe und ziehe mich jetzt an meinen Schreibtisch zurück!"

„Na, wenn du meinst", sagte Wolfhard und das klang ziemlich beleidigt.

Alexander saß allein in seinem Büro und grübelte über Jennifer nach. Sie konnte auf keinen Fall die Täterin sein. Davon war er inzwischen felsenfest überzeugt. Aber die Angelegenheit hatte jetzt durch das Geständnis eine gewisse Eigendynamik entwickelt. Er zog die unterste Schublade seines Schreibtischs auf und griff sich ein paar Gummibärchen aus der offenen Tüte.

Dann dachte er noch einmal an die Aktion von Dagmar und Bernd. Ob er jetzt wollte oder nicht, er musste es in der nächsten Lagebesprechung vorbringen. Sonst verlor er sein Gesicht vor den anderen. Er konnte die Sache nicht einfach auf sich beruhen lassen. Ihre Vorgehensweise war mehr als daneben gewesen. Sie hatten die Dienstvorschriften verletzt, und genau genommen könnte das auch eine disziplinarische Maßnahme nach sich ziehen. Alexander rieb sich den schmerzenden Kopf. Wollte er das wirklich auf die Spitze treiben? Außerdem hatten sie doch ihren Hauptverdächtigen Manfred Meier. Wenn sie sich da nicht irrten …

„Papa, ich habe gewonnen“, tanzte Lena mit einem Bogen Papier in der Hand triumphierend durchs Zimmer. Eben hatte die Mutter einer Schulfreundin die Kinder zu Hause abgesetzt.

Alexander saß an seinem Schreibtisch, starrte auf den Computerbildschirm und hatte die Stirn in Falten gelegt. Nur noch ein Puzzleteil fehlte, an irgendeiner Stelle. Aber wo? Die Sache musste sich doch logisch erschließen. Es gab immer ganz eindeutige Motive und letztendlich schlüssige Vorgehensweisen.

„Papa, ich habe gewonnen“, wiederholte Lena, nun schon etwas enttäuschter.

„Pst!“, legte Alex seinen Zeigefinger auf den Mund. „Ich bin gerade sehr beschäftigt. Du störst. Später können wir drüber reden.“

„Aber Papa, ich …“

„Ja, ja. Nachher.“

Alexander dachte kurz daran, dass er seine Große mal dafür loben wollte, wie fürsorglich sie sich um die Orchideen kümmerte. Seit die Kinder bei ihm waren, hatte er das in ihre Hände gelegt, und nach akribischer Unterweisung befolgte sie diesen Auftrag außerordentlich gut. Aber dafür musste ein andermal Zeit sein …

Der Text baumelte in Lenas Hand, ihre Schultern und die Arme hingen herunter. Na, dann nicht, dachte das Mädchen. Es drehte sich um, knallte die Tür hinter sich zu und lief ins Kinderzimmer, wo Tina mit ihren Puppen spielte und eine Wohnlandschaft auf dem

Boden aufgebaut hatte. Lena trat hinein und schoss alles mit den Füßen durch die Gegend.

„Lena!", brüllte Tina los. „Was ist denn in dich gefahren? Das sag ich alles Papa!"

„Kannst du machen, du blöde Kuh! Mit dir wird er auch nicht reden wollen. Er hat keine Zeit und muss arbeiten. Wie immer."

Lena zerknüllte ihren Text, dann setzte sie sich an ihren Schreibtisch und verschränkte die Arme. Dabei liefen ihr Tränen über die Wangen.

„Mit Mama wäre das alles nicht passiert", flüsterte sie und schlug die Hände vors Gesicht.

Tina, eben noch voller Wut, sah jetzt erschrocken auf und ging zu ihrer Schwester. Dann nahm sie sie in den Arm und tröstete sie streichelnd.

„Was wäre denn mit Mama nicht passiert?", wollte Tina wissen.

„Ach, interessiert dich das denn überhaupt? Interessiert sich überhaupt noch einer für mich?"

„Na klar, wir gehören doch zusammen und gehen durch dick und dünn."

Jetzt war Lena gerührt und drückte ihre Schwester an sich. „Tut mir leid, was ich eben gemacht habe. Ich wollte das gar nicht."

„Ich weiß", nickte Tina nur verständnisvoll. „Du hast dich über Papa geärgert und bei mir bist du ausgerastet."

„Stimmt."

„Und, was wolltest du Papa so Wichtiges mitteilen?"

„Ich habe gewonnen. Im Schreibwettbewerb an der Hiller Verbundschule. Alle fünften Klassen sollten daran teilnehmen. Du weißt doch, wie ich in den Osterferien immer geschrieben habe. Und da ist meine

Geschichte entstanden. Die habe ich nach den Ferien abgegeben, und inzwischen weiß ich, dass ich zu den Siegern gehöre. Ich soll meine Geschichte im Juni in der Aula vorlesen. Da werden die Besten ausgezeichnet."

„Das ist ja toll", erklärte Tina mit bewundernden Augen. „Du musst das Papa einfach noch einmal in Ruhe erzählen. Der freut sich bestimmt mit uns. Darf ich denn dabei sein, wenn du deine Geschichte vorträgst?"

„Na klar. Alle Angehörigen sind eingeladen. Deshalb wollte ich das Papa doch schon mitteilen, damit er sich an dem Abend nicht wieder was anderes vornimmt."

Tina strich ihrer großen Schwester über die Haare.

„Mach dir keine Sorgen. Das kriegen wir hin. Papa ist eben nur manchmal ziemlich überlastet."

„Dass ich mal so einen Beruf ergreife, dass kann er sich aber abschminken", sagte Lena trotzig.

„Wie kommst du denn da drauf?", wollte Tina wissen.

„Na, neulich hat Papa von mir wissen wollen, ob ich mir schon Gedanken über meine Zukunft gemacht hätte und dann hat er mir einen Vortrag gehalten. Gähnend langweilig. Das wollte ich alles gar nicht wissen. Von wegen Polizeivollzugsbeamter oder Polizeikommissar, das wäre etwas, wenn ich in seine Fußstapfen treten wolle ..."

„Das hat er gesagt? Das mit den Fußstapfen? Was bedeutet das denn?"

„Na ja, wenn man so wird wie seine Alten", entgegnete Lena.

Die kleine Schwester schaute sie mit großen Augen an.

„Und du willst nicht wie Papa werden?"

„Keinesfalls, auch wenn Deutsch und Sport meine Lieblingsfächer sind. Das wäre nämlich schon einmal eine gute Voraussetzung."

Lena erinnerte sich haarklein an dieses Gespräch, das ihrem Vater offensichtlich sehr wichtig war, denn er hatte sich richtig in Rage geredet. Von Teamfähigkeit, Kommunikationsstärke und Sorgfalt gesprochen, die sie mitbringen müsste und dass sie auf dem richtigen Weg sei. Und dann hatte er lauter Fachbegriffe auf sie einprasseln lassen, von wegen Wach- und Streifendienst, Verkehrsüberwachung, Einsatz bei Such- und Fahndungsaktionen oder Demonstrationen oder Drogenrazzien. Sie könne beispielsweise bei der Wasserschutzpolizei arbeiten, das war noch zuletzt bei ihr hängen geblieben. Wasser klang ja nicht verkehrt, das war auch gerade das Thema ihres Schreibwettbewerbs gewesen ...

„Vielleicht sollte Papa erst mal abwarten, ob ich überhaupt das Abi schaffe", fasste Lena zusammen und ersparte ihrer Schwester die anderen Details.

„Och, das packst du bestimmt. Da bin ich sicher. Du bist doch so schlau", versicherte Tina.

Wolfhard sprühte einen feinen Wassernebel auf seine Pflanzenansammlung, die in einer geordneten Reihung auf seinem Schreibtisch stand, als Alexander die Tür hinter sich schloss. Er war so leise gewesen, dass er ihn nicht bemerkt hatte, als er ihn ansprach.

„Und, was meinst du, Wolfhard?"

„Ach, Alex … Für mich ist die Sache glasklar."

Wolfhard zog ein Tempo-Taschentuch aus der Hosentasche und tupfte die Feuchtigkeit vom Schreibtisch. Alexander bekam einen schelmischen Blick.

„Nicht mehr lange, dann kannst du voll und ganz in deinen Hobbys aufgehen", kommentierte er die Aktion seines Kollegen.

„Aber wieso ist für dich die Angelegenheit glasklar?"

Er setzte sich auf einen Stuhl, dem Schreibtisch von Wolfhard genau gegenüber.

„Na ja, wir haben es für meine Begriffe mit dem klassischen Mordmotiv erloschene Liebe zu tun. Für mich ist dieser Meier eindeutig der Täter. Seine Frau stand ihm im Wege. Schau ihn dir doch nur an. Der könnte in jedem Hollywood-Streifen die Hauptrolle übernehmen. George Clooney pur, einfach eine perfekte Erscheinung. Man könnte glatt neidisch werden. So einer kommt doch mit nur einer Frau gar nicht aus …"

Alexander zog die Stirn kraus.

„Aha, da spricht der Fachmann."

„Nein, so meinte ich das nun auch wieder nicht. Willst du mich nicht verstehen, Alex?"

„Aber der Verdächtige hätte doch gut und gern seine Verhältnisse nebenher am Laufen halten können. Eben zwei- oder mehrgleisig fahren."

Jetzt war es an Wolfhard, entrüstet dreinzublicken.

„Das mag er ja vielleicht versucht haben. Aber dann ist ihm die holde Gattin auf die Schliche gekommen und sie hat ihn zur Rede gestellt, und es ist zu einem Streit gekommen und er hat sie - sagen wir mal - in Rage erschlagen. Dann sind ihm die Nerven durchgegangen, und er hat den naheliegendsten Ausweg genommen, nämlich die Baustelle in seiner Garage."

Alexander stützte seinen Kopf auf eine Hand.

„Tja, schon denkbar. Ist wieder so ein Klassiker, der Betonsarg. Echte Mafiamethode. Ich möchte nicht wissen, wie viele Leute auf diese Art und Weise schon spurlos entsorgt worden sind ..."

Wolfhard nickte, und Alex fuhr fort.

„Und wenn wir in dem Fall nicht Verdacht geschöpft hätten, also unsere liebe Heike, die so eine Winzigkeit von einem Schmuckstück auf dem Garagenfußboden entdeckt hat ... dann würden wir heute noch suchen."

„Ach ja, Heike!"

Alexander strahlte und dachte an all die Gefälligkeiten, die sie ihm in letzter Zeit erwiesen hatte. Wie oft war sie eingesprungen, wenn es um die Mädchen ging und Not am Mann war. Auch ein paar schöne Ausflüge hatten sie schon gemeinsam unternommen.

„Höre ich da mehr als pure Kollegialität heraus", erkundigte sich Wolfhard und lehnte sich in seinem Schreibtischstuhl zurück. „Hattet ihr nicht schon mal was miteinander. Mir ist so, als würde ich mich daran erinnern ..."

„Das geht dich jetzt aber überhaupt nichts an", entfuhr es Alexander mit einem harten Unterton.

„Gemach, mein Junge, gemach! Sei doch nicht gleich eingeschnappt. Ich finde, die Heike ist ein wirklich patentes Mädel. Nicht nur als Kollegin."

Alexander errötete und wechselte kurzentschlossen das Thema.

„Hast du von der neuen Modedroge Badesalz gehört?"

Wolfhard schaute zweifelnd.

„Wenn zu viel Baden als Droge angesehen wird, dann gehöre ich auch zu den Konsumenten! Ich liebe es, in der heißen Wanne zu liegen und mal richtig abzuschalten. Wenn mir dann meine Rita noch den Rücken schrubbt ..."

„Nee, wirklich. Ist ein weißer, kristalliner Stoff, der also irgendwie tatsächlich wie Badesalz aussieht, aber die Wirkung des Amphetamins Mephedron hat und ziemlich verstört. Bei hohen Dosen gibt es Verfolgungswahn, Bissattacken oder sogar Selbstverstümmelungen."

„Das glaub ich jetzt nicht", warf Wolfhard ein.

„Ich habe neulich mit meinem Vorgänger Jochen Bernhardt in Bielefeld telefoniert, der hat mir von einem Einsatz erzählt, da war ein junger Bursche voll auf Droge, glaubte, er wäre von Zombies verfolgt und hielt vier Beamte in Schach."

„Sollte ich also beim Gebrauch von Badesalz vorsichtig sein?", erkundigte sich Wolfhard spitzbübisch.

„Quatsch. Dein Badesalz doch nicht."

„Und wie nimmt man das zu sich?"

„Wird geschnupft oder geschluckt. In niedrigen Dosen nimmt es die Hemmschwellen, man redet mehr und offener, außerdem zügelt es den Appetit und reduziert den Durst. Deshalb ist das Zeug bei jungen Leuten so begehrt, die extrem auf ihre schlanke Linie achten. Aber es ist eine Gratwanderung, denn die Kehrseite sind Angstgefühle, depressive Stimmung und das, was ich schon erzählte, mit der extremen Aggressivität."

Wolfhard schüttelte den Kopf.

„Stehen denn da die Dealer neuerdings mit Badesalztütchen auf den Schulhöfen?"

„Nein, das Mittel gibt es im Internet!"

„Wirklich?"

„Wirklich. Und vor allem Jugendliche steigen mit dieser Droge ein. Weißt du, Wolfhard, ich mache mir einfach Gedanken um meine Töchter. Nicht dass die auch mal auf solche abartigen Ideen kommen. Ich kann sie ja nicht immer behüten."

„Ach, Junge, das kannst du wahrhaftig nicht. Ich setze immer auf Aufklärung. Das hilft. Hast du denn deine Mädels überhaupt schon aufgeklärt?"

„He, Wolfhard, was ist das denn jetzt für eine Frage?"

„Eine ganz normale an einen Vater, der seine Töchter allein erzieht. Du bist ihr erster Ansprechpartner, ihre nächste Vertrauensperson. Und die Kids sind heute sehr, sehr früh fällig."

„Meinst du? Ich dachte, das hätte noch Zeit!"

Die Soko „Beton" saß wieder im Besprechungsraum. Momentan redeten alle durcheinander.

„Kann ich mal um Ruhe bitten!", forderte Alexander energisch mit lautem Ton, und alle schauten zu ihm auf.

„Klar, Chef", sagte Falk. „Ein Kommando reicht völlig aus. Wir sind ganz Ohr."

„Was ist nun mit dem Alibi von Manfred Meier? Habt ihr es geprüft? Es stand ja auf wackligen Füßen."

„Wir können davon ausgehen, dass der Mann die Wahrheit gesagt hat. Zum Todeszeitpunkt von Judith Meier befand er sich definitiv mit seiner Frauenmannschaft bei einem auswärtigen Turnier. Wir haben Zeugen befragt und waren vor Ort, um das nachzuprüfen", berichtete Otto.

„Mist", rutschte es Alexander raus.

„Eine Danke hätte auch gereicht, Chef", murmelte Otto, und ein unterschwelliges Lachen machte die Runde.

Alexander dachte an den Staatsanwalt Marc Oberländer, der ihm die ganze Zeit schon im Nacken saß und drängte. Ergebnisse, Ergebnisse hatte er im Ohr. Dessen Lieblingsvokabel. Eine Festnahme war gut, aber nicht die eines falschen Täters. Und dann noch so eine angesehene Persönlichkeit in der Region.

„Dann müssen wir ihn jetzt wieder entlassen. Ich kümmere mich drum, dass das erledigt wird."

„Wenn ich was vorschlagen darf, Alex?", meldete sich Wolfhard zur Wort.

„Nur zu!"

„Es gibt ja Leute, die man doch mit Samthandschuhen anfassen sollte, sonst bekommt unser Image einen dauerhaften Schaden. Und da wir uns in diesem Fall eine voreilige Entscheidung geleistet haben, denke ich, es wäre gut, wenn du und ich hinfahren, uns formvollendet entschuldigen, die Sachlage erklären und ihn um Stillschweigen bitten."

Alexander lag schon eine bissige Bemerkung auf der Zunge, von wegen, wo man denn hinkäme, wenn man sich bei allen Aktionen so viel Arbeit aufhalste. Aber ein Blick in die zustimmend nickende Runde belehrte ihn eines Besseren. Und er besann sich. Schließlich war er hier nicht in der Großstadt, wo alles sehr viel unübersichtlicher blieb und wahrscheinlich kein Hahn nach so einem Trainer krähen würde … Allerdings fiel ihm in dem Moment auch die Boulevardpresse ein, die mit der Polizei nicht sonderlich zimperlich umging. Das wäre wahrscheinlich doch wieder ein Thema gewesen. Von wegen: Ehemaliger Bundestrainer zu Unrecht in Haft.

Alexander spürte ein Ziehen an der rechten Schläfe. Der Beginn einer Kopfschmerzattacke. Er machte sich Vorwürfe. Darauf hätte er eigentlich selbst kommen können. In Bruchteilen von Sekunden ging ihm die Vernehmung von Manfred Meier durch den Kopf, als der davon erzählte, dass er gestalkt wurde. Vielleicht war dieses Wort etwas übertrieben. Aber da gingen heute Sachen ab, die waren wirklich nicht mehr normal. Ständige Telefonanrufe, was kein Wunder war, wenn jeder immer sein Handy dabei hatte. Kratzer am Auto, Auflauern im Büro und zu Hause, wüste Beschimpfungen. Es gab Leute, die steigerten sich dermaßen hinein, dass es in einer Katastrophe endete. Wobei es oft ganz harmlos mit einer Liebesbeziehung begann, einer dann den Kontakt abbrach, der andere das nicht akzeptieren wollte und mit seinem Psychoterror loslegte. Ein bisschen Eifersucht gehörte ja vielleicht dazu, überlegte Alexander, aber wenn jemand seinen Partner nur für sich allein haben wollte und ihn deshalb sozial isolierte, so war das das Ende.

Erst unlängst hatte ein Stalker seine ehemalige Freundin und Tanzpartnerin erstochen - in rasender Wut und aus extremer Eifersucht. Wenn er sie nicht haben konnte, dann sollte sie auch kein anderer bekommen. Sein Selbstmordversuch scheiterte. Der Vorsitzende Richter hatte dem Täter bescheinigt, dass er für seine Tat voll verantwortlich war, daran erinnerte sich Alex ebenfalls. Natürlich führte das für den Täter zu einer lebenslangen Haftstrafe. Ganz so schlimm war es wohl beim Trainer nicht abgelaufen. Eben nur die vielen belästigenden Telefonate und dieser ominöse Brief. Alexander wandte sich zu seinem Kollegen.

„Gute Idee, Wolfhard. So machen wir das. Am besten gleich im Anschluss an diese Runde“, beschloss Alexander und schaute noch einmal von einem zum anderen.

„Alles klar? Weiß jeder, was er in den nächsten vierundzwanzig Stunden zu tun hat? Und wenn nicht beziehungsweise, wenn es Rückfragen gibt - ich bin immer erreichbar.“

Alexander stand auf und lief raschen Schrittes Richtung Ausgang, Wolfhard direkt hinter ihm.

„Ich will nur umgehend klären, dass wir Manfred Meier mit nach Hause nehmen können“, sagte Alexander und zog Wolfhard in sein Büro. „Warte mal den Moment noch. Wir fahren gleich los. Ich rufe nur die Kollegen in Bielefeld an, dass sie die Formalitäten erledigt haben, wenn wir kommen.“

Wolfhard nickte und schien sehr zufrieden.

Als Alexander nach Dienstschluss nach Hause fuhr, pfiff er fröhlich vor sich hin. Beim Überqueren des Mittellandkanals fuhr gerade ein Lastkahn mit schwerer Fracht unter ihm hindurch. Was er zu transportieren hatte, war nicht zu sehen, die Ladung war entsprechend abgedeckt. Das Wasser schlug kraftvoll an die seitlichen Mauern und schwappte zum Teil hinüber.

Das Gespräch mit Manfred Meier war besser gelaufen, als Alexander gehofft hatte. Den größten Teil der Unterhaltung hatte Wolfhard übernommen und überaus diplomatische Wendungen gefunden. Besonders clever war der Part, als Wolfhard dem Trainer noch ein herzliches Beileid in ihrer aller Namen ausgesprochen hatte. Dessen Frau war immerhin auch Opfer eines Verbrechens geworden, so wie seine Frau Olga. Die Formulierungen von Wolfhard klangen überhaupt nicht aufgesetzt und waren wohl am Platze, denn bei allen vorherigen Aktionen war ihnen das eher untergegangen. Weil man mit potenziellen Tatverdächtigen eben nicht sonderlich gefühlvoll umging. Manfred Meier hatte sogar ein paar Tränen der Rührung vergossen und sich bedankt. Ansonsten schien er sich in der Öffentlichkeit ziemlich im Griff zu haben, was den Todesfall anging.

Hut ab, dachte Alex, als er gerade an diese unrühmliche Aktion dachte. Und er freute sich im Nachhinein, dass es ihm eingefallen war, sich bei Wolfhard dafür zu bedanken. Der hatte gestrahlt wie ein Honigkuchenpferd.

Bei der Schilderung der Situation und der Erwähnung der verschiedenen Verdachtsmomente hatte Manfred Meier nur verstehend genickt. Und irgendwann ließ er sogar die Bemerkung fallen, so was könne ja mal im Eifer des Gefechts passieren. Da war Alexander ein Stein vom Herzen gefallen. Es hätte ja gänzlich anders ausgehen können. Zum Beispiel mit einer Beschwerde bei Kriminaloberrat Riechmann oder gleich noch eine Station höher. Nicht auszudenken …

Und auch das Gespräch mit Reinhold Riechmann war relativ friedlich gelaufen. Kaum dass Alexander wieder an seinem Schreibtisch gesessen hatte, zitierte er ihn zu sich und ließ sich haarklein den Ablauf der Geschehnisse erläutern.

„Wissen Sie, es gab da nämlich schon sehr direkte Anfragen von überaus prominenten Persönlichkeiten", hatte Reinhold Riechmann angemerkt. „Sie können sich vorstellen, in welche unangenehme Situation mich diese ganze Angelegenheit gebracht hat. Jetzt bin ich wenigstens informiert. Und gut, dass Sie gleich nach Kenntnisnahme der neuen Sachverhalte alles vor Ort mit dem Beschuldigten geklärt haben. Meinen Sie denn, er wird wirklich Stillschweigen bewahren?"

„Ich gehe einfach davon aus", hatte Alexander seinen Vorgesetzten beruhigt. „Unsere Entschuldigung kam wohl recht überraschend für ihn und muss ihn überzeugt haben. Er meinte nur, es wäre nicht in seinem Sinne, darüber viel Aufhebens zu machen. Und er wolle die Gerüchteküche auf keinen Fall anheizen. Er scheint mir nicht der Typ dafür. Wir haben noch einmal Glück gehabt."

Mehr Glück als Verstand, hatte Alexander noch auf der Zunge gelegen, aber das wäre seinem Vorgesetzten gegenüber unangebracht gewesen. So fügte er nur an: „Ich glaube, es hat ihn beeindruckt, dass wir ihn aus der U-Haft abgeholt und direkt nach Hause gefahren haben. Wäre ja eigentlich nicht unsere Aufgabe gewesen ..."

Der Kriminaloberrat hatte ernst genickt.

„... schon gut. In diesem Fall war das angemessen. Jetzt erwarte ich aber eine alsbaldige Lösung des Falls. Sie haben sich viel zu lange mit unserem Trainer als vermeintlichen Täter aufgehalten. Das hat Zeit gekostet. Immens viel Zeit!"

„Wir stecken mit aller nötigen Intensität in den Ermittlungen. Keine Frage."

Dann hatte Alexander sich verabschiedet, war in sein Büro gegangen und hatte dort noch einige der besonders dringlichen E-Mails beantwortet.

Alexander stoppte vor seinem Haus, und Tina kam ihm schon entgegengerannt, mit einem Strauß in der Hand. Eine Mutter aus der Nachbarschaft hatte die Kinder wieder betreut und nach Hause gebracht, so wie abgemacht.

„Papa, Papa", jubelte seine Tochter und sprang von einem Fuß auf den anderen. „Schau mal, ein Strauß für Mama."

Sie hielt Alexander die Maiglöckchen hin, er beugte seinen Kopf hinunter und sog den intensiven Duft wohlig ein. Wenngleich ihm bei der Bemerkung seiner Kleinen eine Gänsehaut über den Rücken lief.

„Dann stellen wir die schönen Blümchen gleich mal in eine Vase und vor ihr Bild."

„Ja, Papa, so machen wir das!"

Tina strahlte.

„Und, wie war die Schule?"

„Och, ging so ..."

„Na, ein paar Sätze mehr wären schon nicht verkehrt ..."

„Papa, du bist nicht mehr im Dienst. Du musst mich nicht ausfragen!“

Alexander prustete los und legte seinen Arm um Tina, die verblüfft zu ihm aufsah.

Alexander und Wolfhard hatten sich wieder im Mindener Klinikum eingefunden. Diesmal mussten sie ganz am Rande parken, wo der Boden nicht richtig befestigt, sondern nur mit Schotter versehen war, und einen ziemlich weiten Fußweg in Kauf nehmen.

„So ein kleiner Roller wäre eigentlich gar nicht verkehrt oder Rollschuhe, so wie in meiner Jugend“, meinte Wolfhard, als er beim zügigen Laufen etwas schwer atmete. „Die Mitarbeiter hier sieht man ja gelegentlich mit so einem Gefährt herumflitzen.“

Unterhalb der großen Treppe zum Haupteingang hielt er kurz an, stützte einen Arm in die Seite und verzog schmerzhaft das Gesicht.

„Was, schon außer Puste? Du solltest einfach mal ein wenig mehr für deine Gesundheit tun. Und vielleicht ein paar Kilo abspecken.“

Alexander hatte sich schon wieder im Ton vergriffen. Wolfhard legte die Stirn in Falten und blickte überaus grimmig.

„Komm du erst mal in mein Alter, dann bist du bestimmt auch nicht mehr so rank und schlank und durchtrainiert. Als ich die Fünfzig überschritten hatte, fingen die Pfunde an, immer hartnäckiger zu werden. Bei meiner Frau und bei mir.“

Jetzt kicherte Wolfhard doch.

„Es heißt ja, Pärchen gleichen sich im Alter an. Irgendwann kannst du Männlein und Weiblein nicht mehr unterscheiden, vor allem dann nicht, wenn sie noch die gleiche Anzugsordnung wählen. Jeans, Shirt

- alles identisch. Am besten noch die Frisur in einem Schnitt."

„Wirklich?", warf Alex ein.

„Doch, habe ich neulich mal gelesen. Kannst du außerdem bei meiner Rita und mir feststellen. Ihre Rundungen werden ebenfalls üppiger, und seit geraumer Zeit wachsen ihr Barthaare! Die zupft sie sich immer aus. Fehlt nur noch, dass sie mir meinen Rasierapparat stibitzt."

„Hat sie denn keinen eigenen? Haben doch eigentlich alle Frauen, die ich kenne. Schon, um sich die Beine zu rasieren und die Achselbehaarung!"

„Die Beine rasieren?"

Wolfhard sah selbst wie ein wandelndes Fragezeichen aus.

„Da gibt es doch immer die Reklame im Fernsehen, für die speziellen Rasierapparate nur für die Frauen ...", versuchte Alexander zu erklären.

„Ich schaue mir keine Reklame mehr an", konterte Wolfhard. „Schon lange nicht mehr. Eigentlich seitdem die für Mittelchen gegen Durchfall, Verstopfung oder Senilität werben. Da bleibt einem ja der Abendbrotbissen im Halse stecken."

„Dann bist du eben nicht auf dem Laufenden. Die Frauen von heute sind emanzipiert, und Haarlosigkeit ist ein Zeichen von Schönheit und Ästhetik!"

„Glatzen auch? Wobei - warum nicht?! Die können doch sexy sein. Nimm mal Kojak aus: Einsatz in Manhatten. Der glänzte auf dem gesamten Kopf und hatte immer einen Lolly im Mund und löste jeden Fall äußerst charmant. War mal meine Lieblingsserie."

„Nein, die natürlich nicht. Dafür gibt es wieder Präparate, die die einzelnen Haare sprießen lassen sollen. Und dein Kojak war wohl vor meiner Zeit."

Wolfhard grübelte.
„Warte mal. Ich glaube, die Serie startete 1973."
Alex verzog das Gesicht.
„Und ich bin Jahrgang 1974!"
„Na, das ist doch kein Hinderungsgrund. Wird doch sowieso alles in Endlosschleifen wiederholt. Also wenn du mal eine gute Krimiserie sehen willst, dann empfehle ich dir diese mit Telly Savalas. Aber deine blöden Gesundheitsratgebertipps kannst du dir sparen. In meiner Familie sind alle mit zunehmendem Alter etwas korpulenter. Kann man nichts machen, sind die Gene. Punktum!"
Alexander räusperte sich nur und sagte nichts.
„Wolltest du nicht auch hier gerade deinen Senf dazugeben?", fragte Wolfhard, aber ihm lag dabei ein schelmisches Grinsen im Gesicht.
„Nein, sorry, tut mir leid. Du kennst mich ja."
„Und das soll jetzt ein Entschuldigungsgrund sein? Aber Schwamm drüber, Alex. Bin gespannt, was der Professor herausgefunden hat."

Sie machten einen kurzen Umweg über die Notaufnahme, weil Wolfhard da noch etwas wegen eines anderen Falls abklären wollte. Im Wartebereich saßen nervöse Angehörige, die Schwester hinter der Annahme versuchte die Ruhe zu bewahren. Sie hielt das Telefon in der Hand.
„Wir haben jetzt hier einen Malariapatienten ... Nein, ist nicht ansteckend ... Was, nur ein Flurbett? ... Keine gute Idee ... Oh, prima, dann nehmen wir das, was bei dir gerade freigeworden ist. Danke."
Sie legte auf und schaute zu Wolfhard und Alexander. Die Frage der Beamten war rasch geklärt. Es ging um die Einlieferungszeit eines Opfers in einer heftigen

körperlichen Auseinandersetzung, die fast zum Tode geführt hatte.

Wenig später standen sie vor dem Eingang zur Pathologie. Die Tür ging wie von selbst auf, und dahinter stand Professor Engelbrecht: „Ich wollte eigentlich gerade wieder in mein Arbeitszimmer an den Schreibtisch. Aber jetzt, wo Sie endlich eingetroffen sind, können wir direkt an der Toten kurz über dieses Thema reden."

Der Gerichtsmediziner trat zurück.

„Hereinspaziert in die gute Stube!"

Alexander versuchte seinen Atem ganz flach zu halten. Nur nicht zu viel von diesen Ausdünstungen aufnehmen. Und von wegen gute Stube. Das war ja ein dämlicher Spruch. Aber er reagierte nicht mit einer vielleicht erneut unpassenden Antwort.

„Ist denn der Staatsanwalt noch nicht da? Der wollte doch auch kommen?", fragte Wolfhard und entschuldigte sich für sie beide: „Wir sind etwas in der Dienststelle aufgehalten worden. Tut uns leid."

„Ach, und da halten Sie es nicht für nötig, mal eben anzurufen und mich zu informieren? Der Herr Staatsanwalt hat zumindest bei meiner Sekretärin die Botschaft hinterlassen, dass ihm etwas dazwischengekommen ist und wir ohne ihn vorgehen sollen. Ihm würden die entsprechenden Berichte ausreichen, wenn er sie dann auf dem Schreibtisch vorliegen hat. Und was denken Sie sich eigentlich? Bei mir drängen schließlich die nächsten Termine …"

Das klang doch leicht erzürnt. Aber als der Professor wieder an seiner Leiche stand, hatte er sich sofort beruhigt und fing mit seinen Erklärungen an.

„Also, der Toten sind die Verletzungen zu unterschiedlichen Zeiten zugefügt worden, etliche davon postmortal. Sehen Sie hier, am Schädel“, er wies auf eine verfärbte Stelle, „muss zuerst etwas Hartes, Eckiges aufgetroffen sein und könnte von einem Sturz herrühren. Eine bestimmt sehr schmerzhafte Angelegenheit. Das könnte eventuell zu zeitweiliger Bewusstlosigkeit geführt haben.“

„Und war noch nicht die Todesursache?“, schaltete sich Alexander ein.

„Geduld, mein Bester. Lassen Sie mich einfach fortfahren. Nein, auf keinen Fall. Es muss zu einem deutlichen Blutverlust gekommen sein. Das ist eindeutig. Aber gleich tot dadurch? Keineswegs. Sie hätte es überstehen können, war eher so eine Art Gehirnerschütterung. Mit einiger Zeitverzögerung sind ihr aber die anderen Wunden zugefügt worden. Schauen Sie sich das ruhig genauer an“, drängte der Professor.

Wolfhard tat, wie ihnen geheißen, aber Alexander hielt sich ein paar Schritte im Hintergrund. Nur Abstand wahren, dachte er und spürte wieder diese Übelkeit aufsteigen. Die Gerüche hatten von ihm Besitz ergriffen.

„Steht denn nun definitiv fest, dass die Frau tot war, als sie einbetoniert wurde?“, erkundigte sich Alexander und zwang sich zur Sachlichkeit.

„Davon können Sie ausgehen. Einige der Wunden sind natürlich im Nachhinein entstanden, als die Frau wieder aus dem Beton herausgepickert wurde. Ich kann aber alles jeweils zuordnen, was zum Tathergang gehört und was ihre Befreiung aus diesem unpassenden Grab angeht. Nur noch ein, zwei detaillierte Untersuchungen, dann folgt mein Bericht. Aber egal wie, das Einbetonieren wäre ja sowieso das Ende gewesen.“

Jetzt lachte der Professor, und es klang fast ein wenig schadenfroh.

„Verzeihen Sie meinen Heiterkeitsausbruch, meine Herren, aber es sind ja immer wieder skurrile Tötungs- beziehungsweise Entsorgungsarten, mit denen ich zu tun habe. Das hier macht mir so einen mafiösen Eindruck. Eben mal eine Leiche im Beton verschwinden lassen. Der Klassiker im Krimi quasi. Doch nun wird es Ihre Aufgabe sein, den Rest zuzuordnen und die Handlungsfäden zu entwirren."

„Dankeschön, Herr Professor. Wir müssen dann auch wieder", verabschiedete sich Alexander. Wolfhard nickte ebenfalls freundlich zum Abschied, und beide verließen die Pathologie.

Als sie im Freien standen, breitete Alexander seine Arme aus: „Endlich Luft! Ich glaube, die Phobie werde ich mein ganzes Leben nicht los. Wo andere Angst vor Spinnen oder dunklen, engen Räumen haben, da kriege ich die Krise, wenn ich an diesen Ort muss."

Wolfhard musste lachen.

„Lässt sich ja leider nicht vermeiden und wird beim Berufseinstieg nicht als Aussonderungstest eingefordert. Das wäre es doch. Da wärest du schon rechtzeitig durchgefallen und hättest dir vielleicht was anderes ausgesucht."

Alexander hob den Kopf und schaute in den strahlend blauen Himmel Richtung Porta Westfalica. Ein Segelflugzeug zog gerade seine Bahnen darüber hinweg. Das Kaiser-Wilhelm-Denkmal war deutlich von den umgebenden Bäumen und Sträuchern befreit und stand majestätisch in der Landschaft. Er bekam gerade eine unbändige Lust, alles stehen und liegen zu lassen, sich sein Fahrrad zu schnappen und durch die Berglandschaft zu touren. Aber jetzt schaute ihn Wolfhard eindringlich an und schien eine Antwort zu erwarten.

„Ich wollte ja eigentlich mal in die IT-Branche einsteigen. Aber wenn ich es recht überlege, dann war meine Entscheidung doch gut. Ich liebe ja meinen Beruf. Und wenn wir endlich so einen Fall gelöst haben und ein Täter seiner gerechten Bestrafung entgegengeführt wird, dann stimmt mich das schon zufrieden. Sehr sogar!“

„Geht mir genauso, Alex. Aber jetzt sollten wir auf schnellstem Wege wieder ins Büro.“

„Wenn du das sagst, dann mal ab durch die Mitte.“

Beide liefen zügigen Schrittes zu ihrem Auto.

Alexander klingelte an der Haustür. Die Vespa von Jennifer stand vor der Garage. Er hatte sie eben prüfend angefasst, das Fahrzeug war noch warm. Sie musste gerade erst heimgekommen sein. Es dauerte eine Weile, und nichts rührte sich. Schließlich klingelte er erneut und schaute auf Wolfhard, der nur die Schultern zuckte. Dann ging die Tür einen Spaltbreit auf.

„Was ist denn los?", wollte Jennifer wissen. Sie trug ein Handtuch um den Kopf und ein Badetuch unter den Armen verschlungen. Um ihre Füße hatte sich ein See gebildet.

„Wir müssen noch einmal stören", sagte Alexander. „Dürfen wir reinkommen?"

„Meldet sich die Polizei da normalerweise nicht vorher an?", erkundigte sich Jennifer und drehte den beiden den Rücken zu. „Dann kommen Sie einfach rein."

„Sie können sich ruhig erst abtrocknen und etwas anziehen. Unsere Befragung wird vielleicht etwas länger dauern", schlug Wolfhard vor.

„Wenn Sie meinen!"

Das Mädchen tapste barfuß die Treppe nach oben.

„Soll einer von uns hinterher?", fragte Wolfhard leise.

„Ich glaube nicht, dass das nötig ist", antwortete Alex ebenso flüsternd. „Sie ist ja definitiv nicht die Täterin. Also kannst du auch die Fluchtgefahr vergessen. Wir wollen schließlich nur wissen, wie alles wirklich gelaufen ist. Die Frage wäre natürlich, ob man ihr schwere Körperverletzung und unterlassene Hilfeleistung anlasten kann …"

Wenige Minuten später stand Jennifer wieder im Wohnzimmer. Das feuchte Haar hing ihr strähnig auf die Schultern. Sie trug einen dunkelgrünen, flauschigen Hausanzug, und die Füße steckten jetzt in dicken Pantoffeln mit kindlichen Bommeln.

„Möchten Sie was trinken?", bot sie an. „Ich könnte Ihnen einen Tee anbieten."

Beide Männer schüttelten die Köpfe.

„Nein", sagte Alexander, „wir müssen nur noch ein paar Fragen im Zusammenhang mit dem Verschwinden und dem Todesfall von Judith Meier klären. Leider sind Sie ja darin verwickelt. Und aufgrund Ihres Geständnisses mussten wir Sie bedauerlicherweise in Untersuchungshaft nehmen ..."

„Sie können ruhig du sagen. So weit waren wir doch schon."

„Also, Judith Meier hat noch gelebt, als du das Haus verlassen hast", stellte Alexander fest.

Jennifers Augen öffneten sich weit.

„Dann habe ich mir völlig umsonst die ganze Zeit einen Kopf gemacht? Und ich war dermaßen fertig, nachdem Sie mich verhört hatten ..."

„Vernommen haben wir dich, nicht verhört. Das war lediglich ein Gespräch", warf Alexander ein.

Jennifer schaute ihn direkt an.

„Ist doch scheißegal, wie das heißt. Außerdem noch das Erlebnis mit dieser blöden Zelle. Mir kommt es heute noch hoch, wenn ich an den Geruch dort denke."

„Ich weiß", nickte Alexander. „Das tut uns auch leid und wir möchten uns bei dir entschuldigen. Aber wenn jemand ein Geständnis ablegt, dann sind uns gewissermaßen die Hände gebunden. Dann gibt es Vorgaben, wie wir weiter verfahren müssen. Und es war ja nur die eine Nacht ..."

„Eins ist klar. In so eine Zelle will ich nie, nie wieder! Warum hat es denn da eigentlich so fürchterlich gestunken?"

Alexander lächelte. Da hatte sie wenigstens was fürs Leben gelernt, aber er verkniff sich eine unkorrekte Bemerkung. Dann erläuterte er: „Das sind schließlich auch unsere Ausnüchterungszellen. Wenn jemand stark alkoholisiert rumrandaliert und festgesetzt werden muss, dann hat er dort gelegentlich seinen Rausch auszuschlafen und sich zu beruhigen."

„Aha. Das erklärt alles. Und was wollen Sie nun noch von mir?"

„Uns interessiert schon, wie es überhaupt dazu gekommen ist, dass du ausgerastet bist und die Frau von Manfred Meier verletzt hast."

Alexander holte kurz Luft und wechselte plötzlich das Thema: „Sind eigentlich deine Eltern nicht da?"

„Wieso wollen Sie das denn wissen? Ich komme gut und gern ohne die beiden klar!"

Jennifer hatte einen verkniffenen Zug im Gesicht.

„Den Eindruck haben wir allerdings nicht", konnte sich Alexander nun nicht bremsen. „Du bist ja gerade erst achtzehn geworden, und ich finde, in dem Alter sollte sich schon noch ein Erwachsener mal kümmern. Wir haben dich hier in dem großen Haus immer allein angetroffen. Was machen denn deine Eltern beruflich?"

„Ärzte ohne Grenzen."

„Beide?", wollte Wolfhard wissen.

„Ja, alle beide."

„Da sind sie bestimmt viel unterwegs?", hakte Wolfhard verständnisvoll nach.

„Tja, logisch! Heute hier, morgen da. Ich glaube, gerade waren sie irgendwo in Südafrika wegen diesem

Ebola-Virus, und jetzt kam eine jüngste SMS aus Kathmandu. Da sind sie nach dem schweren Erdbeben im Himalaja hingereist."

„Ist ja klasse. Das finde ich grandios", lobte Alexander.

Wolfhard aber zeigte ein Zweifeln an.

„Ich finde ja, bei dir hier hätten sie Verantwortung zu tragen ... Wer hat sich denn da immer um dich gekümmert und dich versorgt?"

Jennifer blickte Wolfhard offen an.

„Ich glaube, ich war ihnen immer egal. Wichtig war nur ein Kind zu haben, damit man als glückliche Familie dastehen konnte. Hier, sehen Sie auf dem Schrank die Fotos - Vater-Mutter-Kind-Idylle. Wenn ich die beiden mal sehen wollte, musste ich mir die Bilder anschauen. Und ansonsten kommt meine Tante Leonore immer mal vorbei, kauft ein, wäscht die Wäsche und kocht auch was Schönes. Ach ja, und die Putzfrau macht einmal die Woche sauber ..."

Alexander und Wolfhard sahen sich vielsagend an. In beiden rotierten die Gedanken über eine unglückliche Kindheit und die Versäumnisse der Eltern, die vorrangig ihre Selbstverwirklichung im Blick hatten.

„Tja, meinen werten Erzeugern liegt eben die Rettung der großen weiten Welt mehr am Herzen als ich. Es gibt ja so viel Elend, wo man helfen und eingreifen muss, sagen sie immer."

Alexander schluckte. Hoffentlich sagten das seine Töchter nicht eines Tages über ihn. Eigentlich müsste hier ein Psychologe ran, um der Kleinen zu helfen. Er gab dem Gespräch eine andere Wendung.

„Und in deinen Trainer hattest du dich verliebt?"

„Ja."

Das kam ehrlich und ohne jede Verzögerung.

„Aber euch trennt doch ein gewaltiger Altersunterschied", gab Wolfhard zu bedenken.

„Wenn man liebt, dann überwindet diese Kraft alles, und dann spielt das Alter überhaupt keine Rolle", stellte Jennifer fest. „Außerdem hatte seine Frau doch ihre besten Jahre hinter sich. Haben Sie mal die vielen Falten gesehen, am Hals besonders, fast schon wie eine Schildkröte!"

Alexander räusperte sich, als Wolfhard das kommentieren wollte. Jetzt, so wusste er, würde der Ältere eine deplatzierte Meinung von sich geben.

„Kann ich mir gut vorstellen", sagte Alex also. „Dann ist ja jetzt der Weg für eure Zukunft quasi frei?"

Jennifer nickte.

„Genau. Im Grunde hätte es nicht besser kommen können."

„Du bedauerst also den Tod von Judith Meier nicht?", fragte Alexander.

„Wieso sollte ich?"

Alex verkniff sich ein Lachen aus Verblüffung. Auf den Kopf gefallen war die Kleine wirklich nicht, aber irgendwie ziemlich neben der Spur.

„Vielleicht solltest du Manfred Meier erst einmal etwas zur Ruhe kommen lassen. Er saß ja jetzt auch in Untersuchungshaft, und das hat ihn ziemlich mitgenommen. Außerdem scheint er den Verlust seiner Frau nur schwer verkraftet zu haben, selbst wenn er das nicht so zeigt."

„Ach, darüber kann ich ihn rasch hinwegbringen. Aber wenn Sie meinen, ich sollte Geduld haben, dann will ich vielleicht auf Sie hören. Schließlich habe ich schon so lange warten können …"

Jennifers Haare waren inzwischen getrocknet und strahlten wieder ihren wunderschönen Rotton aus.

Ihre Locken fielen verführerisch über die Schultern. Sie lächelte die beiden Beamten an.

„Na, nicht doch was zu trinken? Das ist ganz wichtig. Wird uns immer wieder beim Sport eingetrichtert. Meist vergessen es ja die alten Leute irgendwann. Das Durstgefühl lässt im Alter nach."

Die letzte Bemerkung schien völlig unbeschwert auf beide gemünzt.

„Ich glaube, wir haben dann alles, was wir an Informationen brauchten", erklärte Alexander und erhob sich. Wolfhard folgte ihm. Beide liefen zur Tür, und Jennifer begleitete sie.

„War mal richtig schön, Besuch zu haben", sagte das Mädchen, „auch wenn es nur die Bullen waren."

„Alles Gute für dich", sagte Alexander und gab ihr die Hand.

„Tschüss", verabschiedete sich Wolfhard.

Im Auto saßen beide einen Moment still nebeneinander.

„Wenn das meine wäre, würde ich ihr mal die Hammelbeine langziehen", knurrte Wolfhard.

„Meinst du nicht, der Kleinen hat einfach nur Liebe in ihrem Leben gefehlt. Und jetzt sucht sie sich die beim erstbesten älteren Mann, den sie anhimmelt. Der braucht ja nur ein paar nette Worte fallen zu lassen, da mal eine Geste, dort mal etwas mehr und schon tickt so ein junges Mädchen ganz anders. Bei denen schlagen die Hormone doch Purzelbaum!"

„Aha", meinte Wolfhard, „jetzt spricht der Kenner der Szene."

„Nur, weil meine beiden noch nicht so alt sind? Ich tausche mich doch mit anderen Eltern aus und habe Patenkinder mitten in der Pubertät. Da gehen manchmal Sachen ab, das glaubst du gar nicht."

„Vielleicht hast du recht“, gab Wolfhard zu. „Bei uns ist das eben viel zu lange her. Da legt die Erinnerung so einen wunderbaren Glanz auf alles Geschehen. Das Böse verdrängt man und das Gute wird in den Himmel gehoben. Wobei meine Rita damals zu Hause geblieben ist, als die Kinder kamen. Erst als die Ausbildung anfing, ist sie wieder eingestiegen und dann nur in Teilzeit. Na ja, mein Verdienst reicht auch aus für uns. Im Grunde müsste sie gar nicht arbeiten, hätten wir nicht nötig. Aber sie war da nicht zu bremsen, und ich wollte ihr nicht im Wege stehen. Ein Glück, dass das alles nun vorbei ist. Sobald ich aufhöre, steigt sie ebenfalls aus. Das hat sie mir versprochen.“

„Na, da bin ich aber gespannt“, warf Alexander ein. „Deine Rita ohne Job, das kann ich mir genauso wenig vorstellen, wie bei dir! Wahrscheinlich werdet ihr euch in zig Ehrenämter verpflichten. Bei dir könnte ich mir zum Beispiel was im Weißen Ring vorstellen …“

„Und was wäre daran so falsch?“

„Gar nichts! Macht mal ruhig.“

Alexander startete den Wagen.

„Irgendwie tut mir Jennifer leid. Sitzt in diesem Riesenhaus und ist völlig vereinsamt.“

„… und dann flieht sie in ihre Traumwelten“, ergänzte Wolfhard und blickte auf das Gebirge rechter Hand. Die Sonne stand im Zenit und hatte das Auto extrem aufgehitzt. Wolfhard stand schlagartig Schweiß auf der Stirn.

„Soll ich die Klimaanlage anmachen“, erkundigte sich Alex fürsorglich, der das Unbehagen seines Kollegen bemerkt hatte.

„Ach, nicht nötig. Ich lasse einfach das Fenster ein wenig herunter“, meinte Wolfhard.

Auf einer Weide stand eine Herde schwarz-weiß gescheckter Kühe, graste gemütlich, und nur eine von ihnen hob den Kopf und schaute unbeeindruckt dem vorbeifahrenden Auto nach.

Als es an der Haustür klingelte, schaute Alexander auf seine Armbanduhr. Merkwürdig. Eigentlich erwartete er niemanden. Die Mädchen waren noch in der Schule, und er saß am Computer, um sich endlich um seine Steuererklärung zu kümmern. Dafür hatte er ein paar Stunden freigenommen, aber im Dienst erklärt, er wäre jederzeit erreichbar. Eigentlich wünschte er sich fast, dass ein entsprechender dringender Anruf kam, denn diese Tätigkeit raubte ihm Jahr um Jahr die Nerven. Insofern war er richtig glücklich über die Ablenkung.

Vielleicht der Postbote mit einem Paket für die Große? Die hatte in Kürze Geburtstag, und die Eltern von Olga ließen es sich nie nehmen, sie mit ein paar Geschenken auf diesem Wege zu überraschen. Meist lag noch ein größerer Geldschein im Präsent. Wobei Alexander immer wieder auf sie eingeredet hatte, für finanzielle Zuwendungen doch lieber die gute alte Überweisung zu wählen. Aber das war den Großeltern zu formell. Sie wollten es einfach so übermitteln, und bislang war auch jeder Schein angekommen.

Alexander speicherte noch kurz den Text seines Anschreibens ans Finanzamt ab. Nicht dass der noch verschwand, während er zur Haustür lief. Momentan war nämlich nicht auszumachen, wo sich Kater Albert aufhielt. Und der hatte es schon fertiggebracht, über die Tastatur zu spazieren und irreparable Aufträge auszulösen. Im Grunde wäre es besser, das Arbeitszimmer bliebe immer verschlossen, dachte Alexander und öffnete die Haustür.

„Du, Vati? Das ist ja eine Überraschung!"

„Also wenn der Prophet nicht zum Berg kommt, dann kommt der Berg zum Propheten …"

„Aha. Aber ich weiß im Moment wirklich nicht, was mir durch die Lappen gegangen sein sollte. Komm erst einmal rein."

Alexander zog seinen Vater ins Haus und nahm ihn in die Arme. Er hauchte ihm einen flüchtigen Kuss auf die rechte Wange. Die übliche Zeremonie zwischen den beiden.

„Wieso bist du denn allein? Wo hast du Mutti gelassen?"

„Die ist gerade beim Friseur. Inklusive Farbe auffrischen. Das dauert mindestens zwei Stunden. Ich habe ihr gesagt, dass ich sie nachher wieder abhole."

„Und wie bist du hergekommen? Mit den Öffentlichen ist das ja doch immer etwas problematisch! Wobei wir hier in Hille den Bürgerbus haben. Aber da müsstest du die Abfahrtzeiten kennen, und die Route müsste für dich passen."

„Es gibt auch noch Taxis!", knurrte Gunter und strich sich durch das schüttere graue Haar.

„Du hast aber eine Laune heute. Junge, Junge! Ich mache uns mal einen Kaffee, der besänftigt!"

„Mich bestimmt nicht!"

Gunter hatte sich die Straßenschuhe aus- und ein Paar für Gäste bestimmte Pantoffeln angezogen.

„Ach, Vati, nun erzähl schon."

Gunter Rosenbaum setzte sich an den Küchentisch und stützte den Kopf schwer auf beide Hände. Dabei seufzte er auf: „Ich weiß nicht, wie lange ich das noch schaffe. Deine Mutter wird immer schwieriger."

„Wieso?"

„Du hast es doch schon bemerkt oder etwa nicht? Neulich die Aktion mit dem Kartoffelsalat und der Ananas darin. Und als wir beim Bombenfund das Haus verlassen sollten, zog sie sich ihren BH zuletzt obendrüber an. Die Badewanne ist diese Woche schon zum wiederholten Male übergelaufen. Ich muss ständig hinter ihr her sein, damit kein Malheur passiert. Und dann vergisst sie alles im selben Augenblick. Von ihrer Übellaunigkeit will ich gar nicht reden. Nur bin ich die eben nicht gewohnt!"

„Warst du denn noch einmal beim Arzt zu einem Gespräch?"

„Ja, und zwar allein. Unter vier Augen. Ich habe ihm die Situation geschildert und er hatte natürlich sein Fachkauderwelsch drauf. Versteht man ja nur die Hälfte ..."

„Was war denn der Kern seiner Aussage?", hakte Alexander nach.

„Es wäre ganz normal, dass die Hirnleistung jedes Menschen im Alter nachlässt. Es wäre ganz natürlich und überhaupt nicht Besorgnis erregend, hat er gemeint. Dann wollte ich aber von ihm wissen, wie man denn so einen natürlichen Abbauprozess von einer Demenzerkrankung unterscheiden könne?"

„Meinst du wirklich, dass es so schlimm ist?"

„Schlimmer!"

„Was hat der Arzt denn dazu gesagt?"

„Mal sehen, ob ich das noch so richtig zusammenbringe. Wahrscheinlich habe ich auch schon nicht mehr alle Tassen im Schrank. Er meinte jedenfalls, eine Demenz sei ein langsam fortschreitender Prozess und der würde sich nicht mehr rückgängig machen lassen. Im weiteren Verlauf der Krankheit käme es dann zu immer deutlicheren dementiellen Veränderungen. Ist es keine Demenz, dann liegen zwar häufig gleichgeartete Symptome vor. Aber mit entsprechenden Therapien lassen die sich behandeln. Meist verschwindet dann das Problem ..."

„Tja, und die Symptome?", wollte Alexander wissen und schenkte seinem Vater und sich einen großen Pott mit Kaffee ein. Für ihn hatte er noch Milch und Süßstoff dazugestellt.

„Klingt alles furchtbar", sagte Gunter. „Zeitlich, örtlich, was die Situation angeht oder Personen betrifft, so setzt da zunehmend eine Desorientierung ein. Sie spricht mich häufig mit Alex an. Wobei ich dem anfangs keine Bedeutung beigemessen habe. Ich fand es sogar noch lustig und habe mit ja, Mutti, geantwortet. Aber deine Mutter steht auch mitten in der Nacht auf, weckt mich und will mit mir frühstücken. Neulich habe ich sie im Treppenhaus erwischt, als sie im Nachthemd auf die Straße wollte. Und irgendwann unter der Woche hat sie die Übergardinen einfach mit der großen Schneiderschere gekürzt. Krumm und schief! Dabei war das alles in Ordnung und sah so schick aus!"

Gunter schlug die Hände vors Gesicht und schluchzte. Alexander spürte einen dicken Kloß im Hals, stand auf, umrundete den Tisch und legte einen Arm um seinen Vater.

„Da gibt es doch bestimmt Hilfsmöglichkeiten", warf Alex, selbst zweifelnd, ein.

„Ich weiß nicht!"

Gunter schüttelte den Kopf und wischte sich die Tränen mit dem Handrücken weg.

„Weißt du, Junge, häufig findet sie nicht mehr die passenden Worte. Kann die geläufigsten Dinge nicht mehr beim Namen benennen. Anfangs habe ich ihr auf die Sprünge geholfen, und wir nahmen das beide eher scherzhaft. Aber so langsam geht es über meine Kräfte. Der Arzt hatte ja vom Verlust des Kurzzeitgedächtnisses gesprochen. Das ist zum Teil unerträglich. Alles muss ich zigmal sagen. Es kommt einfach nicht an bei ihr oder ist gleich wieder vergessen. Das ist wie bei einem Kind, das nicht hören will. Aber Kinder werden größer und lernen dazu. Hier geht alles nur noch zurück. Später soll auch das Langzeitgedächtnis betroffen sein, hat der Arzt gesagt. Wahrscheinlich leben die Betroffenen dann nur noch in ihrer eigenen Welt."

„Und nun?"

„Wir sollen noch ein paar neurologische Tests und Untersuchungen machen lassen, um letztlich Gewissheit zu bekommen."

Gunter griff zu seiner Kaffeetasse und trank den Inhalt in einem Zug aus; er vergaß dabei, zuvor Milch und Süßstoff hineinzutun. Als er schluckte, verzog er das Gesicht zu einer Grimasse.

Alexander hatte sich wieder auf seinen Stuhl gesetzt.

„Dann sollten wir alle Hebel in Bewegung setzen, um zu erfahren, ob es wirklich an dem ist. Und dann müssen wir eben zusehen, wie wir am besten damit umgehen."

„Du sprichst immer von wir, Junge. Ich wohne mit deiner Mutter allein. Ich muss das aushalten, ich!"

„Na klar ..."

Alexander ließ die Schultern sinken. Kater Albert hatte in der Zwischenzeit den Tisch umrundet und war Gunter Rosenbaum auf den Schoß gesprungen. Erst schaute er scheinbar besorgt zu ihm auf, dann rollte er sich zusammen und fing an zu schnurren. Gunter musste unwillkürlich lächeln.

„Dein Kater scheint die Dinge des Lebens zu verstehen!"

„Das Gefühl habe ich manchmal. So, als könnte er jedes Wort begreifen. Wahrscheinlich will er dich trösten und dir sagen, dass du dir nicht so viele Sorgen machen sollst."

Die Zeit war während des Gesprächs der beiden dahin geeilt. Irgendwann war alles gesagt, und die Uhr tickte laut im Raum, dazu das Schnurren von Albert.

Als das Handy von Gunter klingelte, schreckte der Kater hoch. Gunter griff danach, schaute aufs Display: „Deine Mutter! ... Ja, Liebes, bist du fertig und rundum schick?"

Dann brummte er zustimmend: „Bin gleich bei dir."

Gunter erhob sich.

„Weißt du, Alex. Ich werde ihr jetzt mal gar nicht von unserem Gespräch erzählen. Das behalten wir für uns. Aber ich wollte unbedingt, dass du informiert bist. Und irgendwann wirst du uns schon helfen müssen. Vor allem glaube ich, dass die Betreuung der Kleinen in Zukunft abnehmen muss. Das schafft deine Mutter nicht mehr professionell genug. Ich habe einfach Angst. Wenn da etwas passieren sollte, ich würde verrückt werden!"

„Kommt Zeit, kommt Rat", sagte Alexander. „Ich lasse mir da was einfallen. Wir haben ja hier ein recht gut funktionierendes Netzwerk. Und außerdem werden die Mädchen auch immer größer und selbstständiger."

Gunter nickte.

„Ich muss dann los. Das Taxi dürfte schon vor der Tür warten."

„Tatsache?"

„Ja, ich habe dem Fahrer gesagt, wann er wieder da sein soll. Der war heilfroh, gleich im Anschluss eine nächste Fuhre zu bekommen."

Als Alexander die Haustür öffnete, sprang Kater Albert über die Schwelle und den metallenen Abtreter hinweg. Das Taxi stand mit laufendem Motor auf der Straße.

„Tschüss dann, Vati! Wenn was ist, melde dich. Jederzeit!"

„Klar, mein Sohn!"

Gunter lief schweren Schrittes über die Steinfliesen zwischen der begrenzenden Hecke hindurch. Er ging noch gebückter als sonst.

Alexander lehnte im Türrahmen zu Heikes Arbeitszimmer. Der Himmel war grau in grau, und gerade knallten die ersten Hagelkörner an die Fensterscheiben.

„Kennst du dich eigentlich mit Handball aus?"

Sie schaute kurz zu ihm hoch, brach in schallendes Gelächter aus und konnte sich überhaupt nicht beruhigen.

„Nun reicht es aber", wollte Alexander sie stoppen. „So amüsant war meine Frage doch nun auch wieder nicht."

„Ach, Alex. Mir fällt dabei nur gerade ein, wie du hier in dein erstes Fettnäpfchen getreten bist. Das machte ja damals gleich im Haus die Runde. Da hattest du doch den Kollegen den gemeinsamen Besuch einer sportlichen Veranstaltung vorgeschlagen und gemeint, es müsse ja nicht der vergleichbar langweilige Handball sein. Hi, hi, ich krieg mich nicht ein! Das war so was von klasse. Kommt in eine Region, wo das die angesagte Sportart ist und dann so eine Peinlichkeit."

„Hast du dich nun genug amüsiert und kannst du mir endlich meine Frage beantworten?", wollte Alexander wissen und blickte ziemlich ungehalten drein.

„Moment, gleich."

Heike hielt sich den Bauch.

„Ich kann nicht mehr. Das war der beste Witz seit langem. Ach so, und was deine Frage angeht: Selbstverständlich!"

„Geht das auch in kompletten Sätzen. Ich hätte nämlich ganz gern mal ein paar Details gewusst. Hast du selbst früher gespielt?"

„Was denn sonst, mein Lieber. Jeder spielt hier Handball. Selbst wenn man sich zeitweilig mal in einer anderen Sportart versucht, so landet man doch mehr oder weniger zwangsläufig dabei. Wenngleich aktuell die Anzahl der Mannschaften leider ziemlich rückläufig ist. Soll wohl mit den vielen Freizeitangeboten generell zusammenhängen ... Aber zurück zum Thema. Du bist eben bei anderen Sparten eher allein, und im Handball kommt diese Gruppendynamik dazu. Die hat schon was. Außerdem gibt es ganz viele Wettbewerbe, bei denen du deine Leistung messen kannst. Und fürs Training gibt es hier ideale Bedingungen."

„Wie lange hast du denn gespielt?"

„Ach, nur bis zu meiner Ausbildung. Da hat es mich ja für ein Weilchen nach außerhalb verschlagen. Und danach habe ich es sein lassen. Gehe jetzt lieber schwimmen."

„Wieso denn kein Handball mehr? Das verstehe ich jetzt nicht", wollte Alexander wissen. „Ich denke, ihr seid hier alle damit quasi verheiratet?!"

„Eben. Und auch Ehen haben gelegentlich eine Halbwertszeit. Für mich war der Zenit eben überschritten. Außerdem stand ich nicht so auf das Brutale!"

„Und deshalb bist du zur Polizei gegangen?", warf Alexander ein, sich sehr wohl bewusst, dass wieder seine Ironie zugeschlagen hatte.

Heike zwinkerte ihm zu.

„Ach, das eine hat doch mit dem anderen nichts zu tun. Hier praktiziere ich ja keine Brutalität. Ich kläre sie nur auf beziehungsweise ich helfe dabei."

„Doch, doch, du klärst auf. Stell dein Licht mal nicht unter den Scheffel. Ohne dich könnten wir hier einpacken!"

Die Hagelkörner prasselten lautstark ans Fenster.

„Was hast du gesagt?“, erkundigte sich Heike verschmitzt, und Alexander fing seine Ausführungen noch einmal an. „Reingefallen. Ich wollte dein Lob nur noch einmal hören. Das ging nämlich runter wie Öl.“

Alexander zog sich einen Stuhl an den Schreibtisch, stützte seine Ellbogen auf und legte den Kopf in die Hände.

„Was meinst du also tatsächlich mit dem Brutalen, worauf du nicht so sehr stehst?“

„Tja, weißt du, das eine ist das hohe Verletzungsrisiko. Ich weiß nicht mehr, wie viele Blessuren ich davongetragen habe, weil ich gestürzt oder mit jemandem zusammengerannt war. Selbst das Nasenbein habe ich mir mal gebrochen! Und danach sah ich aus, als ob mich einer verprügelt hätte. Mit so einem Brillenhämatom. Nicht sonderlich elegant. Darauf steht man als junges Mädchen nicht wirklich. Da bin ich dann bei wolkenverhangenem Himmel mit Sonnenbrille rumgelaufen. Aber noch schlimmer war die Brutalität untereinander ...“

„Wieso?“

Alexander lauschte gespannt.

„Intrige, Machthunger, Ränkespiele - alles im Angebot. Außerdem hatte ich ständig Kratzwunden.“

„Das verstehe ich nicht?“

„Na, da feilen sich die Mädels die Fingernägel vor dem Spiel extra so zurecht, dass sie ganz scharfe, schnittige Kanten bekommen. Manche verhalten sich da wie Kampfschweine. Und dann wehrt man sich eben mit einem scheinbar leichten Handstrich und blickt dabei völlig harmlos-naiv in die Gegend, so als könnte man kein Wässerchen trüben. Ein Außenstehender bemerkt überhaupt nicht, was der Auslöser war, wenn dann Geheul einsetzt. Was meist mit Verspätung passiert, denn im Augenblick der Attacke bekommen das viele gar nicht mit. Das Ganze ist nämlich ziemlich schmerzhaft und brennt anschließend wie verrückt. Sieht aus, als sei deine Katze zu Hause ausgerastet und habe dich massakriert."

Alexander tat entrüstet.

„Mein Kater Albert tut so etwas nicht. Der ist gut erzogen. Wenn, dann geschieht es bei ihm höchstens versehentlich, wenn er sich mal ausgiebig rekelt. Aber insgesamt verstehe ich das nicht. Da sollte ich meinen Mädchen wohl doch lieber anderen Sport empfehlen. Die sind nämlich auch gerade auf so einem Handballtrip und liegen mir dauernd in den Ohren, dass sie da mitmachen wollen ..."

„Ist schon in Ordnung, Alexander. Da müssen sie durch. Das stählt sie fürs Leben. Dann können sie sich später wirklich gut durchsetzen und sie erlernen es, Niederlagen einzustecken und wirklich zu ertragen."

Heike hielt kurz inne, um dann fortzufahren: „Was ich nur unbedingt empfehlen kann, sind praktische Kurzhaarfrisuren."

„Weshalb das denn? Die beiden hängen so an ihren langen Haaren und tragen gern Zöpfe oder einen Pferdeschwanz. Mit der Haarlänge messen sie sich doch immer mit ihren Freundinnen!"

„Genau und an den Zöpfen lässt sich wunderbar ziehen. Ebenfalls eine sehr, sehr schmerzhafte Angelegenheit. Manchmal geht es da ziemlich primitiv zu. Da wird am BH gezogen, derb in die Brust gekniffen ... Wobei das Niveau steigt, je höher die Mannschaften angesiedelt sind. Da schauen dann mehr Kontrolleure drauf – sprich Schiedsrichter!"

„Ich glaube, ich bleibe lieber bei meinen Fahrradausflügen. Da kann ich zwar stürzen, aber das passiert so selten. Kann mich gar nicht erinnern, wann es zuletzt war."

Heike stand auf und öffnete jetzt das Fenster. Die dunkle Front hatte sich verzogen, die Sonne strahlte unbeeindruckt hernieder und trocknete die Feuchtigkeit weg. Ein Schwall frischer Luft drang in das Zimmer ein und Heike atmete tief durch: „Oh, tut das gut!"

„Jetzt will ich aber noch wissen, wie es sonst so im Sportbetrieb hier abgeht. Ich dachte nämlich, bei euch sei das eher so ländlich-sittlich."

Heike lachte wieder.

„Kommst eben nicht von deiner Großstadt los. Wenn du die Medien verfolgst, dann findest du das, was im großen Sport abgeht, eben auch - gewissermaßen heruntergebrochen - hier vor. Vielleicht wollte jemand unserem Verdächtigen eins auswischen. So wie ich den erlebt habe, macht er mir nämlich den Eindruck, als könne er keiner Fliege was zuleide tun. Bisschen naiv, der Mann. Der war doch ganz vorn mit seinen sportlichen Erfolgen und denen seiner Mannschaften. Da gab es garantiert ausreichend Neider. Wie immer, wenn man sich in die Öffentlichkeit begibt und die Augen anderer auf sich lenkt. Habt ihr denn in dieser Richtung schon ermittelt? Wäre ja ebenso ein super Mordmotiv!"

Alexander wog den Kopf hin und her.

„Ich glaube eigentlich nicht, dass ihm ein anderer da die Leiche quasi untergeschoben hat, wir haben schon alle Möglichkeiten abgeklopft. Dagegen gab es jede Menge Indizien, die für seine Täterschaft sprachen. Jennifer können wir ja inzwischen ausschließen. Da stimmt ihre Anwesenheit im Haus nicht mit dem Todeszeitpunkt überein. Hat Professor Engelbrecht jetzt mit seinem Bericht untermauert. Auch wenn es zunächst einige Ungereimtheiten gab. Die Aussage der Nachbarin, die Botschaften von Mausi auf dem Handy von Manfred Meier, ihr Geständnis … Wobei ich richtig froh bin, dass die Kleine nur in eine ziemlich blöde Situation geraten ist und nicht zur Mörderin wurde. Damit hätte sie sich ihr gesamtes Leben versaut. Irgendwie hat sie mich mit ihrer Art an meine Große erinnert."

Als das Telefon auf Heikes Tisch klingelte, winkte Alexander zum Abschied und lief wieder über den Flur davon. Kaum war er im Treppenhaus verschwunden, kam Wolfhard um die Ecke.

„Na, Heike, wie läuft es so?", erkundigte er sich an der immer geöffneten Tür seiner Kollegin.

„Was ist denn heute mit euch los? Gebt ihr euch hier den Staffelstab in die Hand?", wollte Heike wissen und legte das Telefon nach einer kurzen Verabschiedung wieder auf die Station.

„Eben war Alex hier. Hat er was vergessen? Sonst treibst du dich ja nicht so oft in diesen Breitengraden herum."

„Sollte das ein Vorwurf sein? Ich könnte dich gern öfter besuchen, aber leider bin ich nicht mehr lange im Dienst …"

„Ach, Quatsch. Komm rein und setz dich. Womit kann ich dir helfen?"

Wolfhard druckste ein kleines Weilchen herum und begutachtete zunächst die Pflanzen von Heike, die ziemlich traurig aussahen. Die Erde war ausgedörrt und grau. Er sammelte ein paar vertrocknete Blättchen zusammen und warf sie in einen Papierkorb.

„Einen grünen Daumen kann man dir aber nicht bescheinigen", fing er an.

„Das ist jetzt aber nicht wahr! Du willst doch nicht etwa über das Grünzeug mit mir plaudern?"

„Na ja, das wäre schon Thema genug. Da könnte ich abendfüllend drüber parlieren und du könntest jede Menge davon lernen. Woraufhin hier alles in Hülle und Fülle erblühen könnte ..."

„Jetzt, hier, während der Arbeitszeit willst du mir das erläutern ...?"

„Nein, ich sagte ja abendfüllend. Aber das will ich gar nicht. Mir geht es um was anderes. Ich beobachte euch zwei schon eine ganze Weile."

Wolfhard hielt inne, und Heike hob die Augenbrauen hoch.

„Was tust du?"

„Ich habe euch im Auge. Dich und Alex. Hatte sich da nicht mal vor Jahren was angebahnt?"

„Wieso fragst du das?"

Heike konnte nicht verhindern, dass sie im selben Augenblick feuerrot im Gesicht anlief.

„Ehe ich wie die Katze um den heißen Brei herumrede, will ich mal gleich auf den Punkt kommen. Ihr beide wäret für mich ein Dream-Team, nicht nur im Job."

„Aber Wolfhard. Alex ist doch, so glaube ich jedenfalls, gerade mit der smarten Assistentin des Professors zugange. Ich werde mich hüten, mich da einzumischen. Da ist er doch versorgt. Wenn diese Frau einmal Feuer gefangen hat, ist die bestimmt nicht mehr zu bremsen. Das sagt mir mein Instinkt!"

„Das eben ist der Knackpunkt, Mädelchen. Ich glaube überhaupt nicht, dass die beiden zusammenpassen. Da hat sich einer von beiden in eine fixe Idee verrannt, und ich glaube, das ist unser lieber Alex. Die Frau ist zwar eine atemberaubende Erscheinung, was ich ehrlich zugeben muss, und wenn ich jünger wäre, könnte sie mir gefährlich werden – allerdings bin ich ja mit meiner Rita bestens versorgt –, aber ob so was auch alltagstauglich ist? Da habe ich meine echten Zweifel. Außerdem wird sie sich doch bestimmt nicht mit zwei fremden Kindern abgeben. Immerhin sind die Mädchen schon relativ groß und keine Babys mehr, die man sich in der Erziehung zurechtbiegen kann. Die will garantiert ihr eigenes Ding durchziehen."

„Meinst du?", warf Heike ein und legte den Kopf schräg.

„Magst du ihn denn überhaupt und magst du seine Töchter beziehungsweise die dich?"

„Was für eine Frage. Natürlich. Seit unserer ersten Begegnung. Dann hatte er sich aber für Janine entschieden und das habe ich eben schweren Herzens akzeptiert. Wobei, wenn ich ehrlich bin, dann war ich richtig froh, als sie sich versetzen ließ."

Heike schaute sehr ernst.

„Deine Ehrlichkeit ist schätzenswert, Heike. Und lass dir von einem alten Mann, der nicht mehr viel zu verlieren hat, einen guten Rat geben: Kämpfe um Alex. Er ist es wert, und du bist es natürlich auch! Ich möchte einfach, dass hier alles perfekt läuft, wenn ich nicht mehr bei euch bin."

„Ach, Wolfhard, das klingt so pathetisch, und das mit dem alten Mann habe ich aber eben überhört. Du doch nicht. Nur weil du demnächst in Pension gehst, musst du noch lange nicht mit deinen angehäuften Jahresringen kokettieren", scherzte Heike und versuchte, ihrer Stimme einen leichten, unbeschwerten Ton zu geben.

„Ich dachte nur, ich hätte überhaupt keine Chance mehr bei ihm und wollte mir das Leben nicht unnötig schwer machen. Liebeskummer tut nämlich ziemlich weh."

Den letzten Satz hatte sie so leise gesprochen, dass ihn Wolfhard gar nicht verstehen konnte, aber er fragte nicht nach, sondern fuhr gleich fort: „Ich kann dir versichern, dass du dich irrst. Er hält große Stücke auf dich, und ihr harmoniert auch perfekt. Das ist die ideale Basis für eine gute Beziehung. Hier spricht der Erfahrene. Das Kribbeln im Bauch verflüchtigt sich leider viel zu rasch. Da kann man nichts machen. Was bleibt, sind Zuverlässigkeit, gemeinsame Wertvorstellungen und Interessen!"

„Junge, Junge, du redest ja hier, als wolltest du mich mit Alex verkuppeln."

„Könnte sein", strahlte Wolfhard über das ganze Gesicht. „Jedenfalls scheinst du mich verstanden zu haben. Alles klar, Heike?"

„Alles klar, Wolfhard. Und bis dahin!"

Ohne einen weiteren Laut war Wolfhard verschwunden, so als wäre er überhaupt nicht da gewesen. Heike drehte ihren Körper wieder direkt auf ihren Computerarbeitsplatz zu und starrte durch den Bildschirm hindurch. Das war ja ein beeindruckender Auftritt gewesen. Ob sie das vielleicht alles nur geträumt hatte oder ob es der Ansatz von Wahnvorstellungen war? Manchmal gingen ja mit einem die Pferde durch ...

„Na, altes Haus, lange nichts von dir gehört!"

„Andreas?"

Ein paar Sekunden verstrichen, der Anrufer ließ sich Zeit.

„Ja, mein lieber Alex."

„Mensch, das ist ja eine Überraschung. Wann haben wir uns denn das letzte Mal gesehen? Das ist doch schon Ewigkeiten her."

„Genau. Noch bevor deine Frau ihren tödlichen Verletzungen erlegen ist. Ich wollte ja eigentlich zur Beisetzung kommen ..."

„Hab ich dir nicht übel genommen, dass du es nicht einrichten konntest. Ich wäre auch am liebsten nicht dabei gewesen, aber das ging ja nicht ..."

„Als Entschuldigung kann ich nur meine Depressionen angeben, die damals noch so heftig waren."

„Und jetzt? Du klingst irgendwie besser."

„Exakt, Alex. Ich klinge nicht nur besser, es ist alles wieder im grünen Bereich."

„Ach, das hört sich aber gut an. Wann können wir denn mal drüber plaudern? Ich habe mich so rar gemacht in der letzten Zeit. Seit ich die Kinder allein betreue - na ja, mithilfe meiner Eltern und der verschiedensten netten Nachbarn -, da bleibt eben nicht viel Zeit für mich. Sollte ich unbedingt dran arbeiten."

„Ja, also ich habe gerade meinen Terminplan offen. Wann könntest du kommen?", erkundigte sich Andreas. „Denise und ich, wir freuen uns auf einen Besuch von dir. Kannst natürlich gern die Kleinen mitbringen."

„Hm. Dann könnten wir wieder nicht so gut miteinander reden. Ich schaue mal, was sich einrichten lässt. Kommenden Montag soll ich mal zu Hause bleiben, hat mein Vorgesetzter gemeint. Überstunden abbummeln kannst du ja vergessen, aber manchmal hat er so eine besorgte Ader, richtig väterlich, und dann kommt so ein spontanes Angebot, bei dem ich gern mal zugreife. Aber so ein Wochentag geht bei deiner Arbeit sicher nicht?"

„Doch. Montag ist ideal. Unser Catering beansprucht eher die Zeiten ab Mitte der Woche, so bis einschließlich Wochenende."

„Euer was?"

Alex verschlug es fast die Sprache.

„Unser Catering. Du hast schon richtig verstanden. Ich habe es im Job einfach nicht geschafft, den Schalter umzulegen und wieder auf der normalen Spur zu funktionieren. Da bin ich ausgestiegen. Und da Denise schon lange einen Traum gehegt hat, haben wir uns den erfüllt. Du kennst doch ihre beachtlichen Kochkünste?!"

„Na, und ob! Freue mich jetzt schon aufs Essen bei euch. Aber wieso denn Catering?"

„Wir haben einen kleinen, aber feinen Cateringservice aufgemacht, mit lauter außergewöhnlichen Speisen, und ich kümmere mich um die Werbung und die Presse- und Öffentlichkeitsarbeit. Davon habe ich ja die beste Ahnung. Ha, ha!"

Das Lachen am anderen Ende der Leitung klang ausgesprochen offen und herzlich. Alex stimmte ein.

„Tja, weißt du was? Ich mache mich einfach Montag auf den Weg. Wir könnten uns ja am späten Vormittag in Hameln treffen, suchen uns dort ein schönes Plätzchen und plaudern."

„Nein. Du kommst zu uns nach Hause. Ich gebe Denise ein Signal, und dann bist du unser Testesser. Wir haben nämlich gerade was Neues kreiert. Gemeinsam!“

„Klingt überzeugend. Dann bin ich gegen elf Uhr bei euch und gespannt, was ihr so alles zu berichten habt.“

„Nur Gutes“, sagte Andreas und wirkte wie in alten Zeiten.

Alexander verabschiedete sich und trug den Termin in seinen Kalender ein. Da wollte er gleich noch Blumen bestellen für Denise. Im Supermarkt von Hille war ein wunderbarer kleiner Laden. Bei Anja würde er genau das bekommen, was die geplante Freude auslösen würde.

Der Strauß war üppig. Lauter Rosen in unterschiedlichsten Farbtönen. Also, wenn ich eine Frau wäre, würde der mich umhauen, dachte Alex, als er die Blumen in Empfang nahm. Er bezahlte und wurde mit einem freundlichen Lächeln verabschiedet. Dann stieg er in sein Auto, legte den Strauß behutsam in den Fußraum der Beifahrerseite und machte sich auf den Weg. Der Blumenduft stieg langsam hoch, und Alex nahm ihn wohlig auf.

Gewohnheitsmäßig stellte er das Navi an. Es war doch schon ein Weilchen seit seinem letzten Besuch bei Andreas her, und so genau hatte er die Tour nicht mehr in der Erinnerung. Außerdem musste er sich dann nicht auf die Straßenführung konzentrieren, sondern hatte mehr Blicke für den Straßenverkehr selbst und die schöne Landschaft. Das war durchaus von Vorteil.

Er startete, und das Navi verkündete, dass es nun die Route berechnen wolle. Nach wenigen Augenblicken erschien die Ankunftszeit in Hameln auf dem Display. Perfekt. Er würde um elf Uhr ankommen.

Andreas stand schon vor der Haustür des gepflegten Anwesens und winkte aus der Ferne, als er Alexanders Fahrzeug wahrnahm. Kurz vorher hatte Alex noch angerufen und mitgeteilt, dass er pünktlich wie die Maurer auftauchen werde, allerdings nicht mit dem alten Peugeot seines Vaters, sondern mit einer Familienkutsche namens Berlingo. Was auch kein schlechtes Auto wäre, hatte Andreas gemeint und von der Zuverlässigkeit der Franzosen geschwärmt.

Alexander freute sich, als er seinen alten Kumpel immer genauer wahrnahm. Der sah ja fast wieder aus wie früher, fiel ihm sofort auf. Mit deutlich mehr Speck auf den Rippen als beim letzten Treffen. Wobei das sicher ein Verdienst vom Catering war. Offensichtlich ging es ihm wirklich besser. Dann gesellte sich Denise dazu, legte den Arm um die Schultern ihres Mannes und strahlte in seine Richtung. Beide winkten ihm zu. Jetzt parkte Alex direkt vor der Haustür.

„Ach, ist das schön, euch endlich mal wieder zu sehen. Warum haben wir nur so lange gewartet?", stellte er beim Aussteigen fest und holte den Strauß aus dem Auto.

„Oh, ist der etwa für mich?", fragte Denise und wirkte verlegen wie ein Schulmädchen. Sogar eine leichte Röte lag auf ihrem Gesicht.

Was Blumen doch so alles bewerkstelligen konnten, fuhr es Alex durch den Kopf, und er reichte die Rosen galant herüber, nicht ohne zuvor die Hülle abzunehmen, zusammenzuknüllen und in der anderen Hand festzuhalten.

„Ist zwar durchsichtig und da hätte ich sie ja dranlassen können, aber Etikette ist Etikette“, erklärte Alexander.

„Das hast du bestimmt von deiner Mutter“, stellte Denise lächelnd fest.

„Kann schon sein“, meinte Alex. „Und jetzt lasst euch mal umarmen, ihr zwei.“

Es folgte eine ausgiebige Umarmungszeremonie, in die all die Emotionen gepackt wurden, die über viele Monate ausgespart geblieben waren.

„Komm rein, Alex“, sagte endlich Andreas, dessen Oberhemd über dem Bauch ein wenig spannte. „Oder wollen wir hier Wurzeln schlagen?“

„Mitnichten. Außerdem finde ich, es duftet hier so köstlich. Dem würde ich schon ganz gern nachgehen wollen.“

Alle drei betraten das Haus, und Andreas schloss die Tür hinter ihnen.

Als sie beim Essen saßen, das Alexander wortreich lobte, unterhielten sie sich über alles Mögliche. Der Tisch war wie eine Festtafel dekoriert, mit Rosenblättern und Kerzen. Irgendwann kam Alex auf Afghanistan zu sprechen, was seine Freunde bis zu diesem Zeitpunkt vermieden hatten.

„Ich habe ja alles gelesen, was zu Afghanistan in den Zeitungen stand und was bei uns intern umging. Ein Glück, dass zum Ende des vorigen Jahres der Kampfeinsatz der Nato beendet wurde. Nun hat die internationale Schutztruppe Isaf, nachdem sie deutlich abgespeckt wurde, nur noch mit der Ausbildung und Beratung der afghanischen Streitkräfte im Land zu tun. Geht ja schließlich darum, dass sie vor Ort selbst ihre Sicherheitsprobleme in den Griff bekommen. Dafür haben unsere Soldaten schon eine Menge geleistet ..."

Alexander schaute aufmunternd zu Andreas, dessen Gesicht versteinerte. Sein Tonfall wechselte sofort.

„Ja, dreizehn Jahre hat dieser Kampfeinsatz gegen die radikalislamischen Taliban gedauert. Hundertfünfunddreißigtausend deutsche Soldaten waren die Zeit über im Einsatz, und fünfundfünfzig von uns sind dabei in Afghanistan bei unserer berühmten Mission am Hindukusch ums Leben gekommen ... Kameraden von mir waren darunter ... Die Bilder von den zerfetzten Körpern und den herumfliegenden Gliedmaßen werde ich nie und nimmer los ..."

Andreas stockte.

Eigentlich lag Alexander die Bemerkung auf der Zunge, dass doch fünfundfünfzig Tote in dreizehn Jahren keine so schreckliche Zahl sei und man sich schließlich in einem Krisen- beziehungsweise Kriegsgebiet befunden hatte. Aber ihm war nur schwer ums Herz, denn natürlich war jeder Einzelne eine persönliche Katastrophe.

Denise schaute jetzt mit gerunzelter Stirn auf Alexander. Sie wurde richtig wütend.

„Damit hättest du nicht anfangen sollen", stieß sie hervor. „Weißt du, wie viele von den Einsatzkräften traumatisiert zurückgekehrt sind? Das geht in die Hunderte. Andreas war schließlich einer von ihnen. Du stocherst in alten Wunden. Wir haben das Thema ausgeblendet. Schauen auch keine Nachrichten mehr. Gar keine!"

„Aber", entrüstete sich Alex, „man muss doch darüber reden und kann das nicht total verdrängen."

„Weißt du, wie lange wir darüber in Therapiegruppen geredet haben? Andreas allein, wir beide gemeinsam ... Ich kann einfach nicht mehr darüber sprechen. Irgendwann ist der Zeitpunkt gekommen, da hat man alles beredet, was nötig war. Und den haben wir erreicht beziehungsweise überschritten. Wenn du verstehst, was ich meine."

Denise hatte sich in Rage geredet.

Alexander schaute betroffen drein.

„Das tut mir jetzt aber leid. Ich wollte euch nicht verletzen. Wenn ihr alles ausgesprochen habt, dann ist ja gut. Und wenn ich euch so sehe, dann habe ich auch den Eindruck, als ob es euch beiden richtig gut geht."

Denise und Andreas schauten sich tief in die Augen, und beide atmeten kräftig durch.

„Genau", sagte Andreas. „Los. Wir holen mal noch ein paar Kleinigkeiten aus der Küche. Oder bist du etwa schon satt?"

„Nie und nimmer", beteuerte Alexander und hielt seinen Teller hin. „Bitte voll, mit einem großen Berg!"

Dabei strahlte er versöhnlich.

„Und jetzt erzählt doch mal, wie ihr auf die Idee gekommen seid, so einen Neustart hinzulegen?", wollte Alexander wissen, nachdem er seinen gefüllten Teller zurückerhalten hatte. „Rechnet sich das denn überhaupt?"

„Also", hub Andreas an, „einfach war das nicht. Und wenn es dir darum geht, wo man mehr verdient, dann natürlich in unserem Job – meinem früheren und deinem jetzigen. Aber Geld allein macht auf keinen Fall glücklich. Man wollte mich natürlich im Dienst halten und keineswegs gehen lassen. Mein Chef hat mit Engelszungen auf mich eingeredet. Aber mein Psychologe hat mich sehr unterstützt. Und wenn du mich heute hier so siehst, dann ist das doch eine deutliche Verbesserung zu unserem damaligen Treffen in Hameln beim Italiener. Oder?"

„Ich erinnere mich noch genau. Ich glaubte, meinen Augen nicht trauen zu können. Du warst nicht mehr du selbst. Eher wie dein Vater. Aber die Spuren von damals sind fast alle fort. Wenn ich jetzt mal von den grauen Haaren absehe."

„Na, du hast es nötig, Alex. Warst du mal andersfarbig als grau?"

Andreas stieß Alexander in die Rippen und fing an zu lachen. Dann erzählte Alex die Geschichte von seinem fehlgeschlagenen Farbversuch mit diesem Billigprodukt aus dem Supermarkt, als er das mal eben so nebenbei erledigen wollte, dann gescheckt aussah und schließlich Hilfe in seinem Frisurenatelier in Hille fand. So als Anekdote wirkte das bei seinen Freunden hervorragend. Andreas schlug sich vor Begeisterung auf die Schenkel, und auch Denise hatte Lachtränen auf den Wangen.

Als sich Alexander Stunden später verabschiedete, forderten alle drei einhellig ein möglichst baldiges erneutes Treffen. Schließlich würde es zu Freundschaften gehören, dass man sie pflegt. Von allein ginge da gar nichts.

Noch lange winkten die beiden hinter Alex her, als er sein Auto wieder gestartet hatte und sich die Straße entlang Stück um Stück entfernte. Auch er winkte mit Blick in den Rückspiegel. Ein Glück, dass es Andreas und Denise wieder so gut geht, dachte Alexander und stellte das Radio an. Dann pfiff er eine bekannte Melodie lauthals mit.

Wolfhard hatte sich und Alexander vorgestellt, nachdem im Nachbarhaus von Manfred Meier die Tür aufgegangen war.

„Ich hätte schon viel eher mit Ihnen gerechnet. Kurz nach dem Geschehen musste ich ja meinen Kurzurlaub antreten. Selbst dort hatte ich gedacht, Sie melden sich bei mir! Ihnen liegt wohl nicht an der Aufklärung der Tat", sagte eine mürrische Frau undefinierbaren Alters. Es roch muffig, was Alexander mit feiner Nase sofort wahrnahm. Die Frau brauchte ein Weilchen, ehe sie die beiden Beamten hineinbat.

„Dann kommen Sie mal."

Sie lief in dem dunklen Flur voraus, der mit schweren alten Möbeln vollgestellt war. Eiche rustikal, vermutete Alexander auf den ersten Blick. Sie hatte sich nicht die Mühe gemacht, Licht anzuschalten. Im Wohnzimmer bot sie den beiden einen Platz auf dem Sofa an, und Alexander schaute aus dem Fenster. Super Aussicht, wie er sofort feststellte, ideal für Beobachtungen der Nachbarschaft. Auch Wolfhard bemerkte das im selben Moment, und beide nickten sich einvernehmlich, aber kaum merklich zu.

„Wir stecken mitten in den Ermittlung und hätten nun ein paar Fragen an Sie", wandte sich Alexander an die Frau.

„Ja, es war die Kleine, die hat mit dem Verschwinden meiner lieben Nachbarin zu tun. Eindeutig. Ich habe gesehen, wie sie Hals über Kopf auf und davon gebrettert ist. Mitten in der Nacht. Mit einem Heidenlärm …"

„Welche Kleine?", wollte Wolfhard wissen.

„Na, die Rothaarige mit den Locken und den Sommersprossen. Die trieb sich schon die ganze Zeit hier rum und hat das Haus inspiziert. So als wollte sie den Trainer ausspionieren. Ich habe gleich geahnt, dass sie Böses im Schilde führt. Sie war ja nicht die Einzige, die ihm nachstellte. Sie können sich gar nicht vorstellen, was da so alles abgegangen ist in diesem Zusammenhang."

Manches wollen wir uns gar nicht vorstellen, dachte Alexander und rieb sich die Schläfe. Verdammt, jetzt fing wieder dieser ziehende Kopfschmerz an. Außerdem war die Kleine nicht direkt rothaarig, sondern von einem faszinierenden Rotblond.

„Da hätten Sie vielleicht eher mit uns Kontakt aufnehmen sollen, wenn Ihnen etwas verdächtig erschien", warf Alexander ein.

„Bah, ich werde doch nicht über andere Leute tratschen. Das ist überhaupt nicht meine Art. Und wie gesagt, ich war im Urlaub! Man muss sich ja auch mal erholen."

„Kennen Sie das Mädchen?", wollte Wolfhard wissen.

„Ich glaube, sie heißt Jennifer, spielt in derselben Mannschaft Handball wie meine Nichte. Hier auf dem Lande läuft man sich eben immer mal wieder über den Weg. Und auffällig ist die Kleine ja wahrhaftig. Ein eitler Fratz."

„Wie kommen Sie darauf?"

Alexander wurde langsam ungehalten.

„Das sieht man doch auf den ersten Blick. Für so etwas habe ich ein Gespür."

„Aha", kommentierte Alex diese Äußerung und erkundigte sich nach der Uhrzeit der Beobachtung: „Wissen Sie noch genau, wann das war?"

„Aber auf die Minute. Schließlich hängt hier im Wohnzimmer die Uhr über dem Sofa. Ich kann beides – Fenster und Uhr – perfekt im Blick haben. Und gelegentlich mache ich mir Notizen. So wie in diesem Fall. Warten Sie mal, hier muss irgendwo mein kleines Notizbuch liegen, mit dem Stift darin. Ach, da!"

Wie schön, dachte Alex, registrierte das laute Ticken und notierte sich die genannte Zeit. Sie würden später herausbekommen, ob der Todeszeitpunkt in die Anwesenheit von Jennifer fiel. Er glaubte nach wie vor nicht an ihre Täterschaft, auch wenn sie sie schon zugegeben hatte. Vielleicht hatten sie irgendein Detail übersehen. Vielleicht hatte sich alles ganz anders zugetragen. Sie würden es herausbekommen. Da war sich Alexander absolut sicher. Er erhob sich und Wolfhard wollte ihm folgen. Aber ihm gelang das Aufstehen erst beim dritten Versuch und unter angestrengtem Ächzen. Das alte Sofa hing deutlich durch. Alex verkniff sich ein Grinsen.

„Wir würden Sie bitten, Ihre Aussagen noch einmal in unserer Dienststelle zu Protokoll zu geben", bat Alexander an der Tür.

„Muss das denn sein? Ich habe Ihnen doch eben alles erzählt, was ich weiß. Können Sie sich das nicht merken und mit Ihren Notizen arbeiten? Kein Wunder, dass so viele Fälle unaufgeklärt bleiben, wenn man sich so schlecht strukturiert. Das dauert ja alles ewig."

„Auf Wiedersehen", verabschiedeten sich Alexander und Wolfhard gleichzeitig, ohne diese Bemerkung noch zu kommentieren.

„Was meinst du?", wollte Alexander von Wolfhard wissen, als beide wieder im Auto saßen.

„Ich denke mal, die Frau ist zuverlässig, was ihre Angaben angeht", meinte Wolfhard. „Aber ansonsten möchte ich mit der nicht häufiger zu tun haben. Irgendwie kommt mir da die Galle hoch."

„Tatsache. Es gibt Zeitgenossen, bei denen man nur ganz schnell das Weite suchen kann. Aber wir müssen ja unsere Arbeit tun und können uns irgendwelche Zeugen nicht aussuchen. Leider!"

Alexander startete das Auto.

„Wir sollten mal gleich noch in der Baufirma vorbeifahren, die sich um das Projekt im Hause Meier gekümmert hat. Vielleicht gibt es da einen Hinweis, der uns weiterbringt", schlug Wolfhard vor, und Alexander nickte zustimmend.

„Machen wir. Hast du die Adresse?"

„Aber klar, Chef. Ein Griff - und die Suche beginnt."

Wolfhard blätterte in seinen Unterlagen.

„Hier. Ringstraße. Ich weiß, wo das ist. Nicht weit weg von der großen Baustelle, wo mal das alte Klinikum stand. Da musst du das Navi nicht bemühen. Ich lotse dich."

Wenig später parkte der Wagen vor der großen Baufirma. Auf dem Parkplatz herrschte ein ständiges Kommen und Gehen. Im Außenbereich war die Angebotspalette ansprechend arrangiert. Dachziegel waren farblich sortiert und schmückten kleine Dächer, Gehwegplatten lagen in verschiedenen Kombinationsmöglichkeiten. Steine auf der einen Seite, der Holzbereich auf der anderen Seite. Alles gut und logisch geordnet. Die beiden Beamten stiegen aus und liefen zum Haupteingang. Am Empfang stellte sich Alexander vor und erklärte ihr Anliegen. Die junge Sekretärin wurde leuchtend rot vor Aufregung.

„Oh, ich habe hier gar keinen Termin für Sie notiert. Ohne eine Anmeldung wird das schwer. Die Geschäftsführung mag das überhaupt nicht. Ich darf niemanden zu ihnen lassen, der nicht auf meiner Liste steht."

„In unserem Fall müssen die Herrschaften da wohl durch", entgegnete Alexander trocken, und diesmal grinste Wolfhard.

„Melden Sie uns einfach an. Das Stichwort Kripo dürfte ausreichen. Wir ermitteln in einem Tötungsdelikt."

Die rote Gesichtsfarbe der kleinen Brünetten wich nicht im Mindesten. Eher schien sie noch tiefer anzulaufen, was sie offensichtlich spürte und was sie noch nervöser machte.

„Ja, gleich, Moment. Ich rufe im Chefsekretariat an."

In dem Augenblick kam Sofia Grabert in den Eingangsbereich, entdeckte die beiden Herren an der Rezeption und die offensichtlich aufgeregte Mitarbeiterin. Ein sehr gut aussehender Mann, der Jüngere, wie ihr sofort auffiel. Sie lief quer durch den Raum und stellte sich neben den Tresen.

„Kann ich Ihnen behilflich sein?", erkundigte sich Sofia Grabert bei Alexander und Wolfhard.

„Frau Grabert, die beiden Herren hier sind von der Kripo und wollen die Geschäftsführung sprechen. Ohne Termin!", erklärte die junge Frau mit einem vorwurfsvollen Ton in der Stimme. Langsam wich die Röte aus ihrem Gesicht. Bei ihren Worten hatte Sofia Grabert kurz, aber nur ganz kurz gezuckt. Und fast wäre es Alexander entgangen, weil er schon wieder mit Argusaugen die Gegend inspizierte. Er legte diese Beobachtung in seinen Gedanken für eine spätere Verwendung ab.

„Dann kommen Sie einfach mit mir mit. Gestatten, Grabert, Sofia Grabert, ich bin die Schwiegertochter des Seniorchefs."

„Angenehm", sagte Wolfhard und stellte sich und Alexander vor. „Wie Ihre Mitarbeiterin schon sagte, ermitteln wir in einem Fall."

„Und was führt Sie da zu uns?", erkundigte sich Sofia beiläufig auf dem Weg zu einem der Besprechungsräume. Ihr Herz schlug höher, aber ihr war nichts anzumerken. Dann stand sie vor einer Tür, öffnete diese und ging in den lichtdurchfluteten Raum.

„Nehmen Sie doch Platz, meine Herren. Kann ich Ihnen etwas anbieten?"

Wolfhard wollte schon nicken, aber Alex hatte wieder diese Zornesfalte auf der Stirn, auf der geschrieben schien: „Wir sind nicht zum Essen hier!", also ließ er es bleiben.

„Nein danke, wir haben nicht viel Zeit mitgebracht. Es geht auch nur um ein paar sachdienliche Hinweise."

„Gern, wenn ich Ihnen helfen kann."

„Sie sind mit den Projekten Ihres Unternehmens vertraut?"

Sofia blickte ungehalten.

„Aber sicher doch. Ich kümmere mich in erster Linie um die PR-Arbeit. Alles andere beraten wir immer gemeinsam, mein Schwiegervater, mein Schwager und ich."

„Sonst sind keine weiteren Familienangehörigen dabei, Ihr Mann vielleicht?", fiel es Alexander gerade ein.

„Ich bin geschieden", ließ Sofia schroff fallen. „Allerdings legt man hier weiter Wert auf meine fachlichen Kompetenzen. Worum geht es denn nun eigentlich? Ich hörte eben den Begriff Tötungsdelikt. Das klingt ja fürchterlich!"

Alexander ließ sich nicht beirren und überging diese Bemerkung. Wobei es ihn schon verwunderte, dass sie nicht von Ex-Schwiegervater und Ex-Schwager gesprochen hatte. Aber dazu wollte er ein andermal nachhaken.

„Sie hatten gerade ein Projekt bei Manfred Meier zu erledigen ..."

„Bei unserem großen Handballtrainer!"

„Genau. Worum konkret ging es denn da?"

„Also da müsste ich mich doch erkundigen. Ich weiß nur, dass der Wellnessbereich erweitert werden sollte. Unsere Mitarbeiter lagen absolut im Zeitplan. Nun ist ja leider alles ins Stocken geraten ... Vielleicht könnten Sie mir verraten, wieso? Es wird nämlich etwas problematisch, wenn unser wohldurchdachtes Terminsystem solche Verschiebungen erfährt. Das zieht jede Menge anderer Probleme nach sich."

„Kennen Sie Familie Meier näher?", wollte Alexander jetzt wissen.

„Wie man sich so kennt. Der Handball verbindet einen ja ..."

„Und seine Frau, Judith Meier, kannten Sie die näher?"

Sofia stockte, einen Moment zu lange, wie Alexander fand.

„Doch, wir sind locker befreundet. Wieso um alles in der Welt fragen Sie denn so was? Und was bedeutet Ihre Formulierung mit der Vergangenheit: kannten? Wenn Sie von der Kripo sind, dann geht es doch immer um ziemlich ernste Dinge. Und wie ich hörte, ist Manfred Meier zunächst festgenommen worden ..."

„Das ist also schon bis zu Ihnen vorgedrungen", konnte sich Alexander eine Bemerkung nicht verkneifen.

„Sie sind hier in Minden. Gewisse Dinge sprechen sich da schon rum", warf Sofia ein und erhob sich, um aus dem Fenster zu schauen.

„Ich sehe gerade, meine Herren, dass ich auf dem Hof benötigt werde. Da trifft eine Lieferung ein, um die ich mich kümmern muss. Ich hoffe, ich habe Ihre Fragen beantwortet?"

Alexander und Wolfhard wechselten Blicke.

„Doch, im Grunde schon", sagte Alexander und erhob sich. Dann erkundigte er sich noch scheinbar nebenher, wo sie an jenem Abend war, der als Todeszeitpunkt von Judith Meier feststand, nur erwähnte er nichts davon.

„Zu Hause sicherlich, wie immer, oder zu irgendwelchen geschäftlichen Treffen. Da müsste ich in meinen Terminplaner schauen. Bei der Fülle an Aufgaben habe ich nicht jedes Zeitfenster im Kopf! Ich habe einen sehr anstrengenden Job, wenn Sie verstehen, was ich meine", entgegnete Sofia mit leichter Erregung in der Stimme.

„Wir wissen ja, wo wir Sie finden können, wenn sich noch weitere Fragen ergeben sollten. Sie verreisen doch wohl nicht in der nächsten Zeit?", schloss Alexander noch an.

„Wieso sollte das denn der Fall sein? Schließlich werde ich hier im Unternehmen gebraucht", gab Sofia entrüstet von sich. „Ich begleite Sie zum Ausgang."

Die beiden Beamten folgten ihr wortlos.

Als Alexander durch sein Wohnzimmer lief, saß eine Elster auf dem Fensterbrett und pickte energisch gegen die Scheibe. Der dazugehörige Partner suchte nach Körnern unter einer Futterkugel, die Alex an die Wäscheleine gehängt hatte. Der Vogel auf dem Fensterbrett sah ihn auffordernd an und pickte erneut. Er musste unwillkürlich grinsen. Von wem war doch gleich dieser Film, bei dem die Vögel ausrasteten? Er überlegte. Hitchcock. Die Vögel. Genau. Ein Film, den er vor ewigen Zeiten mal mit seinem Vater gesehen hatte, als die Mutter schon zeitig ins Bett gegangen war. Das solle aber ihr Geheimnis bleiben, hatte der Vater verschwörerisch gemeint. Denn eigentlich war er damals noch zu klein für solcherart Filmkost. Es blieb ein Geheimnis zwischen ihnen beiden. Alexander erinnerte sich noch genau, wie er an den folgenden Tagen kritisch jeden Vogelschwarm begutachtet hatte. Auch ein paar Alpträume waren die Folge. Aber das Exemplar hier in seinem schicken schwarz-weißen Federkleid, das war bestimmt friedlich. Er drehte sich um und lief durch den Flur ins Bad.

Alexander duschte sich ausgiebig. Vorhin hatte er Lena und Tina bei den Großeltern abgeliefert. Morgen war Sonnabend, und die beiden wollten das Wochenende bei See-Oma und See-Opa verbringen. Wobei er sie doch ein wenig gedrängt hatte, damit alles in seinen Plan passte. Und dann gab es vorhin allerdings noch diese Diskussion mit den beiden, als sie aus dem Auto ausgestiegen waren und zur Wohnung der Großeltern liefen.

„See-Oma und See-Opa ist doch Blödsinn", hatte Lena erklärt und die Arme in die Hüften gestemmt.

„Wieso?", hatte Alex gefragt und gerade machte er sich Vorwürfe, dass er bei Olgas Eltern ewig nicht angerufen hatte. Das musste er unbedingt nachholen. In den nächsten Ferien wollte er die Kinder sowieso zu ihnen schicken. Schließlich waren die Großeltern mütterlicherseits ebenfalls eine echte Bereicherung im Leben der Mädchen. Er wollte sie ihnen keineswegs vorenthalten. Und seit dem Tod seiner Frau fühlte er sich seinem Schwiegervater Josef mehr denn je verbunden. Die Wartezeiten am Sterbelager von Olga hatten sie zusammengeschweißt.

„Mann, du bist aber auch manchmal begriffsstutzig. Weil die beiden nicht mehr an der See wohnen."

Lena hatte den Kopf geschüttelt und die Mundwinkel verächtlich herabgezogen. Alex hatte sich nicht streiten wollen.

„Das ist doch aber ein Ehrenname für die beiden, und den tragen sie schon so lange, wie ihr sprechen könnt", hatte er eingeworfen.

„Aber man kann doch mal über Dinge im Leben anders denken als früher", hatte Lena erklärt und Tina dazu genickt.

„Ach, macht doch, was ihr wollt", hatte Alex klein beigegeben.

„Das machen wir sowieso, Papa", hatte Lena geantwortet und war die Treppen im Haus hinaufgestiegen. Darauf fehlten ihm einfach die passenden Worte.

Während Alexander sich jetzt mit dem Handtuch trocken rieb, fuhr ihm durch den Kopf, dass das bestimmt die Pubertät war. Und wahrscheinlich würde alles im Laufe der Jahre viel heftiger werden. Da war das vorhin nur eine Lachnummer. Aber er wollte sich jetzt nicht um das Erwachsenwerden seiner Töchter sorgen, sondern auf den Abend einstimmen. Es würde ein ganz besonderer werden. Da war er sich absolut sicher.

Als Alex Anfang der Woche Celine in der Pathologie vom Mindener Klinikum getroffen hatte, lag ihm sofort der Vorschlag mit einem nächsten gemeinsamen Essen auf den Lippen. Schließlich war der Abend mit Brandauer im Theater im Park von Bad Oeynhausen schon ein Weilchen her. Und dabei ärgerte er sich nicht über seine Berliner Direktheit, denn sie stimmte - ohne mit der Wimper zu zucken - zu.

„Klar, Alex. Woran dachtest du?"

Darauf war er allerdings doch nicht gefasst gewesen. Ein Restaurant hatte er so auf Anhieb nicht parat, aber eine bessere Idee.

„Lass dich überraschen. Ich hole dich von zu Hause ab und bringe dich im Anschluss auch wieder dorthin, wenn du magst."

Sie schien einen Augenblick zu überlegen. Ihre Augen funkelten und ein zartes Lächeln stahl sich in ihr Gesicht.

„In Ordnung. Dann bin ich sehr gespannt. Ach ja, da fehlt dir noch was ..."

Sie nestelte an ihrem Kittel und suchte in den Taschen, bis sie fündig wurde.

„Hier. Meine Visitenkarte. Wann willst du bei mir sein?"

Alexander nahm das kleine Stück Pappe behutsam wie eine Kostbarkeit entgegen.

„Ich dachte so an halb acht. Dann bestelle ich einen Tisch zu zwanzig Uhr."

Celine nickte nur, und in dem Moment trat schon Professor Eberhard Engelbrecht in den Raum.

„Störe ich die Herrschaften?“, fragte er mit einem Gespür für die besondere Situation.

„Keineswegs, Herr Professor, wir hatten nur eine kurze dienstliche Absprache“, antwortete Celine und errötete leicht.

„Aha, rein dienstlich. Na egal, Sie sind ja beide erwachsen.“

Alexander verkniff sich ein Lachen.

Und jetzt war es soweit. Er hatte zwei Plätze bestellt und sich diesmal von Wolfhard beraten lassen.

„Du willst also gediegen und edel speisen“, hatte Alex seinen Kollegen noch im Ohr. „Zu zweit!“

„Na klar! Meinst du denn, ich gehe allein in so einen Nobelschuppen? Da würde auch eine Pizzeria reichen, wenn ich nur satt werden will. Oder ein Burger-Imbiss, wenn ich mit den Kindern was essen will.“

„Hoppla, mein Lieber. Höre ich da irgendwas heraus?“, erkundigte sich Wolfhard spitzfindig.

„Ehe du mich lange löcherst, will ich dir einfach die Wahrheit sagen. Du bekommst sie ja sowieso heraus, wie ich dich kenne“, antwortete Alexander.

„Genau. Ich höre!“

„Es ist Celine.“

„Welche Celine?“

„Ich dachte, du kennst nur eine. Ist doch ein ungewöhnlicher Name. Dr. Celine Vlachos, die Assistentin von unserem Gerichtsmediziner.“

Für einen Moment hatte Ruhe im Büro geherrscht, und nur das Summen der Computerlüftungen war zu vernehmen.

„Und, was meinst du dazu", drängte Alex und durchbrach als Erster die Stille.

„Na ja."

Wolfhard wirkte traurig.

„Na ja, das ist doch kein Kommentar."

„Ach, mein Lieber, ich will dir nicht zu nahetreten. Sie ist schon eine berauschende Erscheinung. Da will ich dir recht geben. Aber ob es was auf Dauer ist? Schönheit vergeht im Leben …"

„Auf Dauer …? Man kann es doch mal probieren!"

„Hm."

„Du bist heute aber nicht die große Plaudertasche", maulte Alex.

„Weißt du was, genieße einfach dein Leben und davon jede Stunde. Ich will dir überhaupt keine Vorhaltungen machen. Es ist sowieso deine beziehungsweise eure Entscheidung. Schließlich seid ihr beide frei."

„Ja? Sie auch? Weißt du da Näheres, Wolfhard?"

„Sie scheint mir ziemlich zurückhaltend zu sein. Eher ein unbeschriebenes Blatt. Irgendwelcher Klatsch oder Tratsch sind nicht bekannt, falls du das meinst."

„Genau. Das habe ich gemeint. Klingt doch gut. Oder?"

„Das wirst du sicher in Erfahrung bringen."

Dann hatte das Telefon geklingelt, Wolfhard hatte das Gespräch angenommen und Alex nur einen Zettel mit dem Namen des Restaurants über den Tisch geschoben. Dazu hatte er den Daumen in die Höhe gehoben. Das konnte als Empfehlung gelten.

Auf dem Heimweg hatten sich Alexander und Celine noch fröhlich unterhalten. Das Thema Arbeit blieb den gesamten Abend über ausgespart. Wie wohltuend. Es ging um Gott und die Welt. Um die Wetterlage, die aktuellen Ereignisse in der Politik, um die desolate Finanzsituation im Geburtsland von Celine, um Aufführungen am Mindener Stadttheater - demnächst waren wieder ein paar Schauspieler aus Berlin angesagt ... Wenn es nach Alex gegangen wäre, hätten sie die ganze Nacht hindurch reden können.

Schließlich stoppte der Wagen vor dem Mietshaus, in dem Celine wohnte.

„Magst du noch einen Kaffee bei mir trinken“, schlug sie unumwunden vor.

Wenn das kein Zeichen war!

„Aber sehr gern doch. Dann können wir noch ein wenig plaudern.“

In Alexander stieg die Vorfreude auf. Er hatte sich schon den gesamten Abend ausgemalt, wie es wohl weitergehen würde. Und als er sie abgeholt hatte und sie wiederum ein unschlagbar schönes Kleid trug, das ihre Figur noch besser zur Geltung brachte, ohne zu viel zu verraten, da war es eigentlich um ihn geschehen.

Er stieg aus, umrundete das Fahrzeug und öffnete ihr galant die Tür.

„Danke, Alex.“

Sie stieg aus, und ihr ganzes Auftreten machte den Eindruck, als wäre sie nicht von dieser Welt. Celine lief voran, und Alex folgte ihr, den Duft ihres Parfüms inhalierend.

„Dann komm mal rein in meine heiligen Hallen“, lud sie ihn ein, nachdem sie die Wohnungstür geöffnet hatte. „Ich zeige dir kurz die Wohnung.“

Dann führte sie ihn durch die Räume, wies auf das Bad hin, ließ aber das Schlafzimmer aus.

„Nimm doch einstweilen Platz. Ich bereite uns dann den Kaffee zu“, schlug sie vor.

„Gern.“

Alexander setzte sich auf die schwarze Ledercouch und ließ seine Blicke kreisen, fachmännisch, so wie er einen Tatort begutachtete, um sich in die jeweilige Atmosphäre hineinzudenken. Recht unterkühlt, dachte er. Die Möbel waren zweifellos sehr hochwertig und von Markenfirmen. Alles wirkte indes ziemlich nüchtern, fast ein wenig steril. Ach was, rief sich Alex zurück, nur weil bei dir zu Hause überall die Spielsachen rumliegen, muss das doch bei anderen Leuten nicht ebenso der Fall sein.

„Ich bin gleich wieder bei dir, Alex“, erklang es aus der Küche. „Mach doch schon mal Musik an. Such dir einfach was aus.“

Neben dem Sofa stand eine Hi-Fi-Anlage, darüber befanden sich in einem Regal allerlei CDs. Alexander schaute kurz und entschied sich dann für Ravel. „Bolero“ erschien ihm passend für die Situation. Langsam setzten die Klänge ein.

„Aha, du hast also etwas gefunden“, sagte Celine und stellte den Kaffee in zwei Tassen auf den Tisch. Dazu etwas Gebäck. Sie hatte eine kleine Unmutsfalte in der Stirn, die Alexander zwar bemerkte, aber nicht wahrhaben wollte. Sie setzte sich zu ihm. Wortlos tranken beide, setzten die Tassen ab, tranken wieder einen Schluck. Jeder hing seinen Gedanken nach.

Ich sollte die Initiative ergreifen, forderte sich Alexander auf und legte den Arm um sie. Celine ließ es geschehen. Dann folgte sein zweiter Arm, und er drückte sie an sich. Sie wehrte sich nicht und legte ihren Mund auf den seinen. Beide verschmolzen in einem nicht enden wollenden Kuss.

Doch als Alexander direkter wurde und seine Hand über ihre Brüste gleiten ließ, sprang sie auf.

„Nein, Alex, so nicht."
„Was, wieso? Ich dachte ..."
„Genau. Ihr Männer denkt immer, es wäre so einfach mit uns. Eben mal zum Essen einladen und dann sofort miteinander ins Bett. Da bist du aber bei mir an der falschen Adresse."
Alexander zog die Augenbrauen hoch und blickte irritiert.
„Was habe ich denn Unrechtes getan?"
„Eigentlich gar nichts. Aber du bist viel zu schnell. Das ist nicht mein Ding."
„Ich dachte, weil du mich zum Kaffee eingeladen hast, wäre das ein deutlicher Fingerzeig."
„Eben nicht ... Du solltest dich auf den Heimweg machen."
Celine stand auf, richtete sich ihr Kleid. Der Lippenstift war etwas verschmiert.
„Tut mir leid, Celine. Ich habe dich nicht verletzen oder gar bedrängen wollen."
„Ist schon gut, Alex. Du bist eben auch nur ein Mann."
„Liegt es an mir? Was mache ich denn falsch?"
„Eigentlich nicht so viel. Aber du bist der Vater zweier Töchter und außerdem verwitwet. Du wirst immer irgendwie deiner toten Frau nachtrauern und wenn es über den Anblick deiner Kinder ist, der dich an sie erinnert. Auf Schritt und Tritt. Im Grunde meines Herzens möchte ich eine eigene Familie gründen. Mit meinen, unseren gemeinsamen Kindern. Obwohl ich dich sehr, sehr gern habe ..."
„Wir könnten doch ..."
Celine legte Alex einen Zeigefinger auf die Lippen. Er verstand das Zeichen und schwieg.
„Danke für den schönen Abend, Alex", sagte Celine noch und schob Alexander sanft aus der Wohnungs-

tür, die sie direkt hinter ihm schloss. Dann lehnte sie innen mit dem Rücken daran, und er tat ein Gleiches draußen.

Jammerschade um das gute Stück, dachte Heike, als sie behutsam die Schicht von dem Pokal abtrug. Das Einbetonieren hatte ihm nicht gut getan. Allerdings gab es ein paar Stellen, an die die graue Masse nicht vorgedrungen war. Dort, wo die Trophäe auf der Toten gelegen hatte. Die Hoffnung in Heike stieg. Sie hielt die fein ziselierte Arbeit gegen das Licht. Nichts. Dann doch Verstärkung mit ihrer Speziallampe. Wieder nichts. Schließlich nahm sie zusätzlich die Lupe zur Hand.

„Bingo", entfuhr es Heike, als sie etwas Rußpulver aufgestreut hatte und es sanft mit dem weichen Marabupinsel verstrich. Ganz deutlich war da der Abdruck von einem Finger zu erkennen. Nicht der gesamte, aber doch ein ziemliches Areal davon. Von den üblichen Schweißabsonderungen war vielleicht nicht mehr viel übrig, aber hier hatte sich jemand die Hände eingefettet. Möglicherweise ein Jemand weiblichen Geschlechts, denn Frauen neigten dazu, sich häufig die Hände einzucremen.

Heike kombinierte bereits. Hier allerdings musste noch eine chemische Untersuchung ran, die sie nicht im Haus erledigen konnte. Sie griff sofort zum Telefon, um den Transport ins Speziallabor zu veranlassen. Gleich darauf rief sie noch Alexander an. Diese Neuigkeit sollte er doch sofort erfahren. Das war vielleicht eine ganz entscheidende Spur, möglicherweise die, die alles ins Rollen bringen konnte.

Als sie das Gerät wieder auf die Station legte, lehnte sie sich auf dem Bürostuhl zurück, verschränkte die

Arme hinter dem Kopf und sah nach draußen. Das war wieder mal ein herrlicher Tag, dachte Heike Langenkämpfer.

„Lässt du Sofia Grabert noch einmal zu uns kommen?“, bat Alexander seinen Kollegen. „Heikes Spur mit dem Fingerabdruck hat was gebracht. Ist ziemlich deutlich auszumachen. Wir sollten das unbedingt überprüfen. Und wenn wir die Grabert hier haben, dann können wir gleich ihre Fingerabdrücke abnehmen lassen.“

„Gute Idee“, meinte Wolfhard. „Ich hatte bei unserem Besuch in ihrem Unternehmen irgendwie ein Gefühl, als ob da was wäre, was unausgesprochen geblieben ist.“

„Das klingt sehr nebulös, trifft aber den Kern. Auch ich habe so ein Bauchgefühl“, entgegnete Alexander.

„Höre ich da die Erinnerung an eine ehemalige Kollegin heraus? Ich will da gar keinen Namen nennen …“

„Ja, Janine fehlt mir“, entgegnete Alexander direkt.

„Oh, kein Blatt vor den Mund. Das gefällt mir an dir, mein Junge. Aber Schwamm drüber. Das ist Schnee von gestern. Meine jahrzehntelange Erfahrung und eine gewisse Altersweisheit sagen mir jetzt, wir sind bei dieser Frau auf eine heiße Spur gestoßen.“

„Genau. Und deshalb fix her mit ihr. Dann sehen wir weiter.“

„Ich bin empört“, regte sich Sofia Grabert auf, nachdem sie von Alexander am Empfang der Polizeibehörde abgeholt worden war.

„Wieso?“

„Wir hatten doch schon alles bei Ihrem Besuch in meinem Betrieb geklärt!"

„Aber wir sagten bei dem Gespräch auch, dass Sie nicht verreisen sollten und uns eventuell bei Rückfragen erneut zur Verfügung stehen sollten."

„Daran kann ich mich jetzt beim besten Willen nicht erinnern", behauptete Sofia Grabert.

Alexander zog die Augenbrauen hoch, aber das konnte die Frau nicht erkennen. Beide liefen nebeneinander her durch die Flure der Behörde. An einer Tür stoppte Alexander und öffnete sie. Er ließ Sofia den Vortritt.

„Wenn Sie dann bitte Platz nehmen würden. Ich komme gleich zu Ihnen."

Er schloss die Tür hinter ihr, gab einem Polizisten einen Fingerzeig, dass er sich davorstellen sollte und begab sich zum Nebenraum, in dem schon Wolfhard wartete.

„Alles klar, wie wir jetzt vorgehen wollen?", wollte Alexander wissen.

„Wie immer, Chef! Dann hoffen wir mal auf ein optimales Ergebnis!"

„Du sagst es."

Beide gingen nach nebenan. Die Schreibkraft Elsa Kupfer war wieder zum Protokoll eingeteilt und folgte wortlos.

„Es steht Ihnen zu, einen Rechtsbeistand an Ihre Seite zu holen", schlug Alexander vor und setzte sich gegenüber von Sofia Grabert auf einen Stuhl.

„Pah, das werde ich doch wohl nicht nötig haben", sagte Sofia Grabert mit heruntergezogenen Mundwinkeln.

„Ganz wie Sie meinen!", antwortete Alexander und fuhr fort:

„Wo waren Sie an besagtem Abend?“

„Das haben Sie mich doch aber neulich schon gefragt, als Sie bei mir im Unternehmen waren. Haben Sie denn nichts Wichtigeres zu tun, als alles doppelt zu machen? Wir könnten uns das nicht leisten. Da würden wir im Handumdrehen in der Insolvenz landen.“

Wolfhard, der neben Alexander saß, beobachtete die Frau aufmerksam und verhielt sich still. Elsa hatte ihren Block in der Hand und verharrte gespannt bis zu ihrem nächsten Einsatz.

„Also, ich war zu Hause und habe ferngesehen.“

„Kann das jemand bezeugen?“

„Wie sollte das denn sein. Ich war allein.“

„Können Sie sich an den Film erinnern, den Sie gesehen haben?

„Nach so langer Zeit? Na, Sie sind lustig. Keine Ahnung. Vielleicht war es eine Dokumentation, vielleicht auch eine Serie. Möglicherweise bin ich von einem Kanal zum nächsten gewechselt, weil mich das nicht wirklich fesselte, ich aber etwas Ablenkung suchte, um nach einem angestrengten Arbeitstag runterzukommen. Außerdem hatte ich bestimmt zeitgleich meinen Laptop an.“

„Aha“, kommentierte Alex und setzte die nächste Frage an: „In welcher Beziehung stehen Sie zu Manfred Meier?“

„In einer rein freundschaftlichen, er ist der Mann meiner Freundin Judith.“

„Das hat Sie aber nicht davon abgehalten, mit ihm ein Verhältnis anzufangen.“

„Jetzt machen Sie mal halblang. Erstens würde Sie so etwas gar nichts angehen und zweitens habe ich nicht.“

Sofia rutschte nervös auf dem Stuhl hin und her. Wolfhard war bis dahin in seiner Beobachterposition geblieben und setzte jetzt, wie zuvor abgemacht, ein.

„Herr Meier war allerdings so frei, uns davon in Kenntnis zu setzen."

Sofia blieb still.

„Und Sie, was sagen Sie nun dazu?", ergänzte Wolfhard fragend.

„Ich, ich ...", Sofia geriet ins Stottern. „Nein ..., ja, wir hatten eine Liaison. Das muss ich zugeben. Allerdings nur ganz kurz, und wir haben sie in gegenseitigem Einvernehmen beendet. Ist schon recht lange her. Ich dachte, das wäre im Zusammenhang mit dem Verschwinden von Judith nicht von Belang."

„Doch, alles ist von Belang", sagte Alexander. „Zumal es sich hier um ein Tötungsdelikt handelt."

Sofia schluckte, und ihre Hände griffen fahrig ineinander, aber sie saß steif, als habe sie einen Stock verschluckt, auf ihrem Stuhl.

„Das ist ja schrecklich. Ich ging bislang davon aus, dass sie nur vermisst wird. Und das kann im Grunde alles bedeuten. Manchmal setzt sich ja auch jemand nur ab und taucht unter, weil er ein neues Leben beginnen will ..."

„Ja", erklärte Alexander, „wir haben uns bis zu diesem Zeitpunkt mit Informationen noch zurückgehalten. Vor allem in der Öffentlichkeit."

Jetzt setzte sich Sofia etwas lockerer hin. Sie schien einen Entschluss gefasst zu haben.

„Tja, dann ist das alles eine große Tragik, und Manfred tut mir natürlich unendlich leid. Dieser Verlust wird ihn furchtbar treffen. Die beiden führten schließlich eine mustergültige Ehe. Aber, wenn Sie gestatten, dann muss ich wieder in meine Firma zurück. Meine ehemalige Familie baut da auf mich. Wir erwarten heute Nachmittag noch auswärtige Verhandlungspartner, um die ich mich kümmern muss."

Alexander und Wolfhard tauschten kaum merklich Blicke miteinander, um sich zu verständigen.

„Wir müssen Sie noch um Ihre Fingerabdrücke bitten", sagte Alexander scheinbar nebenher.

„Reine Formsache", ergänzte Wolfhard.

„Dagegen werde ich wohl nichts tun können", willigte Sofia ein, erhob sich und zog ihren schmalen Rock glatt. Das hochwertige Leinenmaterial war jetzt stark zerknittert.

„Und halten Sie sich bitte weiter zu unserer Verfügung", setzte Wolfhard noch nach.

„Das ist wohl ein Standardspruch bei Ihnen?", bemerkte Sofia, wollte aber eigentlich keine Antwort darauf.

„Gelegentlich schon. Kommt ganz darauf an", beendete Alexander das Gespräch.

Vor der Tür stand eine Polizistin, die Sofia Grabert zu Heike führte.

„Ich brauche das Protokoll bitte ganz rasch", wandte sich Alexander an Elsa.

„Aber ja doch. Wie immer. Es ist quasi schon fertig", sagte Elsa mit einem feinen Lächeln im Gesicht, packte ihren Block und den Bleistift, stand auf und war schon aus dem Raum verschwunden.

„Also ich könnte das nicht!", erklärte Wolfhard, nachdem Elsa die Tür hinter sich geschlossen hatte.

„Was?", wollte Alexander wissen.

„Na, so unscheinbar wie unsere Elsa im Hintergrund sitzen und alles in Windeseile akribisch mitschreiben. Wahrscheinlich könnte ich meine Handschrift überhaupt nicht mehr entziffern, selbst wenn es Steno wäre."

Alexander lachte.

„Ja, ich glaube, dafür muss man geboren sein. Elsa ist ein unschlagbares Talent. Wenn ich mir hinterher ihre Aufzeichnungen durchlese, dann weiß ich genau, dass alles Wort für Wort stimmt. Mein gutes Gedächtnis verfolgt mich eben auch dabei. Nur zu Papier bringen könnte ich es nicht."

„Es geht nichts über ein gutes Team, bei dem eben jeder so seine Spezialitäten hat", betonte Wolfhard.

„Genau. Und das habe ich mit euch. Bin richtig dankbar dafür."

„Dann, mein lieber Alex, solltest du das vielleicht bei einer nächsten Runde mal so nebenbei fallenlassen. Die Kollegen mögen Lob durchaus. Damit erreichst du viel mehr als mit Kritik."

„Nimmst du mich jetzt auf den Arm?"

„Ach, Quatsch. Aber mach es doch einfach. Du wirst deine helle Freude haben. Alter und sehr wirksamer Tipp aus der Psychologenkiste …"

„Gut, gespeichert in meiner Liste zu erledigender Dinge. Wie fandest du denn übrigens die Bemerkung von der Grabert zur intimen Beziehung mit dem Trainer, dass sie das Verhältnis in gegenseitigem Einvernehmen beendet hätten? Die pure Sprache aus der Personalabteilung!"

„Wer weiß, was sich da alles abgespielt hat. Manchmal möchte ich ja Mäuschen spielen …"

Alexander musste schon wieder lachen, aber diesmal schaute ihn Wolfhard konsterniert an.

„Wieso die Heiterkeit?"

„Also, ha, ha, ich stelle mir gerade vor, wie du nach deiner Reinkarnation als Mäuschen auftauchst …"

„Ich habe ja nicht behauptet, dass ich in meinem nächsten Leben als piepsender Vierbeiner aktiv sein will. Nur so als Geist vielleicht, der unsichtbar die Ermittlungen durchführen kann."

Alexander schüttelte den Kopf.

„Komm mal wieder auf den Boden der Tatsachen. Mir macht diese scheinbar kühle Frau einen sehr verdächtigen Eindruck. Auch, wie sie da so unruhig auf dem Stuhl hin und her gerutscht ist. Sicher, es gibt kaum einen unbescholtenen Bürger in so einer Befragungssituation, der es mit absoluter Gelassenheit erträgt. Aber bei ihr werde ich so ein ungutes Gefühl nicht los."

„Und wenn jetzt noch die Fingerabdrücke stimmen, dann zieht sich unsere Schlinge um den Täter beziehungsweise die Täterin immer enger zusammen. Irgendwann muss sie mit der Wahrheit rausrücken."

„Stimmt. Aber Schritt eins ist die Übereinstimmung!"

Alexander erhob sich, Wolfhard stand ebenfalls auf und schob seinen Stuhl wieder an den Tisch. Dann verließen beide den Raum.

Alexander saß an seinem Schreibtisch und ging die Unterlagen zum aktuellen Fall durch. Er wurde das Gefühl nicht los, dass es jetzt zu einem absehbaren Ende kam. In dem Moment klingelte das Telefon, und er sah auf dem Display, dass es sich um Heike handelte.

„Na, meine Beste, was gibt es Neues", erkundigte sich Alex.

„Weshalb bist du dir denn so sicher, dass ich es bin?"

„Noch nie was von Display und eingespeicherten Namen gehört?"

„Selbstverständlich. Aber dennoch könnte ja ein anderer mein Telefon ergreifen, und es könnte sich eine peinliche Situation ergeben", sagte Heike spitzfindig.

„Hast du noch mehr solche Sachen drauf und willst du weiter wie die Katze um den heißen Brei reden?"

„Ich weiß ja, du platzt gleich. Aber ich spanne dich gern noch ein Weilchen auf die Folter …"

„Es reicht!"

Alexander klang jetzt nicht mehr leicht ironisch, sondern einfach nur ernst und ungeduldig.

„Schon gut", entgegnete Heike. „Du hattest recht mit deiner Vermutung. Die Fingerabdrücke von Sofia Grabert stimmen mit denen auf der Trophäe überein."

„Bist du absolut sicher?"

„Aber ja. Ist schon überprüft worden. Schließlich will man niemanden verdächtigen, der mit der Sache nichts zu tun hat …"

„Spielst du jetzt auf die Peinlichkeit mit Manfred Meier an?"

„Ach, du merkst aber auch alles. Aber egal. Shit happens!"

„Dann sollte ich jetzt mal in Windeseile einen Haftbefehl organisieren. Wenn mir der Richter den so schnell unterschreibt. Aber ansonsten nehmen wir Sofia Grabert einfach mal vorläufig fest. Und jetzt wird sie es bestimmt nicht mehr ablehnen, sich einen Anwalt als Verstärkung an ihre Seite zu holen."

„Das nehme ich an. Meine Zuarbeit bringe ich dir gleich vorbei."

„Danke, Heike. Du hast wieder die wichtige Klitzekleinigkeit gefunden, die alles ins Rollen bringt. Bin schon sehr gespannt auf das Gesicht der Beschuldigten. Da wird sie bestimmt nicht mehr so auf Lady tun."

„Hat sie das?", wollte Heike wissen.

„Sorry, das tut jetzt eigentlich nichts zur Sache. Schließlich gehört sie zur Geschäftsführung eines mittelgroßen Unternehmens. Da hat man eine gewisse Etikette einzuhalten. Ich weiß das ja."

„Und du freust dich natürlich diebisch auf die Lösung des Falls und die Befragung, die endlich zum Ziel führt. Ich kenne dich, mein lieber Alex."

„Am besten wäre natürlich ein Geständnis. Auch für sie."

„Genau. Dann arbeite mal dran. Ich habe wieder zu tun. Der Fall ist ja für mich erledigt. Bis dahin. Vielleicht nehme ich mir diesen blöden anonymen Brief noch einmal vor."

„Gute Idee. Tschüss Heike."

Alexander ließ das Telefon kurz sinken, betätigte dann aber die Nummer von Wolfhard.

„Wir müssen sofort los. Die Fingerabdrücke stimmen überein. Sofia Grabert dürfte die mutmaßliche Täterin sein. Stellt sich nur die Frage, wie alles passiert ist!“

„Lass uns beim Auto treffen. Ich bin sofort unten.“

Wenig später trafen die beiden Beamten bei Sofia Grabert ein. Sie stand mit verschränkten Armen hinter der Küchengardine und schaute auf die Straße, als Alexander und Wolfhard aus dem Wagen ausstiegen. Sie hatte keinen Plan. Sofia Grabert konnte sich nicht erinnern, jemals in ihrem Leben so ratlos gewesen zu sein. Als sie sich scheiden ließ, hatte sie zunächst Panik gehabt, dass man sie im Bauunternehmen der Familie ihres Ex-Mannes nicht mehr dulden würde, aber es war alles beim Alten geblieben. Zumal er sich dort auch relativ selten blicken ließ und wenn, dann nur mit finanziellen Forderungen …

Sie wischte sich eine Träne aus dem rechten Auge. Notwehr. Das musste die Lösung sein. Wenn sie alles in diese Richtung schob, dann konnte die Strafe doch nicht so hoch werden, hoffte sie. Aber einen Anwalt brauchte sie jetzt offensichtlich sofort. Sie griff ihr Adressbuch und lief damit zur Haustür.

„Sie haben uns bereits erwartet?“, wollte Alexander wissen.

„In gewissem Sinne schon. Kommen Sie rein.“

Sofia Grabert stellte sich seitlich in den Flur und ließ die beiden Herren eintreten.

„Ich will Sie nicht lange auf die Folter spannen“, fing Alexander sofort an. „Wir haben den dringenden Verdacht, dass Sie Judith Meier getötet haben. Es gibt Ihre Fingerabdrücke auf dem Tatwerkzeug. Wir müssen Sie zur weiteren Klärung mit auf die Dienststelle nehmen.“

„Wollen Sie sich nicht setzen", bot Sofia an und nahm zuerst auf dem Sofa im Wohnzimmer Platz, weil ihr die Knie weich geworden waren.

„Ich glaube, Sie brauchen jetzt einen Anwalt", schlug Wolfhard vor.

„Das dachte ich mir fast. Deshalb habe ich schon mein Adressbuch in der Hand. Ich muss einmal schauen. In der Firma sind die Anwälte, mit denen wir Kontakt haben, eher auf Wirtschaftsrecht spezialisiert. Das dürfte ja sicher nicht viel bringen. Aber einer meiner Schulfreunde hat Jura studiert und könnte mit seiner jetzigen Richtung passen. Er verteidigt Kriminelle ..."

Sofia atmete tief durch.

„Oh Gott, wie das klingt. Ich hätte nie im Leben gedacht, dass ich ihn mal privat um Hilfe bitten würde."

„Dann setzen Sie sich bitte mit ihm in Verbindung. Wir warten."

Alexander und Wolfhard sahen sich an, während Sofia blätterte, schließlich die Nummer fand und die Zahlen eingab.

„Hallo Jens, hier ist Sofia ... Ja, lange nichts voneinander gehört. Wie geht es dir denn so?"

Alexander verdrehte die Augen. Wollte sie jetzt wahrhaftig einen Small Talk veranstalten? Er sah sie durchdringend an und sie bemerkte die Blicke.

„Tut mir leid, Jens. Es ist eine ziemlich dringende Angelegenheit ... Doch ... Nein ... Nun gut: Ich werde verdächtigt, Judith Meier getötet zu haben ... Ja ... Nein ... Mache ich! Bis dann und danke!"

„Und, wird er Sie anwaltlich vertreten?", erkundigte sich Wolfhard.

Sofia erhob sich. Sie schien gefestigter als zuvor.

„Ja. Herr Dr. Selter übernimmt das. Er bat mich allerdings darum, jetzt nichts mehr in dieser Sache ohne seine Gegenwart zu sagen."

Alexander nickte.

„Kein Problem. Dann haben wir momentan nur die Bitte, dass Sie ein paar Sachen zusammenpacken."

„Ich soll bei der Polizei übernachten?"

„So sieht es aus", sagte Alexander. „Ich begleite Sie."

Sofia ging voraus und stieg die Treppe nach oben, Alexander folgte und Wolfhard lief hinterher. Dann öffnete die Frau die Schlafzimmertür, trat ein, zog sich eine Reisetasche vom Schrank und fing an, ziemlich ziellos Sachen hineinzustopfen. Zwischendurch gab ihr Alexander Ratschläge, was sie auf keinen Fall vergessen sollte. Schließlich könne es sich um einen längeren Aufenthalt handeln.

„Dann muss ich Jens noch einmal anrufen. Am besten kommt er auch gleich in die Marienstraße. Ich dachte ja, das hätte vielleicht noch bis morgen Zeit ...?

„Nein, hat es nicht", sagte Alexander.

„Tun Sie das und bestellen Sie Ihren Anwalt zu uns."

Sofia setzte sich aufs Bett und betätigte noch einmal die eben gewählte Nummer.

„Jens, ich noch mal. Ja ... Nein ... Doch ... Kannst du bitte gleich zur Polizei kommen. Die nehmen mich mit ..."

Sie ließ den Hörer sinken und war jetzt kreidebleich.

Sofia Grabert schüttelte sich die Regentropfen vom Mantel.

„Das ist aber ein Sauwetter heute", fluchte sie.

„Aber hier drinnen ist es gemütlich, und ich freue mich ja so, dass du da bist", lenkte Judith ein.

„Was hast du denn so Wichtiges zu bereden", erkundigte sich Sofia und zog ihren Mantel aus, den ihr Judith abnahm, um ihn an die Garderobe zu hängen. Dabei bemerkte sie rötliche Flecken auf dem Fußboden und sah, dass sich die Freundin an den Hinterkopf fasste.

„Und was ist überhaupt hier los?"

„Ach, das wirst du nicht glauben. Aber komm erst mal mit ins Wohnzimmer. Ich habe gerade eine Flasche Roten geköpft, und die können wir nun gemeinsam leeren, wenn du magst. Und wenn du Lust auf mehr hast, dann ist das kein Problem. Meine Vorräte sind unerschöpflich. Sollte es ein Glas zu viel werden, kannst du auch hier schlafen."

„Manfred ist heute nicht da?", wollte Sofia wissen, nachdem sie auf dem Sofa Platz genommen hatte. Dabei wusste sie das eigentlich und wollte nur die Bestätigung von Judith.

„Nein, wie immer auf Achse, der werte Herr Trainer. Mit seiner Damenmannschaft zu irgendeinem Turnier. Ich weiß gar nicht mehr, zu was für einem. Schließlich jagt eines das andere. Da verliere ich einfach die Übersicht. Ich hol mal nur ein Glas."

Judith verschwand in der Küche und kam mit zwei Gläsern und der angebrochenen Rotweinflasche wieder.

„So, jetzt tausche ich mein schnödes Glas aus und nehme die Römer von Mama. Ist ja eine gute Gelegenheit mit dir, Sofia."

Wenn du dich da mal nicht täuschst, dachte Sofia und rutschte etwas unruhig auf dem Sofa hin und her.

„Willst du lieber auf einem Sessel sitzen? Das Sofa ist kontaminiert!"

Sofia sprang auf.

„Was sagst du?"

„Ach, nur ein Scherz. Setze dich, wohin du magst. Aber da, wo du dich eben platziert hattest, saß noch bis vor …"

Judith blickte auf die Wanduhr …

„… etwa einer halben Stunde Jennifer."

„Nein, ist das die Kleine aus einer seiner Mannschaften? So eine Rotblonde? Was wollte die denn bei dir?", fragte Sofia erstaunt.

„Ist eine ziemlich lange Geschichte oder nicht. Wie man es nimmt. Willst du die lange oder die kurze Variante?"

„Alle Details", forderte Sofia und lehnte sich nun im Sessel zurück. Eigentlich hatte sie auch vor, von ihrem geschiedenen Mann zu erzählen und dessen Auftritten vor allem in der Firma, obwohl er ja nun keinerlei Ansprüche mehr an sie hatte. Er hatte irgendwie Wind davon bekommen, dass zwischen Manfred und ihr was lief und war ausgerastet. Aber dazu vielleicht später noch …

Judith holte aus und erzählte von den Nachstellungen der unterschiedlichsten Mädchen aus den Mannschaften von Manfred. Sie schilderte die verfänglichsten Situationen. Und sie erzählte von ihrem Mann, der stets alles mit einer Handbewegung abtat. Da sei nichts und würde nie etwas sein, habe er erst gestern wieder gemeint, als sie ihn zur Rede stellte. Aber die heutige Begegnung sei doch nun wirklich die Höhe.

„Da taucht dieses Luder hier auf und will mit meinem Mann eine offizielle Beziehung eingehen. Ich soll mich einfach mal nur aus dem Staub machen, hat sie gesagt oder so ähnlich jedenfalls. Dabei stecken wir mitten in den Bauarbeiten zum neuen Fitnessbereich im Haus. Ich habe ganz andere Sorgen. Und als ich die Göre aus dem Haus schieben will, wird sie doch – Tatsache – handgreiflich. Schau mal, hier an meinem Arm hat sie sich auch verewigt. Ich muss irgendwie gestolpert sein oder sie hat mich gestoßen. Genau weiß ich das gar nicht mehr. Jedenfalls bin ich eben erst wieder zu mir gekommen, kurz bevor du geklingelt hast. Natürlich mit dröhnenden Kopfschmerzen. Jetzt habe ich kurzentschlossen Manfred einen Zettel geschrieben, dass ich eine Auszeit brauche und für mindestens eine Woche nicht zu erreichen bin. Das habe ich schon gelegentlich gemacht, um zu mir zu kommen. Ich muss hier raus, sonst gibt es ein Unglück."

Judith griff nach ihrem Weinglas, stellte fest, dass es schon wieder leer war, wollte nachschenken, aber die Flasche gab nichts mehr her. Sie erhob sich mit den Worten: „Ich hol uns mal noch Nachschub. Von dem vielen Erzählen ist mein Mund ganz trocken geworden."

„Und deine Kopfschmerzen?"

„Schon entschieden besser, seit ich mit dir reden kann."

„Wie du meinst", entgegnete Sofia, die die gesamte Zeit über ohne eine Zwischenbemerkung zugehört hatte. Sie überlegte, wann und wie sie am besten auf ihr Anliegen zu sprechen kommen sollte. Schließlich musste sie vermeiden, dass ihr Geschiedener ihr dabei zuvorkam.

Judith nahm eine zweite Flasche Chianti Riserva aus dem Regal. Wenn, dann sollte man bei einer Sorte bleiben, um die Nachwehen so gering wie möglich zu halten. Der 2011er schmeckte recht gut. Mit wenigen Handgriffen hatte sie auch diese Flasche geöffnet und stand wieder im Wohnzimmer, wo Sofia inzwischen ziemlich steif auf dem Sessel saß.

„Hast du was, Sofia? Ist dir der Wein nicht bekommen?“, wollte Judith wissen.

Sofia schüttelte den Kopf, und Judith schenkte nach.

„Dann sollten wir einfach dort weitermachen, wo wir angefangen haben.“

Sofia räusperte sich. Und Judith blickte ihr in die Augen.

„Ich quassel hier die ganze Zeit am Stück und lasse dich überhaupt nicht zu Wort kommen. Dabei bin ich dermaßen froh, dass ich mir das alles jetzt von der Seele reden konnte. Das kannst du mir glauben. Was meinst du denn überhaupt dazu?“

„Ist schon heftig“, entrang es sich Sofia. Ihr stand ein Schweißfilm auf der Stirn.

„Dir ist doch nicht gut“, meinte Judith besorgt. „Vielleicht brütest du eine Erkältung aus. Dann steck mich bloß nicht an. Das kann ich momentan überhaupt nicht gebrauchen.“

„Nein, eine Erkältung wird das bestimmt nicht“, druckste Sofia herum.

„Aber was denn dann. So lass dir doch nicht jedes Wort aus der Nase ziehen!“

Judith wirkte jetzt etwas ungehalten. Wenn ihre Freundin etwas bedrückte, dann wollte sie doch daran teilhaben. Der viele Wein hatte sie locker gemacht.

„Rück raus. Was belastet dich?“

„Mit der Jennifer hat Manfred garantiert nichts.“

„Da bin ich aber froh! Und woher weißt du das so genau?"

„Weil wir ein Verhältnis miteinander haben."

„Nein ..."

„Doch. Und jetzt bin ich froh, dass es raus ist."

„Wieso, warum, aber ..."

Judith stotterte herum.

„Weil du ihn immer verdächtigt hast, er hätte mit den Mädchen aus seinen Mannschaften was. Laufend gab es doch da Theater von deiner Seite. Und Manni hat sich einfach bei mir ausgeheult. Am Anfang war gar nicht mehr."

Judith hatte schreckgeweitete Augen und starrte auf Sofia und vernahm wie durch Watte die Worte, die aus ihrem Mund quollen.

„Es ist eines Tages einfach passiert. Wir wollten das gar nicht", entschuldigte sich Sofia.

„Pah, einfach passiert. Das gibt es doch nicht. Und so was nennt sich gute Freundin. Eine falsche Schlange bist du."

Judith hatte sich erhoben, nachdem sie ihr Glas bis auf den Boden geleert hatte. Sie machte, leicht schwankend, einen Schritt auf Sofia zu und gab ihr mehrere Ohrfeigen. Rechts und links. Es schallte im Raum. Jetzt erhob sich auch Sofia, erhob die Arme und bremste die Schläge aus.

„Bist du denn wahnsinnig geworden", schrie Sofia. Doch die Schläge von Judith wurden heftiger. Jetzt kam ihr das Krafttraining zugute, das sie eigentlich nur für Manfred absolvierte, um in seinen Augen gut dazustehen, mit den nötigen Muskelpartien und keiner Spur Fett zu viel. Außerdem enthemmte der Alkohol.

Sofia bekam es mit der Angst zu tun und schaute sich verzweifelt um. Den Siegerpokal auf dem Sideboard sehen und nach ihm greifen war eins. Dann schlug sie damit auf Judith ein. Erst lachte diese hysterisch, aber nach einem zweiten Schlag verstummte die Frau und sackte in sich zusammen.

Jetzt stand Sofia atemlos und verschwitzt da. Ihr rechter Arm hing herunter, in der Hand noch der blutverschmierte Pokal.

Es dauerte eine ganze Weile, während Sofia immer noch unbewegt dastand und die Situation nicht zu begreifen schien. Dann setzte Panik ein. Was sollte sie tun? Jetzt die Polizei verständigen? Aber würde ihr denn jemand die Geschichte mit der Notwehr glauben und war es überhaupt Notwehr gewesen? Hatte sie nicht einfach unangemessen reagiert, als Judith auf sie einschlug? Sie hätte sich mit Worten verteidigen sollen.

Plötzlich fiel ihr die Formulierung von den Bauarbeiten am Haus und dem Fitnessbereich ein. Die Leiche musste verschwinden. Das war sicher die beste Lösung. Hatte Judith nicht erzählt, dass der kleine bisherige Whirlpool aufgefüllt werden sollte und stattdessen eine richtige Relaxlandschaft entstehen sollte? Wenn sie sich recht entsann, dann stand der Termin zu den Arbeiten gerade bei ihnen in der Baufirma auf dem Plan. Sofia schaute auf die Wanduhr, es war kurz nach zwei, mitten in der Nacht. Also Zeit genug und sicher kein Risiko, das irgendjemand stören würde.

Sofia lief aus dem Zimmer in den Anbau, der das Haus mit der Garage verband und wo die neuen Ideen verwirklicht werden sollten. Vielleicht kam ihr dort ein guter Einfall. Als sie das Licht in dem großen Raum anschaltete, fiel ihr Blick sofort auf den kleinen Whirlpool, der zum Teil mit Schotter aufgefüllt war. Der sollte dann einfach mit Beton vollgegossen und dem übrigen Fußboden angepasst werden, hatte sie noch ihre Freundin im Ohr. In einer anderen Ecke hatten die Bauarbeiter schon eine größere Grube angelegt, die dann sicher noch gefliest werden würde.

Das war es, fuhr es Sofia durch den Kopf. Sie sah eine Schaufel in der Ecke stehen und fing an, in Windeseile den Schotter wieder aus dem ehemaligen Whirlpool zu befördern. Sie war wie in Trance und bemerkte nicht einmal die Blasen, die sich an ihren Händen bildeten. Als ein großer Berg neben der Grube lag, begutachtete sie ihre Arbeit und beschloss, dass es ausreichen müsste. Dann lief sie zurück ins Haus.

Judith lag unverändert auf dem Parkettfußboden, ihr Kopf in einer Blutlache. Das musste alles noch beseitigt werden. Doch zuerst die Tote. Sofia zog eine Decke vom Sofa und bedeckte Kopf und Oberkörper der Freundin. Sie ertrug ihren Anblick nicht mehr. Und dann wollte sie auch möglichst keine Spuren beim Transport hinterlassen.

Sie griff Judith unter die Arme und zog sie mit großer Kraftanstrengung durch das Haus. An der Baustelle angekommen, ließ sie die Tote in das Loch hineinrutschen. Dann schob und zerrte sie noch ein wenig an Armen und Beinen, bis es ihr perfekt erschien. Schließlich machte sie noch einmal kehrt, lief in den Flur des Hauses und suchte nach der Handtasche von Judith. Doch, die Freundin war ordentlich. Die Tasche stand an ihrem üblichen Platz. Sofia nahm sie und machte sich wieder auf den Weg in den Anbau.

Verdammt, der Siegerpokal. Sie lief noch einmal zurück, griff sich das Stück und warf es zu der Toten. Endlich schaufelte sie den Schotter wieder hinein, bis alles fast wie zuvor, nur eben etwas erhöht aussah, ohne über die Fußbodenebene hinauszureichen. Das mochte so gehen, beschloss sie und rieb sich die schmerzenden Hände.

Sie stellte die Schaufel wieder an dieselbe Stelle, von der sie das Arbeitsgerät genommen hatte, und schaute prüfend in die Runde, ob nichts verdächtig aussehen würde. Ihr kam nichts ungewöhnlich vor. Jetzt war noch das Wohnzimmer dran, und im Flur musste sie ebenfalls schauen, ob alles seine Ordnung hatte. Zwischendurch legte sie vor Erschöpfung eine Pause ein und trank ein Glas Wasser.

Sofia wusste, wo Judith ihre Putzmittel aufbewahrte und holte sich die nötigen Utensilien. Akribisch reinigte sie den Parkettfußboden und wischte auch noch einmal im Flurbereich. Die Römer wusch sie mit der Hand ab, trocknete sie gründlich und stellte sie wieder an den gewohnten Platz.

Inzwischen ging es auf fünf Uhr zu. Sie musste sich sputen, dass sie niemand beim Verlassen des Hauses sah. Außerdem fiel ihr gerade ein, dass doch vor ihrem Besuch diese Jennifer bei Judith gewesen war. Sie lächelte grimmig: Da bestand doch eigentlich gar keine Gefahr für sie.

Als sie die Tür hinter sich ins Schloss zog, hob ein leichter Windstoß den Zettel an, den sie zuletzt auf die Garderobe gelegt hatte und der die Botschaft von Judith für Manfred enthielt. Im Briefkasten steckte schon das Tageblatt; der Zeitungsbote hatte es bereits ausgetragen.

„Hallo, Manni, es reicht mal wieder. Deine Mädchen sind Abschaum. Ich brauche etwas Abstand. Mach dir nicht die Mühe, mir nachzureisen. Ich melde mich. Judith"

Kein Wort mit Liebe, kein üblicher Kuss, wie es sonst auf derlei Briefen stand.

Die Rede würde bestimmt noch ein Weilchen dauern. Alexander rutschte etwas nervös auf seinem Stuhl herum. Er hasste solcherart Veranstaltungen, bei denen man gezwungen war, untätig die Hände in den Schoß zu legen. Wobei er Wolfhard natürlich dieses große Brimborium gönnte.

„... unschätzbar ... unermüdlich im Einsatz ... gelöste Fälle ...“ Die Wortbrocken des Landrats blieben bei Alex hängen, und er fuhr mit beiden Händen durch sein extra für diesen Anlass akkurat kurz geschnittenes Haar. Keine Notwendigkeit, irgendetwas zu richten. Nur eine Geste der Verlegenheit in anderen Fällen oder eher der Ungeduld hier und heute.

„... Dank aussprechen ... alles Gute für die Zukunft ...“

Alexander atmete hörbar auf, und Kriminaloberrat Riechmann drehte sich mit entrüstetem Blick zu ihm um. Sein Kopfschütteln sprach Bände. Aber Alex zuckte nur mit den Schultern. Er verlor hier seinen Kollegen, den er in den zurückliegenden Jahren wirklich liebgewonnen hatte. Wolfhard war ihm ans Herz gewachsen, auch wenn es anfängliche Befindlichkeiten gab, als er aus Berlin kam und die Truppe übernommen hatte. Keiner wollte sich von einem Hauptstädter was sagen lassen und Wolfhard schon gar nicht. Aber bereits beim ersten Fall rauften sie sich zusammen, als es um den Kindesmissbrauch und die Tötung der Kleinen ging. Seitdem hatte sich zumindest in Sachen Vorbeugung einiges getan. Selbst bei der Bundesregierung gab es einen Missbrauchsbeauftragten, der Präventionsprogramme und Hilfen für Opfer sexuellen Missbrauchs deutlich ausbauen wollte. Von altersangemessener Aufklärung ging die Rede, eingebettet in Gewaltprävention und dazu passend eine moderne Sexualpädagogik, inklusive Medienkompetenz. Obwohl immer wieder spektakuläre Fälle ans Tageslicht gebracht wurden, war die Gefahr für Kinder und Jugendliche noch lange nicht gebannt. Neben den zwölftausendfünfhundert Ermittlungs- und Strafverfahren im Jahr gab es eine erhebliche Dunkelziffer ...

Wie war doch noch der Name des Mädchens? Er musste ein Weilchen überlegen. Ja: Karla. Und sofort als der Name in seiner Erinnerung aufflackerte, sah er sich bei der Beisetzung. Es war furchtbar gewesen. Noch heute durchfuhr es ihn eiskalt.

Bei ihm überwog damals die Angst um seine Töchter, die er bei seiner Frau gelassen hatte. Olga, die war inzwischen auch schon tot. An den Folgen der brutalen Auseinandersetzung in der U-Bahn gestorben. Alexander rief sich in die Wirklichkeit zurück. Jetzt reiß dich mal am Riemen. Das ist hier keine Trauerfeier, sondern ein fröhlicher Abschied.

In dem Moment tauchte Wolfhard wieder mit strahlendem Gesicht an seinem Tisch auf.

„Na, Junge! War das nicht eine schöne Rede? Ich werde mal die Sekretärin bitten, ob sie mir die zukommen lässt. So was muss man sich doch aufheben und einrahmen. Oder ob du vielleicht beim Landrat ein Wort für mich einlegen würdest? Ich bin ja ausgestiegen ..."

Wolfhard setzte sich mit Schwung auf seinen Stuhl, sodass der geräuschvoll knackte.

„Oh, da muss ich doch mal was für meine Gesundheit tun und an den überzähligen Pfunden arbeiten ..."

„Wofür du ja jetzt alle Zeit der Welt hast, mein Lieber", entgegnete Alex. „Aber du wirst mir unendlich fehlen, weißt du das?"

„Jetzt werd mal nicht sentimental. Jeder Mensch ist ersetzbar. Auch ich. Bald hast du einen neuen Mitarbeiter an deiner Seite und wirst mich ganz rasch vergessen haben."

„Nee, bestimmt nich", verfiel Alex in seinen Berliner Dialekt und seine Augen bekamen einen feuchten Schimmer.

„Mensch, das geht dir ja richtig nahe, Junge. Ach, lass dich mal in den Arm nehmen."

Wolfhard stand auf und umarmte seinen Vorgesetzten, der die Aktion mit sich geschehen ließ. Doch nach wenigen Augenblicken entzog er sich der Umklammerung und räusperte sich.

„Also, Wolfhard, ich wollte mich ganz herzlich bei dir bedanken. Die Zusammenarbeit mit dir war einfach genial. Und ich bedaure es außerordentlich, dass du unsere Dienststelle verlässt ..."

„Ich bin ja nicht aus der Welt. Es gibt Telefon, und meine Adresse kennst du. Wir können uns immer mal wieder sehen und hören."

Alex seufzte.

„Ja, ich weiß, was dir jetzt durch den Kopf geht", meinte Wolfhard. „Aus den Augen, aus dem Sinn!"

„Und", ergänzte Alex. „Rentner haben niemals Zeit. Du wirst dir doch sofort ein Ehrenamt nach dem anderen an Land ziehen, wie ich dich kenne."

„Hatte ich eigentlich nicht vor. Meine bessere Hälfte braucht mal wieder intensivere Zuwendung, als das in den zurückliegenden Jahrzehnten der Fall war. Wir wollen allerlei Reisen unternehmen, von denen wir bislang nur geträumt haben. Und dann kann ich mich endlich ausgiebig um meine geliebten Pflanzen und den Garten kümmern. Meine Rita hat ja fast alles allein gemacht, weil bei uns immer Überstunden angesagt waren. Und wenn ich dann mal Zeit hatte, hat es geregnet und nichts ging. Sie war es, die den Rasenmäher und die Heckenschere bedient hat!"

„Das glaube ich dir nicht", warf Alex ein und erhob sein Glas. „Lass uns mal auf dein Wohl anstoßen. Ich habe heute extra mein Auto zu Hause gelassen. Die Kinder sind versorgt, und irgendwann nehme ich mir ein Taxi für den Heimweg."

„Ach, das ist mal eine blendende Idee von dir. Da können wir das schöne Fest noch ganz in Ruhe ausklingen lassen. Ein Glück übrigens, dass die Sofia Grabert in meinem letzten Fall gestanden hat. Das erspart ihr einiges ... Schade allerdings, dass wir den Urheber dieses anonymen Schreibens an Manfred Meier nicht herausfinden konnten. Das wurmt mich irgendwie. Aber vielleicht hast du ja noch Glück und Kommissar Zufall kommt dir zu Hilfe. Wobei mir meine innere Stimme sagt, es könnte was mit dem Umfeld der Täterin zu tun haben ... Aber ich bin ja nicht mehr im Dienst!"

Wolfhard erhob sich.

„Ich muss mich dann auch mal noch den anderen widmen. Aber du rennst mir nicht weg! Verstanden!"

„Geht klar", grinste Alex jetzt und setzte sich zu Kriminaloberrat Riechmann.

„Ach, wo wir da gerade so zufällig zusammentreffen, würde ich doch gern noch eine Personalie mit Ihnen besprechen wollen", sagte Reinhold Riechmann.

Das dachte ich mir, fuhr es Alexander durch den Kopf. Es würde bestimmt um den Nachfolger von

Wolfhard gehen. Also schaute er seinen Vorgesetzten aufmerksam an.

„Die Beendigung des Dienstverhältnisses mit Wolfhard Schmidt traf uns ja nicht unerwartet. Es ist eigentlich auch schön, jemanden in den Ruhestand zu verabschieden."

Alexander schaute etwas gequält, was zum Glück in der schummrigen Beleuchtung des Raumes nicht zu sehr auffiel. Außerdem war Kriminaloberrat Reinhold Riechmann in seinem Element. Visionen beschrieb er leidenschaftlich gern.

„Also wir werden im Bereich Kriminalität etwas umstrukturieren. Längerfristig gesehen müssen wir ja sowieso Personal einsparen - unser Dauerthema mit der aktuellen Projektgruppe, die Sie dankenswerterweise verstärken. Die zunehmende Anwendung der Computertechnik in den verschiedensten Bereichen macht ja den einen oder anderen Arbeitsplatz schlicht und ergreifend überflüssig. Ihren natürlich nicht! Aber zum Beispiel den der Sekretärin oder Assistentin. Das kann gut und gern ein Beamter übernehmen. Schließlich muss er nur entsprechend die Technik bedienen. Das geht ja so was von schnell ..."

Bei der Bemerkung zur Assistentin war Alex sofort wieder Janine eingefallen, und der Gedanke an sie schmerzte immer noch. So einfach war es also doch nicht, sie aus seinem Leben zu verbannen. Wobei da ja die Unstimmigkeiten mit den Kindern gewesen waren. Und wenn eine neue Frau an seine Seite sollte, dann nur eine, die zu den Mädchen passte und zu ihm.

„Sie hören mir noch zu?", erkundigte sich der Kriminaloberrat.

„Aber gewiss doch!"

„Ja, also die Einsparpotenziale sind jedenfalls enorm. Eines Tages wird man vielleicht sogar mich wegrationalisieren. Ha, ha", lachte Reinhold Riechmann.

Alexander wusste, wie er zu reagieren hatte.

„Aber Sie doch nicht, eine solche Funktion ist doch nicht durch Technik zu ersetzen!"

Jetzt strahlte der Kriminaloberrat über das ganze Gesicht.

„Mein Lieber, wir sollten uns noch etwas vom Buffet holen oder noch ein Glas trinken? Sie sind doch heute ohne Auto hier?"

Alexander nickte.

„Selbstverständlich. Ich will doch meinen Führerschein nicht loswerden. Nachher nehme ich mir ein Taxi, wenn die Feier hier zu Ende ist. So ein Dienstleister will ja auch Geld verdienen."

„Aber zu Ende ist die Feier noch lange nicht. Kommen Sie, lieber Rosenbaum. Wir gehen mal an die Bar."

Hoffentlich keine Cocktails und nicht die harten Sachen, flehte Alexander innerlich, aber der Wunsch ging nicht in Erfüllung.

„Für uns beide Hiller Moorbrand", bestellte Reinhold Riechmann. „Ist doch auch in Ihrem Sinne? Was für harte Männer!"

Alexander nickte.

„Dann zwei Doppelte bitte, eisgekühlt", reichte der Kriminaloberrat der Bedienung noch die Menge nach.

Als die Gläser auf dem Tresen standen, legte sich ein Film von feuchter Kälte auf sie. Beide Männer stießen an, und als Alexander sein Glas wieder abgestellt hatte, sah er die Fingerabdrücke darauf. Eine ideale Spur, dachte er. Das wär jetzt was für Heike.

„Wir hätten gern noch zwei!", wiederholte Reinhold Riechmann, der sein Glas auf einen Zug geleert hatte, seine Bestellung. „Auf einem Bein kann man ja bekanntlich nicht stehen."

Alexander wollte etwas entgegnen, verkniff sich aber eine Bemerkung. Da musste er jetzt wohl durch. Auch wenn er fand, dass ein Glas davon durchaus ausreichend war. Als er erneut einen Schluck nahm, war er fast versucht, sich zu schütteln. Aber das ließ er lieber sein.

In dem Moment kam Wolfhard auf die beiden zu, sichtlich angeheitert. Aber wer wollte es ihm an diesem Tag übelnehmen. Und einen nächsten Tag in der Dienststelle würde es für ihn nicht geben, wo er vielleicht zu einer blamablen Aufführung Stellung nehmen müsste. Er breitete seine Arme aus und legte sie rechts und links dem Kriminaloberrat und Alexander um die Schultern.

„Na, meine Freunde, wie findet ihr den heutigen Abend." Dann besann er sich noch kurz.

„Ach, wir sind ja per Sie, Herr Kriminaloberrat."

„Lassen Sie mal, mein Bester. Heute ist das was anderes. Wir könnten auch zum Du übergehen, müssen aber nicht. Sie indes sind nunmehr in die Freiheit entlassen und können ab morgen tun und lassen, was Sie wollen. Wissen Sie, eigentlich beneide ich Sie fast!"

Alexander schaute irritiert, was sein Vorgesetzter bemerkte.

„Nein, nicht dass Sie denken, auch ich würde meine Arbeit aufgeben wollen. Kein Gedanke daran. Aber ich könnte mir doch vorstellen, mit so ein wenig mehr an Freizeit gut etwas anfangen zu können. Wenn ich jetzt zum Beispiel auf dem Golfplatz bin, dann habe ich immer unsere aktuellen Fälle im Hinterkopf und kann mich nie wirklich auf das Spiel konzentrieren. Außerdem bleibt eben nur an den Wochenenden und im Urlaub Zeit für dieses sportliche Hobby. Aber dann muss noch das Wetter mitspielen. Und das tut es ja hier bei uns nicht unbedingt."

Wolfhard strahlte und schien nicht wirklich mitbekommen zu haben, was Reinhold Riechmann eben gesagt hatte. Aber im Kopf von Alexander kreisten die Gedanken um das Golfspiel. Der hatte vielleicht Sorgen. Er wusste nicht, wie er alles mit seinen beiden Mädchen auf die Reihe bekam und sein Vorgesetzter wünschte sich mehr Zeit fürs Golfen.

„Ich muss mich dann auch mal von Ihnen verabschieden", sagte jetzt der Kriminaloberrat. „Ich sehe gerade, dass da der Landrat so allein steht. Es gibt noch dringende Dinge zu besprechen."

Und das geht am besten mit einem Zacken in der Krone, lag Alex auf der Zunge, aber er unterließ eine Äußerung in dieser Richtung.

„Wollen wir dann noch irgendwo einen Absacker nehmen, nur wir zwei", fragte Wolfhard, als Reinhold Riechmann ihnen den Rücken zugedreht hatte und zum Landrat lief.

„Lass uns mal schauen, wie sich hier alles entwickelt. Im Moment sind noch zu viele Gäste da. Da kannst du dich als Hauptattraktion nicht einfach entfernen."

„Ich bin die Hauptattraktion. Das hast du schön gesagt, mein Junge."

„Ja, und ich habe es ernst gemeint. Allerdings würde ich es für besser halten, wenn wir jetzt mal zwischendurch eine Mineralwasserrunde einlegen. Sonst verlieren wir noch den Kopf."

„Nein, das sollten wir nicht. Aber Wasser? Ist doch eher was fürs Vieh."

„Ach, Wolfhard, nichts für ungut. Du weißt doch, was ich meine. Mir schwant nur was vom morgigen Tag und dass wir dann nicht sonderlich fit sind, wenn wir so weitermachen wie bisher."

„Da könnte was dran sein. Weißt du, mein Lieber, eigentlich bin ich richtig froh, dass ich zum jetzigen Zeitpunkt aussteigen kann. Das ist alles nicht mehr so wie früher."

„Wie meinst du das, Wolfhard?"

„So als Oldie kann ich das ruhig mal feststellen. In meiner beruflichen Jugend konntest du alles eindeutiger voneinander unterscheiden. Ein Verbrecher war ein Verbrecher, aber eben häufig Mann gegen Mann. Heute wird wahllos draufgehauen. Das verstehe ich einfach nicht. Muss ich ja auch nicht mehr. Und dann habe ich jetzt davon gelesen, dass der Strafvollzug in Nordrhein-Westfalen reformiert werden soll. Gibt ja ein neues Gesetz dafür, das die Opfer besser schützt und den Gefangenen mehr Hilfe anbietet. Also ich weiß nicht ..."

„Wieso? Mehr Opferschutz ist doch eine gute Idee", warf Alexander ein.

„Klar, den meine ich nicht. Wenn es darum geht, dass Opfer von Straftaten künftig bei begründeten Anträgen Informationen über Freigänge oder die bevorstehende Entlassung des Täters bekommen, so sehe ich das positiv. Auch die Sache mit der Auskunft über deren Vermögensverhältnisse bei Schadensersatzforderungen. Wobei ich nun wieder nicht verstehe, warum das nicht eher ging?!"

„Tja, alles braucht seine Zeit. Und Unterstützung für die Inhaftierten? Was stört dich denn daran?", wollte Alexander noch wissen.

Wolfhard zog die Achseln hoch und ließ sie wieder sinken.

„Weißt du, wenn ich da höre, dass Wohngruppen, mehr Besuchszeiten und Therapien den Knast erträglicher machen sollen, dann verstehe ich die Welt nicht mehr. Ist doch keine Wellness-Oase!"

„Da muss ich dir widersprechen", entgegnete Alexander. „Wenn ich mir so vorstelle, dass ich durch unglückliche Umstände in ein Geschehen verwickelt werde, das zu einer Tat führt, die als Verbrechen geahndet wird, dann bekäme ich schon Fracksausen. Ich glaube, in so einer Zelle würde ich durchdrehen. Allein schon bei der Vorstellung, dass die Belegungsobergrenze bei uns in NRW immer noch bei maximal fünf Häftlingen pro Zelle liegt. Ein Parteienvorschlag von nur drei Leuten pro Raum hat sich ja leider nicht durchsetzen lassen."

„Im Jugendstrafvollzug sieht das aber anders aus", gab Wolfhard zu bedenken.

„Logisch. Da ist eine Einzelbelegung eher der Grundsatz, mal abgesehen von selbstmordgefährdeten jungen Leuten, die Gesellschaft brauchen oder auf Wunsch der Insassen. Die Regelung gilt, wenn ich mich recht entsinne, seit diesem Foltermord in Siegburg, als drei junge Häftlinge einen vierten Mitgefangenen zu Tode quälten. Es schüttelt mich heute noch, wenn ich daran denke. Auf jeden Fall ist doch individuelle Behandlung und eine Sozialtherapie nicht nur für Sexualstraftäter durchaus eine gute Maßnahme. Außerdem: Bislang dauerte die Regelbesuchszeit eine Stunde im Monat, künftig sollen das zwei Stunden werden. Wenn man minderjährige Kinder hat, dann ist es etwas mehr. Aber trotzdem für meinen Geschmack viel zu wenig."

„Ja, wenn du das so siehst ..."

„Eben. Immerhin gibt es jede Menge Häftlinge mit psychischen Defiziten. Die kann man doch nicht während ihrer Verweildauer im Knast sich selbst überlassen. Die brauchen eben Hilfe. Wo es baulich und finanziell passt, sollen Wohngruppen eingerichtet werden."

„Das wird doch bestimmt ein Problem - bei der vorhandenen Architektur ..."

„Stimmt, aber es geht schließlich um künftiges Vorgehen. So wie mit der Rentenversicherungspflicht. Auch bei relativ geringem Verdienst soll die für arbeitende Langzeithäftlinge eingeführt werden. Ist bislang auf Bundesebene abgelehnt worden, aber vielleicht hilft da mal eine Bundesratsinitiative. Schließlich kommen die Leute mal wieder raus aus dem Gefängnis und das Leben geht weiter, inklusive Rentnerdasein ... - unser heutiges Thema!"

Die beiden verließen den Barbereich, setzten sich wieder an ihren Tisch und schenkten sich von einer der Wasserflaschen ein.

„Prost, Alex. Du warst das Beste, was mir in meinem Berufsleben begegnet ist."

„Wolfhard, du bist klasse. Danke. Aber das Kompliment muss ich unbedingt an dich weitergeben. Ohne dich wäre ich einfach aufgeschmissen gewesen. Und wie das nun weitergeht, weiß der Himmel."

Danksagung

Diesmal widmet sich der nun schon fünfte Fall von Kommissar Rosenbaum einem in dieser Gegend besonders angesagten Thema, dem Handball. Mit einer flapsigen Bemerkung dazu war er beim Einstieg in seinem Mindener Team einst arg ins Fettnäpfchen getreten. Also habe ich reichlich recherchiert, um ganz viel sachlich-fachlichen Hintergrund zu liefern. Ich habe mich umgehört, war in der sportlichen Szene unterwegs ... Deshalb möchte ich mich an dieser Stelle wieder bei all denjenigen bedanken, die zum Gelingen des vorliegenden Krimis beigetragen, mir mit Rat und Tat zur Seite gestanden, Ideen und Anregungen geliefert haben. Allen voran mein Lebensgefährte Peter, der erste kritische Leser.

Wenn ich in unserer Region unterwegs bin, dann schaue ich auch mit den Augen von Alexander. Wie würde er vorgehen? Was könnte ihn antreiben? Wer passt an seine Seite?

Beim Entstehen eines Buches gibt es viele Phasen. Werde ich gefragt, welche mir denn die liebste sei, dann bin ich unschlüssig. Die Grundidee, das erste Kapitel, die einzelnen Handlungsfäden, verschiedentliche Recherchen, das Schreiben insgesamt und das Prüfen und Korrekturlesen bis in die allerletzte Phase – alles hat seinen Reiz. Und an alles gehe ich mit viel Enthusiasmus heran.

Dank sei auch dem Verlag, der überhaupt die Idee zur Weserbergland-Krimireihe hatte und sie konsequent fortsetzt, und natürlich den Buchhändlern, die zu meinen Büchern stehen. Meinen Lesern, denen ich spannende regionale sowie kriminelle Unterhaltung und eine Auszeit aus ihrem Alltag bringe, sei ebenfalls von Herzen gedankt. Mögen alle weiterhin Spaß an dieser Lektüre haben.

DANKESCHÖN!

Andrea Gerecke
Hille, im Frühsommer 2015

Im Verlag CW Niemeyer bereits erschienen ...

Mit ungewöhnlichen Knoten ist der Tote am Flügel einer Mühle gefesselt worden. Während Kommissar Rosenbaum und seine Kollegen ermitteln, geschehen weitere Morde an anderen Mühlen im Weserbergland. Rosenbaum fragt sich, ob er es mit einem Serientäter zu tun hat.

Andrea Gerecke. Die Mühlen des Todes
328 Seiten. Paperback. ISBN 978-3-8271-9423-7
E-Book 978-3-8271-9647-7 (Pdf)
978-3-8271-9847-1 (Epub)

Krimis finden Sie unter ...

Im Verlag CW Niemeyer bereits erschienen ...

Eine Vermisstenanzeige macht Hauptkommissar Alexander Rosenbaum zu schaffen. Er glaubt nicht an eine Entführung und auch nicht daran, dass Oswald Zehner plötzlich untergetaucht sein könnte. Sein Bauchgefühl sagt ihm, dass der angesehene Geschäftsmann ermordet worden ist, aber sein angeschlagenes Nervenkostüm behindert ihn bei seiner Ermittlungsarbeit. Als Naturfreund Walther Siekmeyer eine Leiche im Moor findet, bestätigt sich Rosenbaums Vermutung. Zehner, dessen Firma ehemalige Sowjetrepubliken mit Medizintechnik versorgt, ist das Opfer unseriöser Geschäfte und krimineller Machenschaften geworden.

Andrea Gerecke. Tödliche Begegnung im Moor
336 Seiten. Paperback. ISBN 978-3-8271-9428-2
E-Book 978-3-8271-9668-2 (Pdf)
978-3-8271-9868-6 (Epub)

Im Verlag CW Niemeyer bereits erschienen ...

Eine Leiche im Bückeburger Schloss und ein verschwundener uralter Schlüssel. Die Vernunft weigert sich, einen Zusammenhang zu vermuten, denn alles weist auf dunkle Machenschaften der Vergangenheit hin – auf den Geheimbund der Tredici. Ihre Spuren führen in die finstere Epoche von Kepler und Galilei und lassen sogar Tragödien wie die Titanic und Apollo 13 in einem anderen Licht erscheinen ...

Thomas G. Krage. Der Schlüssel der Tredici
368 Seiten. Paperback. ISBN 978-3-8271-9433-6
E-Book 978-3-8271-9677-4 (Pdf)
978-3-8271-9877-8 (Epub)

Krimis finden Sie unter ...

Im Verlag CW Niemeyer bereits erschienen ...

Alma, erdrückt von Beruf und Familie, beschließt, ihren Mann loszuwerden. In einem Chatroom findet sie Gleichgesinnte. Vier Frauen, ein gemeinsamer Nenner: Wut. Doch dann geschieht ein heimtückischer Mord, der wie ein Albtraum auf Almas Brust lastet. Als sie begreift, dass sie die Hauptfigur in einem perfiden Rachespiel ist, ist es zu spät.

Astrid Korten. Eiskalter Plan
304 Seiten. Paperback. ISBN 978-3-8271-9431-2
E-Book 978-3-8271-9667-5 (Pdf)
978-3-8271-9867-9 (Epub)